悦读时光

古典文学卷（下册）

总　策　划：杨晓华　张益飞

编委会主任：张跃东　钦惠平　竺兴妹　王化旭

主　　　编：王化旭

编　　　委：王化旭　周银凤　杨丽璇　乔　清

　　　　　　徐　星　唐金霞　张洪静　吉　丽

　　　　　　赵　洪　居　鲲　王有月　王文娟

江苏凤凰教育出版社

图书在版编目（CIP）数据

悦读时光：古典文学卷. 下册 / 王化旭主编. —
南京：江苏凤凰教育出版社，2021.9
ISBN 978-7-5499-9548-6

Ⅰ.①悦… Ⅱ.①王… Ⅲ.①中国文学－古典文学－
文学欣赏－职业教育－教材 Ⅳ.①I206.2

中国版本图书馆 CIP 数据核字（2021）第 170619 号

书　　名	悦读时光·古典文学卷（下册）	
主　　编	王化旭	
责任编辑	李　睿	
出版发行	江苏凤凰教育出版社	
地　　址	南京市湖南路 1 号 A 楼，邮编：210009	
出　　品	江苏凤凰职业教育图书有限公司	
网　　址	http://www.fhmooc.com	
照　　排	江苏凤凰制版有限公司	
印　　刷	徐州绪权印刷有限公司	
厂　　址	徐州市高新技术产业开发区第三工业园区经纬路 16 号，邮编：221000	
电　　话	0516-83897699	
开　　本	787 毫米 × 1 092 毫米　1/16	
印　　张	14.5	
版次印次	2021 年 9 月第 1 版　2021 年 9 月第 1 次印刷	
标准书号	ISBN 978-7-5499-9548-6	
定　　价	38.00 元	
批发电话	025-83658831	
盗版举报	025-83658873	

图书若有印装错误可向江苏凤凰职业教育图书有限公司调换
提供盗版线索者给予重奖

序　言

　　祖辈所创造的文明，以及长久岁月里累积起来有形、无形的文化遗产，灿烂辉煌。这是我们弥足珍贵的财富。然而，很长一段时间以来，我们并没有像表面所说的那样去重视。所以，我们屡屡听到或看到公众表达时，那些索然无趣而又千篇一律的词汇，甚至一些低级的、雷人的"口误"或"笔误"。我们祖先明明留下了一笔宝藏，现在怎么成了这样？因此，当下，传承的意义也许并不亚于创新。

　　记得有一次，去皖南的一个古村落，在一间房子里，看到有扇窗户坏了，坏了的地方被人用三合板胡乱钉上，那种随意和不假思索让人觉得像是在开玩笑。于是，那块地方像是块补丁，与旁边原有的那些繁复而精美的木雕形成了巨大的反差。它像是在无声地提醒每一个经过游客：对不起，他们不会修，只能这么钉上了事。

　　这就是我们面临的一个现实：传统工艺、传统文化正在以惊人的速度消失，以至于，即便面对一个坏了的雕窗，都已经失去了修复的能力或耐心。

　　对于一个民族来说，这，不能不说是一件让人遗憾的事情。

　　值得庆幸的是，近年来，党和政府越来越重视传统文化的传承问题。一些濒临灭绝的手艺和传统文化，经过抢救性的挖掘，重新焕发了生机。

　　我们的文化遗产里，有个重要的组成部分，就是诗词歌赋。它们仿佛是一颗颗珍珠，在旧时光里熠熠生辉。寻常的字词，在匠心独运之后，彰显着词章之美；平常的小事，在深思熟虑之后，闪现出动人的理趣。这就是文学的魅力、艺术的魅力。

　　最近网上有句名言："这个世界不只有眼前的苟且，还有诗与远方。"虽有人笑言为心灵鸡汤，但它确实也揭示了一个道理——我们不仅要能生存，还要会生活，

"生活"里就应该有艺术、有阅读、有对美的追求。

所以，我们编了这本小书，以奉献给热爱生活，心怀"诗与远方"的朋友。

这本小书的诞生还有一个现实的原因：编写者多为从事五年制高职语文教育的老师，在实际教学中，大多深感在五年制高职教育阶段，学生掌握的古典诗词量偏少——每学期大约4—6篇。对于正处在记忆黄金期的青年学生来说，不去记背更多的优秀诗篇，实在有点可惜。因此，我们决定编写这么一本小书，作为年轻学子的传统文化"加餐"。

这本书的选篇，基本遵守这么几个原则：一是不和现行的中小学语文教材重复；二是尽量不和已经出版的类似选集重复；三是不能因为怕重复，就刻意回避经典的篇目，只是，在翻译和解读的时候，力求新意。

在编写体例上，每一篇诗文包括：原作、诗词解意、了解字词、认识篇目（作者）、品品滋味、相关链接、名句推荐。设置这些模块的目的是：在基本层面，帮助读者扫除阅读的障碍；在拓展层面，尽量提供新鲜的解读或观点，以启发读者们的思考，提高其审美。

在本书的编辑过程中，还得到了南京师范大学泰州学院居鲲副教授和南京市教研室相关同志的指导和帮助。在此一并表示感谢。

因时间和水平有限，这本小书可能还有不少疏漏和不足之处，祈请读者谅解并给予指正。

王化旭

2021年8月

目　录

记事篇

理趣篇

悦读时光

古典文学卷（下册）

音乐篇

咏物篇

1. 橘颂

（战国）屈原

后皇嘉树，橘徕服兮①。
受命不迁，生南国兮②。
深固难徙，更壹志兮③。
绿叶素荣，纷其可喜兮④。
曾枝剡棘，圆果抟兮⑤。
青黄杂糅，文章烂兮⑥。
精色内白，类任道兮⑦。
纷缊宜修，姱而不丑兮⑧。
嗟尔幼志，有以异兮⑨。
独立不迁，岂不可喜兮？
深固难徙，廓其无求兮。
苏世独立，横而不流兮。
闭心自慎，终不失过兮⑩。
秉德无私，参天地兮。
愿岁并谢，与长友兮⑪。
淑离不淫，梗其有理兮⑫。
年岁虽少，可师长兮⑬。
行比伯夷，置以为像兮⑭。

 诗词解意

你这天地间的佳树，生下来就适应当地的水土。
你的品质坚贞不变，生长在江南的国度啊。
根深蒂固难以迁移，那是由于你专一的意志啊。

绿叶衬着白花,繁茂得让人欢喜啊。

枝儿层层,刺儿锋利,果实圆美啊。

青中闪黄,黄里带青,色彩多么绚丽啊。

外观精美内心洁净,类似有道德的君子啊。

长得繁茂又美观,婀娜多姿毫无瑕疵啊。

啊,你幼年的志向,就与众不同啊。

特立独行永不迁徙,怎不使人敬重啊。

扎根深固难以移徙,开阔的胸怀无所欲求啊。

远离世俗独来独往,敢于横渡而不随波逐流啊。

小心谨慎从不轻率,自始至终不犯过失啊

遵守道德毫无私心,真可与天地相比啊。

愿在万物凋零的季节,我与你结成知己啊。

内善外美而不放荡,多么正直而富有文理啊,

你的年纪虽然不大,却可作人们的良师啊。

品行好比古代的伯夷,种在这里作我为人的榜样啊。

 了解字词

① 后皇:即后土、皇天,指地和天。嘉:美,善。橘徕服兮:适宜南方水土。徕:通"来"。服:习惯。② 受命:受天地之命,即禀性、天性。意思是说橘树禀受天命,不能迁移,只生在南方的楚国。③ 壹志:志向专一。壹,专一。指橘树扎根南方,一心一意。④ 素荣:白色花。⑤ 曾枝:繁枝。剡(yǎn)棘:尖利的刺。抟(tuán):通"团",圆圆的;又一说,同"圜"(huán),环绕,楚地方言。⑥ 文章:花纹色彩。烂:斑斓,明亮。⑦ 精色:鲜明的皮色。类任道兮:就像抱着大道一样。类,像。任,抱。⑧ 纷缊(wēn)宜修:长得繁茂,修饰得体。姱(kuā):美好。⑨ 嗟:赞叹词。⑩ 闭心:安静下来,戒惧警惕。失过:即"过失"。⑪ 愿岁并谢:誓同生死。岁,年岁。谢,死。⑫ 淑离:美丽而善良自守。离,通"丽"。梗:正直。⑬ 少:年少。师长:动词,为人师长。⑭ 行:德行。伯夷:古代的贤人,纣王之臣。固守臣道,反对周武王伐纣,与弟叔齐逃到首阳山,不食周粟而死,古人认为他是贤人义士。置:植。像:榜样。

认识作者

屈原(约前340—前278年),名平,字原,战国时期楚国诗人、政治家。他是与楚王同姓的贵族,曾任左徒、三闾大夫等官职。学识丰富,具有远大的政治理想,主张任用任能,修明法度,抵抗秦国侵略。曾辅助怀王图议国事,处理内政,应对诸侯,甚得信任。后为同僚上官大夫所谗,被怀王疏远。顷襄王时,更因令尹子兰之忌,被流放到江南。最后他因为国家政事日益混乱,为秦国侵凌,迫近危亡,悲愤忧郁,自投汨罗江而死。

屈原是我国最早的伟大诗人,"骚体"的创始者,被誉为"中华诗祖""辞赋之祖"。屈原的出现,标志着中国诗歌进入了一个由集体歌唱到个人独创的新时代。屈原的主要作品有《离骚》《九歌》《九章》《天问》等。以屈原作品为主体的《楚辞》是中国浪漫主义文学的源头,与《诗经》并称"风骚",对后世诗歌产生了深远影响。

《橘颂》是屈原《九章》中的一篇,堪称我国诗歌史上第一篇咏物诗,南宋词人刘辰翁曾称这首诗歌是"咏物之祖"。

品品滋味

橘树在屈原笔下熠熠生辉。屈原颂橘,不仅颂其外观高雅美丽,更颂其"受命不迁,生南国兮"的坚贞不屈,颂其"嗟尔幼志,有以异兮"的远大理想,颂其"深固难徙,廓其无求兮"的襟怀若谷,颂其"苏世独立,横而不流兮"的特立独行,颂其"闭心自慎,终不失过兮"的审慎谨严,颂其"秉德无私,参天地兮"高尚无私。屈原这哪里是在颂橘,这分明是在颂人!屈原爱橘、敬橘、颂橘,在屈原心中,橘如有道君子,橘如伯夷,他愿与橘结为知己,愿以橘为师长,愿以橘为榜样。

橘是屈原理想人格的化身,屈原颂橘,实际上寄寓着自己对理想人格的追求。屈原生于楚,长于楚,对楚国有着深厚的感情,爱国之心,从不变更。屈原正是以橘树"受命不迁"来象征自己的宗国之情和乡土之恋,也正由于秉承天地所赐的重任,他恪尽职守,忍辱负重,助君为国。屈原颂橘,表达了自己扎根故土、忠贞不渝的爱国情怀和特立独行、怀德自守的人生理想。

这首诗歌,虽然篇幅短小,但全诗运用比兴的手法写成,借橘喻人,咏物言志,对后世的咏物诗产生了深远影响。

相关链接

杜甫《病橘》、苏轼《浣溪沙·咏橘》

名句推荐

苏世独立，横而不流兮。

阅读与欣赏

2. 饮酒(其八)

(东晋)陶渊明

青松在东园,众草没其姿①。
凝霜殄②异类,卓然③见高枝。
连林④人不觉,独树⑤众乃奇。
提壶挂寒柯⑥,远望时复为⑦。
吾生梦幻间,何事⑧绁尘羁!

诗词解意

青翠的松树生长在东园里,荒草埋没了它的身姿。
寒霜凝结时,其他植物都枯萎了,这才显现出它卓尔不群的高枝。
在一片树林中人可能还不觉得,单独一棵树的时候人们才称奇。
我提着酒壶抚弄寒冬中的树干,有时候又极目远眺。
我生活在梦幻一样的世间,又何必被俗世的尘嚣羁绊住脚步呢。

了解字词

① 没其姿：掩没了青松的英姿。其：一本作奇。② 殄(tiǎn)：灭尽。异类：指众草。③ 卓然：特立的样子。④ 连林：松树连成林。人不觉：不被人注意。⑤ 独树：一株、独棵。众乃奇：众人认为奇特。奇：一本作知。⑥ 寒柯：指松树枝。⑦ 这是倒装句，应为"时复远望"，有时又远望。这句和上句极力描写对松树的亲爱，近挂而又远望。⑧ 何事：为什么。绁(xiè)：系马的缰绳，引申为牵制。尘羁：犹尘网。这句和上句是说人生如梦幻，富贵功名把人束缚够了，为什么还要受它的羁绊？

认识作者

陶渊明(365—427)，字元亮，一说，名潜，渊明，浔阳柴桑人(今江西九江市)，卒后友朋私谥"靖节"。东晋末至南朝宋初期伟大的诗人、辞赋家。早年曾任江州祭酒、镇军参军、彭泽县令等职，后因厌恶官场污浊，遂退隐田园。他是中国第一位田园诗人，被称为"千古隐逸之宗，百世田园之主"，有《陶渊明集》。《饮酒》《归园田居》《桃花源记》《五柳先生传》《归去来兮辞》等都是其代表作。

陶渊明是中国文学史上第一个大量写饮酒诗的诗人，在今存的陶诗中，描写田园风光、劳动的，只有十来首，而咏酒的，却有六十多首，其中《饮酒》组诗就有二十首。陶渊明为什么要醉心于吟酒？自然是"醉翁之意不在酒"，而在于"此中有真意"，酒中有真情，酒后吐真言。《饮酒》组诗就比较深刻地揭示了陶渊明以清高自许，坚守节操的品格。其中，《饮酒》其八，以东园孤松为自己的写照，最能体现陶渊明耿介拔俗、守正不阿的节操和高洁的人格。

品品滋味

如果用"一花、一树、一壶酒"来描绘陶渊明的隐居世界，这"花"当然是凌霜怒放的菊花，只因一句"采菊东篱下，悠然见南山"，陶渊明对菊花的独爱，已是世人皆知，成为千古绝唱。那陶渊明对哪种树情有独钟呢？那就是傲雪挺拔的松树。陶渊明对松树的喜爱程度绝不亚于菊花，在他的笔下菊与松经常同时出现，互相映衬。"三径就荒，松菊犹存"，"芳菊开林耀，青松冠岩列。怀此贞秀姿，卓为霜下杰"，可见陶渊明钟爱菊与松，与二者凌霜傲雪、在寒风中风姿卓然有关。

孔子说："岁寒，然后知松柏之后凋也。"其实，青松之姿，挺秀如画，不管是岁寒、岁暖，天性不变，只是天寒地冻，"众草"枯萎，方衬托其卓尔不群的英姿。万物肃杀之际，偌大东园之内，仅存一棵孤松，此时松之美在于苍翠耐寒，在于孤傲高洁。陶渊明钟爱这棵东园孤松，便将酒壶挂在松枝之上，饮酒、流连于松树之下。即使不到园中，亦时常从远处来瞻望青松之姿。挂壶寒柯，这是何等亲切。远望松姿，正是一往而情深。此时东园孤松已是陶渊明人格的象征——遗世独立、坚守高尚的情操，不必把自己束缚在尘网中，失掉独立自由之人格。

东园有孤松，陶渊明心中亦有一棵孤独的青松，那是苍翠的孤松，是风雨如磐的孤松，是不同流俗的孤松。千古而下，陶渊明如一棵孤松挺立天地之间。

 相关链接

陶渊明《饮酒》其四、《拟古九首》其六

 名句推荐

吾生梦幻间，何事绁尘羁！

阅读与欣赏

3. 在狱咏蝉

(唐)骆宾王

西陆蝉声唱[①]，南冠客思侵[②]。
那堪玄鬓影[③]，来对白头吟[④]。
露重飞难进，风多响易沈[⑤]。
无人信高洁，谁为表予心？

诗词解意

秋天寒蝉声声,囚徒相思浓浓。

怎能忍受你黑色的蝉翼,面对我斑白的双鬓。

霜露重重,振翅难以高飞;秋风飒飒,歌声容易消散。

无人相信你的高洁,谁能表达我的心迹?

了解字词

① 西陆:指秋天。《隋书·天文志》:"日循黄道东行一日一夜行一度,三百六十五日有奇而周天。行东陆谓之春,行南陆谓之夏,行西陆谓之秋,行北陆谓之冬。" ② 南冠:楚冠,这里是囚徒的意思。用《左传·成公九年》楚钟仪戴着南冠被囚于晋国军府事。客思:家乡之思。侵:侵袭一作"深"。 ③ 玄鬓影:指蝉,鬓发梳得薄如蝉翼,看上去像蝉翼的影子,故玄鬓影指蝉。那堪:一作"不堪"。 ④ 白头吟:语意双关,意谓秋蝉正对着自己的白头吟唱。又《白头吟》为古乐府《楚调》曲名,曲调哀怨,诗人用以表示自己清直而遭谗的感情。 ⑤ 沈:同"沉",沉默。

认识作者

骆宾王(约640—约684),字观光,婺州义乌(今浙江义乌市)人,唐代诗人,与王勃、杨炯、卢照邻合称"初唐四杰"。《帝京篇》是其杰作,《在狱咏蝉》《于易水送人》等是其代表作。

骆宾王曾在道王李元庆府供职,历武功、长安主簿及侍御史,不久得罪入狱,次年遇赦,贬临海县丞,郁郁不得志,后辞官。于武则天光宅元年随徐敬业(又名李敬业)在扬州起兵反对武则天。兵败,不知所终。

《在狱咏蝉》是唐代文学家骆宾王的咏物名篇,与虞世南的《蝉》、李商隐《咏蝉》并称唐代文学史上"咏蝉诗"的"三绝"之一。诗歌作于高宗仪凤三年(678年),当时,骆宾王任侍御史,因上书论事触忤武后,遭诬,以贪赃罪名而被打入大狱,这首诗是诗人在监狱中挥笔而就的。

古人咏物，无所不咏，蝉这种小昆虫进入诗歌已有三千多年的历史，我们从《诗经》中就能寻觅到蝉的身影，听到蝉的鸣叫声。在诗人笔下，蝉亦有灵性，他们既可以借蝉来抒发自己的羁旅乡思之情，也可以托蝉来言志，表明自己清正高洁之心。唐朝诗人骆宾王就是以蝉自喻，用寄托手法表明自己的高洁之心，表达自己身陷囹圄的悲愤心情。

诗歌开头两句用"兴"的手法，以秋天的蝉声引起狱中的客思，三四两句以"流水对"的形式，把物我合在一起，语义双关，用典贴切。用蝉的"玄鬓"衬托我的"白头"，曲折地表达了"我"在政治上像卓文君似的被遗弃了。五六句用"比"的手法，无一字不在说蝉，也无一字不在说"我"。"露重""风多"既是蝉所处的自然环境，又是"我"现实所处的政治环境。"飞难进""响易沉"，既描写蝉在"露重""风多"的环境中的狼狈相，又是"我"在政治上受压抑、被打击的艰苦历程。亦物亦我，表现出一种强烈的无可告语、无法辩解的心情。蝉栖高梧，餐风饮露，够清高了，可有谁相信它是高洁的呢？如今"我"也是以极清之品，蒙不洁之名，跟蝉的命运极其相似啊！在这里，蝉和"我"融为一体，不可分离。

虞世南《咏蝉》、李商隐《蝉》

无人信高洁，谁为表予心？

阅读与欣赏

4. 峨眉山月歌

（唐）李白

峨眉山月半轮秋①，
影入平羌江水流②。
夜发清溪向三峡③，
思君④不见下渝州。

诗词解意

高峻的峨眉山前，悬挂着半轮秋月。
流动的平羌江上，倒映着月亮影子。
夜间乘船出发，离开清溪直奔三峡。
想你却难相见，恋恋不舍去向渝州。

了解字词

① 峨眉山：在今四川峨眉山市西南。半轮秋：半圆的秋月，即上弦月或下弦月。② 影：月光的影子。平羌：即青衣江，在峨眉山东北。源出四川芦山，流经乐山汇入岷江。③ 夜：今夜。发：出发。清溪：指清溪驿，属四川犍为，在峨眉山附近。三峡：指长江瞿塘峡、巫峡、西陵峡，今在重庆、湖北两省市的交界处。一说指四川乐山的犁头、背峨、平羌三峡，清溪在黎头峡的上游。④ 君：指峨眉山月。一说指作者的友人。下：顺流而下。渝州：治所在巴县，今重庆一带。

11

"我寄愁心与明月，随风直到夜郎西。"我们的古人，尤其是古代诗人，对头顶的那轮明月，有着无穷的追问，寄予了无限的情怀，李白也是其中之一。

李白痴迷于月亮，他的一生以月亮为伴，他也是将月亮写得最为传神的诗人。在李白的咏月诗中，这首《峨眉山月歌》，历来被赞为"神韵"(《唐诗广选》)、"灵机逸韵"(《唐诗选脉会通评林》)、"熔化入神"(《李诗纬》)、"神韵清绝"(《唐诗笺注》)，可谓誉满千秋。

诗歌开篇即带我们进入月境。在峨眉山的崇山峻岭间，诗人伫立于一叶孤舟之上，抬望眼，半轮弦月依山而出，山峦雄峻，弦月如钩；低头俯视，月印江流，月影随行，仿佛至亲好友伴其远行，送了一程又一程。诗人此时刻画的离别之境，宏阔幽美，山月相伴、江月相随，虽远行但并不孤单。诗歌的后两句中，诗人连夜继续赶路，只是弦月已在半夜消失不见了。"夜发清溪向三峡，思君不见下渝州。"今晚，诗人离别峨眉山月，虽尚未离开蜀地，但已经开始想念。想念家乡的月亮，想念家乡。天上一轮明月，照耀家乡与他乡，但"露从今夜白，月是故乡圆"，哪里的月亮能和家乡的月亮相比啊！诗人把对家乡的依恋之情，寄托于升起在家乡的那半轮月亮上。

相关链接

李白《关山月》《把酒问月》《月下独酌四首》

相关链接名句推荐

峨眉山月半轮秋，影入平羌江水流。

5. 病马

（唐）杜甫

乘尔亦已久，天寒关塞深①。
尘中老尽力，岁晚病伤心②。
毛骨岂殊众③？驯良犹至今④。
物微意不浅，感动一沉吟⑤。

诗词解意

长久地骑着你，冒着天寒，向关塞前进。

风尘中你老了，还在继续尽力劳顿。岁晚时你病了，使我无限伤心。

你的毛骨难道与众不同？你驯良地伴随我直到如今。

虽是微小的生物，蕴藏的情意决不可浅论。你真叫我感动，我感动地深思吟味起来。

了解字词

① 关塞：边关，边塞。深：远、险。② 老尽力：谓一生尽力，年老而力衰。语出《韩诗外传》卷八。③ 毛骨：毛发与骨骼。岂：难道。殊众：不同于众。杜甫《寄常徵君》诗："楚妃堂上色殊众，海鹤阶前鸣向人。"殊，不一样。④ 驯良：和顺善良，驯服和善。三国魏明帝《短歌行》："执志精专，洁行驯良。"《淮南子·说林训》："马先驯而后求良。"犹至今：言一贯驯良，至今不变。⑤ 沉吟：忧思。

认识作者

杜甫（712—770），字子美，河南巩县（今河南巩义市）人。中国古代伟大的诗人，有"诗圣"之誉，与李白并称"李杜"。唐肃宗时曾任左拾遗、检校工部员外郎等职。后世称杜工部。有《杜少陵集》。

在乾元元年，杜甫谪任华州(今陕西省华县)司功参军，他在华州任上仅仅干了一年，终因肃宗昏庸无能导致邺城战役惨败，而对肃宗朝政彻底绝望，同时由于性格倔强，宁折不弯，遂决意告别仕途，于乾元二年秋天以生活穷困为由辞去官职，走向了山野，举家来到了边地秦州(今甘肃天水)。从此，他的生活越来越艰难，缺衣少食，诸病缠身。尤其是疟疾发作，几乎丧了性命。《病马》是杜甫于唐肃宗乾元二年(759年)在秦州所作的一首咏物诗，当时作者48岁。这首《病马》诗，就是借描写自己骑乘的一匹老马，借病马一生的遭遇来喻指自己的委屈与艰辛。

品品滋味

如果要在天地之间寻找一种可以代表杜甫人格象征的事物，则非"马"莫属，这或许与杜甫半生漂泊有关。杜甫咏物偏爱咏马，其咏马诗有14首，贯穿了其一生的情感世界。《病马》表面上看是描写自己骑乘的一匹老马，其实质是以"病马"自喻，艺术地展示自己暮年境况。"关塞"指秦州；"天寒"写秦州的秋天气候；"尘中老尽力"，杜甫此时已48岁，这在古代已是老龄了，"尽力"一词是杜甫的自我鉴定，为官时期对本职工作是忠诚的，离职以后仍为国事而伤怀。"岁晚病伤心"，"岁晚"指自己已经届入晚年，"病伤心"，杜甫此时患有肺病、疟疾，特别是那场疟疾，把他折腾得皮包骨，他曾按当地的土法治病：穿上女人的衣服，乔装打扮，躲进山洞，以逃避"虐鬼"的纠缠，但是效果不佳，只落了个"心微傍鱼鸟，肉瘦怯豺狼"的心态(《寄彭州高使君适》)；"驯良"一词是对自己的人格评定，杜甫为人忠厚、善良，他从不忘怀所交结的友人，即便自己困在秦州山野，却还在安慰遭到贬谪的朋友；"物微"指杜甫此时身无官职，乃一介草民，自不必多说；"沉吟"的意思是深思吟味，杜甫是在沉思人生的哲理，吟味个人的遭际：为何正直的人会有此厄运？诗中字字写病马，又字字写个人。物与人妙合无垠，达到咏物诗的最高境界。

相关链接

杜甫《房兵曹胡马》《瘦马行》

物微意不浅,感动一沉吟。

 阅读与欣赏

咏物篇

6. 菊花

(唐)元稹

秋丛绕舍似陶家①,
遍绕篱边日渐斜②。
不是花中偏爱菊,
此花开尽更无花③。

 诗词解意

丛丛秋菊围绕房舍,好似到了陶潜的故居。
围绕篱笆观赏菊花,不知不觉太阳西斜。
并非我特别偏爱菊花,
只是秋菊谢后,再也无花可赏。

 了解字词

① 秋丛:指丛丛秋菊。舍(shè):居住的房子。陶家:陶渊明的家。陶,指东晋诗人陶渊明。② 遍绕:环绕一遍。篱:篱笆。日渐斜(xiá):太阳渐渐落山。斜,倾斜。因古诗需与上一句押韵,所以应读xiá。③ 尽:完。更(gèng):再。

15

认识作者

元稹(779—831),字微之,唐代诗人,河南(今河南洛阳市)人。幼孤,母郑贤而文,亲授书传。贞元九年(793年)明经及第,又登才识兼茂明于体用科第一名,授左拾遗。历监察御史。因得罪宦官,贬江陵士曹参军。后变节,和宦官相勾结。穆宗朝,官职不断升迁。长庆二年(822年),与裴度同时拜相。时论不满,出为同州刺史。转越州,兼浙东观察使。后卒于武昌节度使任所。元稹与白居易同科及第,并结为终生诗友,二人共同倡导新乐府运动,世称"元白",诗作号为"元和体"。有《元氏长庆集》。

《菊花》是唐代诗人元稹创作的一首七言绝句。全诗表达了对菊花的喜爱,并在不经意间道出了喜爱菊花的原因。全诗语言淡雅朴素,饶有韵味。

品品滋味

东晋大诗人陶渊明写了"采菊东篱下,悠然见南山"的名句,其爱菊之名,无人不晓,而菊花也逐渐成了超凡脱俗的隐逸者之象征。历代文人墨客爱菊者不乏其人,其中咏菊者也时有佳作。中唐诗人元稹的七绝《菊花》便是其中较有情韵的一首。

这首七言绝句,虽然写的是咏菊这个寻常的题材,但用笔巧妙,别具一格,诗人独特的爱菊花理由新颖自然,不落俗套,并且发人思考。诗人没有正面写菊花,却通过爱菊,侧面烘托它的优秀品格,美妙灵动,意趣盎然。该诗取陶诗的意境,且也以淡雅朴素的语言吟咏,便不似陶公全用意象,蕴藉之至;而是在描绘具象之后,以自述的方式道出爱菊之由而又不一语说尽,留下了想象空间去回味咀嚼,这就增强了它的艺术感染力。

相关链接

白居易《咏菊》、黄巢《题菊花》、郑思肖《画菊》

名句推荐

不是花中偏爱菊,此花开尽更无花。

7. 早雁

(唐)杜牧

金河秋半虏弦开^①,云外惊飞四散哀。
仙掌月明孤影过,长门灯暗数声来^②。
须知胡骑纷纷在,岂逐春风一一回^③?
莫厌潇湘少人处,水多菰米岸莓苔^④。

诗词解意

八月边地回鹘士兵拉弓射箭,雁群为之惊飞四散哀鸣连连。
月明之夜孤雁掠过承露仙掌,哀鸣声传到昏暗的长门宫前。
应该知道北方正当烽烟四起,也不能随着春风回归家园。
请莫嫌弃潇湘一带人烟稀少,水边的菰米绿苔可免受饥寒。

了解字词

① "金河"句:秋天是胡人射雁的季节,这里借指发动战争。《汉书·晁错传》颜师古注引苏林曰:"秋气至,胶可折,弓弩可用,匈奴常以为候而出军。"金河,在今内蒙古自治区呼和浩特市南,这里泛指北方边地。八月是秋季当中的一个月,故云秋半。② "仙掌"二句:陕西太华山东峰曰仙人掌。又,汉武帝时,未央宫立有承露铜盘,亦曰仙人举。长门,汉宫名。这里都借指当时的长安一带。孤影过,数声来,写早雁离散惊飞的悲惨。③ "须知"二句:雁是候鸟,秋日南飞,春季北返。这里说,南飞的燕群,即便春天来了,也不能返回北方,意指在胡人铁蹄蹂躏之下逃难的人民,已是无家可归。胡,指回鹘,也称回纥。④ "莫厌"二句:意谓南方多空旷之地,可以托生。潇湘,湖南省的湘水,泛指湖南一带。相传雁飞到湖南衡山回雁峰即止,春天再北飞。菰(gū),草本植物,生浅水中,秋季结果,叫"菰米",又

名雕胡米。莓，苔的别名。菰米和莓苔都可作鸟类的食物。

杜牧(803—约852)，字牧之，号樊川居士，京兆万年(今陕西西安)人。唐代杰出的诗人，散文家。人称"小杜"，与李商隐并称"小李杜"。

唐武宗会昌二年(842年)八月，正是北雁开始南飞的季节，回鹘奴隶主乌可介汗乘唐王朝衰微之机，率兵南侵，进入大同川(今内蒙古自治区境内)一带，直逼云州(今山西大同市)城门。"胡骑"蹂躏国土，边民惊惶南逃，而唐王朝对御侮安民，却无所作为。杜牧忧念边地流散的人民，借咏雁以寄托。农历八月是秋季的第二月，所以用"早雁"标题。

品品滋味

诗人杜牧既关心时事，又深谙兵法，他高度关注回鹘入侵事件并写作这首《早雁》诗，目的是用寓托手法针砭时弊、讽刺现实。透过诗歌，可看到一群如受惊吓的鸟儿般仓皇逃难、流离失的边民，看到站立在他们背后的忧国忧民、哀婉叹息的诗人形象。

诗人对边境人民的颠沛流离深感难过，他用比兴象征的手法，以惊飞四散的鸿雁比喻流离失所的人民，来寄予自己对战争难民们的深切同情。诗人着意描绘的早雁，从受惊虏弦，逃窜哀鸣，到不能北返，劝留南方，诗人笔笔写雁，却通篇无一雁字；句句咏雁，却使人感到句句写人，情真意切。

诗人对唐王朝的无所作为深感愤恨，但作品通篇未直抒胸臆，未发表议论，他对唐王朝的批评、讽刺和怨徘，完全寓于所刻画的艺术形象。惊鸿之中，因而怨而不露、怨而不怒。诗人摹写早雁的惊惶，以及对入侵者的仇恨，乃至诗人对早雁的怜悯与慰留，这些深厚的强烈的爱憎感情，均巧妙而自然地贯注于叙事写景之中，流露了"哀怨清激之声，慷慨悲歌之意"，言近旨远，词外情深，表达了爱国忧民的幽愤，具有相当强烈的艺术感染力量。

杜甫《孤雁》、李白《鸣雁行》

仙掌月明孤影过,长门灯暗数声来。

阅读与欣赏

咏物篇

8. 云

(唐)来鹄

千形万象竟还空①,
映水藏山片复重②。
无限旱苗枯欲尽③,
悠悠闲处作奇峰。

诗词解意

你在天空中千变万化却不见下雨,
有时映在水面,有时藏在山腰,有时一片片,有时重重叠叠。
无数的禾苗干枯得快要死了,
你仍然悠闲地变幻成奇山怪峰站在天边。

了解字词

① 千形万象:指云的形态变化无穷。竟还空:终究一场空,不见雨下来。竟,终于。② 片复重:时而一片片,时而重重叠叠。重,云朵重叠。③ 无限:无数。旱苗:遭旱的禾苗。尽:死尽。

认识作者

来鹄（？—883），豫章（今江西南昌市）人，晚唐时知名诗人，《全唐诗》称其"诗清丽"。大中、咸通年间以才名闻于世，然因家贫不达，故作诗多讽时刺世，为权贵所忌恨，而致多次考进士不中。黄巢农民起义军攻破长安后，诗人漂泊流离，流落荆襄，历尽艰辛，在贫病交迫之中死于维扬旅舍，主人出于同情才将其收葬。其诗现仅存29首，多为律诗、绝句。

《云》一首托物讽刺诗，前两句描写夏云千变万化、变化莫测。后两句斥责夏云不管百姓盼望下雨的急切心情，还悠闲自得地作奇峰状，借以讽刺一些官员在其位不谋其政，不办实事，不恤百姓疾苦。这首诗描写生动形象，写景与抒情巧妙结合，是最富人民性的咏云之作。

品品滋味

"浮云游子意，落日故人情"，李白看云，抒发的是与友离别时的依依不舍；"行到水穷处，坐看云起时"。王维看云，表达的是恬淡闲适时的自得其乐；"浮云一别后，流水十年间"。韦应物看云，流露出旧友重逢时岁月变迁的无奈感慨。仰望天空漂浮着的云朵，诗人们情思悠悠，但大多是托物感怀，抒发个人情思。诗人来鹄不同，他心中有大情感，他惦记的是普天之下的农民，他关注的是久旱无甘霖的庄稼，他痛恨的是不管人民死活、只顾自身享乐的大大小小的官吏。从此角度来看，与其说《云》是咏物诗，不如说它是地地道道的悯农诗。

久旱盼甘霖，农民看云，是对丰收的渴望，是急切地盼望着云聚雨即来，可是天空中变化莫测的云朵一次次让他们的期望落空，一个"空"字，既表现了天上的云随风飘散、化为乌有，也反映云彩消散后农民们希望落空的空寂心情，更反映了农民对收成无着的一声叹息。"无限旱苗枯欲尽"，我们可以想象农民一会儿仰望苍天，一会俯视禾苗时的急切、无奈、痛苦与绝望；"悠悠闲处作奇峰"，我们也可以想象千变万化的云朵悠闲自得、自我陶醉的模样，以及它们对农民无情地戏谑、捉弄与折磨。在跌宕有致的对比描写中，诗人给云的形象添上了画龙点睛的一笔，把憎厌那些"闲处作奇峰"的云的感情推向了高潮。

可以说，古代诗歌中咏云的名诗名句很多，但用劳动者的眼光、感情来观察和描绘云的却几乎没有，来鹄这首《云》可称得上是咏云的一篇别致的佳作。

相关链接

来鹄《子规》《惜花》《洞庭隐》

名句推荐

无限旱苗枯欲尽,悠悠闲处作奇峰。

阅读与欣赏

9. 瀑布联句①

(唐)黄檗、李忱

千岩万壑②不辞劳,
远看方知出处高。
溪涧③岂能留得住,
终归大海作波涛。

诗词解意

你不辞辛劳穿越千岩万壑飞奔下来,
远远追寻你的源头,才发现你来自高处。
小小的溪流和山涧岂能留得住你?
你终归要奔流入海变成汹涌的波涛。

21

咏物篇

了解字词

① 联句：两人或多人共作一诗，依次出句，相联成篇，可以一人出一句、两句或多句。据宋代学者陈岩《庚溪诗话》此诗上联为唐代高僧黄檗（bò）所出，下联为唐玄宗李忱（chén）所出。另据《佛祖统纪》，上联为香严禅师出。② 壑：沟，山沟。③ 涧：两山之间的溪流。

认识作者

《瀑布联句》是由唐代高僧黄檗（一说香严闲禅师）和唐宣宗李忱共同创作。黄檗（? —855），号称黄檗（niè）禅师，是唐代靖州鹫峰（今江西省宜丰县黄檗山）大乘佛教高僧。唐宣宗李忱（810—859），汉族，唐朝第十八位皇帝（847—859在位），初名李怡，初封光王。武宗死后，以皇太叔为宦官马元赞等所立。

据《庚溪诗话》记载，唐宣宗微时，以武宗忌之，遁迹为僧。一日游方，遇黄檗禅师同行，因观瀑布。禅师说他吟诵瀑布得到一联诗，但后面的接不上了。宣宗愿意续成。于是禅师说出前两句，宣宗续出后两句，合成了一首气势磅礴、富于激情的千古名诗。

品品滋味

联句是古代作诗的方式之一，即由两人或多人共作一诗，联结成篇。因其每人的才学禀赋、视野格局等不同，联句其实很难成为珠联璧合的佳作，而《瀑布联句》的成功就显得尤为难得。

诗歌前两句围绕瀑布的过去，追溯瀑布形成的曲折过程。在深山之中，无数不为人知的涓涓细流，腾石注涧，逐渐汇集为巨大山泉，它们不畏艰险，在经历"千岩万壑"的磨难后，它终于到达山崖前，形成壮观的瀑布。"不辞劳"三字有强烈拟人化色彩，充溢着赞美之情，在艰难险阻中，细流成泉，到达生命的最高处，继而"飞流直下"化为瀑布，完成生命过程的第一次飞跃。

诗歌的后两句围绕瀑布的将来，探寻瀑布冲出山涧后的未来走向。诗句中没有对瀑布飞流的壮观景象进行直接描写，但从后两句"岂能留得住""作波涛"可以想象出瀑布冲破一切阻挠、气势磅礴地奔涌向前的样子。综观瀑布的过去、现在，作者预测瀑布的未来去向——它必定奔流至波涛汹涌、广阔无垠的大海，从而实现生命的第二次飞跃。"百川东到海",这是细流志存高远、不畏艰辛的结果。《庚溪诗话》认为李忱能坐上皇帝宝座,"志先见于此诗矣"。也正是两位作者一脉相承、珠联璧合的配合成就了这首咏物言志的名篇。

 **相关链接**

李白《望庐山瀑布》、李梦阳《开先寺》

名句推荐

溪涧岂能留得住,终归大海作波涛。

咏物篇

阅读与欣赏

10. 鹦鹉

（唐）罗隐

莫恨雕笼①翠羽残②，
江南地暖陇西寒③。
劝君不用分明语④，
语得分明出转难⑤。

诗词解意

不要怨恨被关在华丽的笼子里,也不要痛恨翠绿的毛被剪得残缺不全,
江南气候温暖,而你的老家陇西十分寒冷。
劝你不要把话说得过于清楚,
话说得太清楚,人就愈加喜爱,要想飞出鸟笼就更难了。

了解字词

① 雕笼：雕花的鸟笼。② 翠羽残：笼中鹦鹉被剪去了翅膀。③ 陇西：陇山（六盘山南段别称）以西，古传说为鹦鹉产地，俗称其为"陇客"。④ 君：指笼中鹦鹉。分明语：学人说话说得很清楚。⑤ 出转：指从笼子里出来获得自由。

认识作者

罗隐（833—909），字昭谏，余杭（今属浙江）人，一说新登（今浙江桐庐县）人，唐末五代时期的道家学者，诗人。他本名横，因十次考进士，都没考上，史称"十上不第"，于是改名为隐。55岁入镇海军节度使钱镠（liú）幕，迁节度判官、给事中等职。他的诗多是讽刺现实之作，多用口语。

《鹦鹉》这首诗作于罗隐投靠江东、受到钱镠礼遇之时。在钱镠幕中，罗隐的文学才能得以施展，但他志不在此，他念念不忘的是以自己的政治才能来干预政治。所以，尽管他投靠了钱镠，选择"偏安江南"，但是他仍然思念唐代国都长安，仍然不忘自己报效唐皇的政治理想。他很苦闷，但又无从发泄，这首《鹦鹉》小诗便是在这种情况下创作的。

品品滋味

罗隐个性桀骜、傲世不恭，他欣赏三国时期狂放不羁的名士祢衡，并与他产生了强烈的共鸣，对其怀才不遇乃至招致杀身之祸的命运表现出由衷的同情。他常常以祢衡自比。祢衡为人恃才傲物，先后得罪过曹操与刘表，到处不被容纳，最后又被遣送到江夏太守黄祖处，在一次宴会上即席作《鹦鹉赋》赋篇，假借鹦鹉以抒述自己托身事人的遭遇和忧谗畏讥的心理。罗隐的这首诗，命意亦相类似。此诗不同于一般的比兴托物，而是借劝说鹦鹉来吐露自己的心曲。说鹦鹉出语招祸又是作者的自己比况，借劝说鹦鹉来抒泄内心的悲慨，表达了作者寄人篱下忧谗畏讥的抑郁心情。

相关链接

罗隐《黄河》《蜂》

名句推荐

劝君不用分明语,语得分明出转难。

11. 山园小梅(其一)

(宋)林逋

众芳摇落独暄妍①,
占尽风情向小园。
疏影横斜水清浅②,
暗香浮动月黄昏③。
霜禽欲下先偷眼④,
粉蝶如知合断魂⑤。
幸有微吟可相狎⑥,
不须檀板共金樽⑦。

诗词解意

百花凋零,独有梅花迎着寒风盎然盛开,
那明媚艳丽的景色把小园的风光占尽。
稀疏的影儿,横斜在清浅的水中,
清幽的芬芳浮动在黄昏的月光之下。
寒雀想飞落下来时,先偷看梅花一眼;
蝴蝶如果知道梅花的妍丽,定会消魂失魄。
幸喜我能低声吟诵,和梅花亲近,
不用敲着檀板唱歌,执着金杯饮酒来欣赏它了。

了解字词

① 众芳:百花。摇落:被风吹落。暄妍:明媚美丽。② 疏影横斜:梅花疏疏落落,斜横枝干投在水中的影子。③ 暗香浮动:梅花散发的清幽香味在飘动。④ 霜禽:一指"白鹤";二指"冬天的禽鸟",与下句中夏天的"粉蝶"相对。⑤ 合:应该。⑥ 微吟:低声地吟唱。狎(xiá):亲近而态度不庄重。⑦ 檀板:演唱时用的檀木拍板,此处指歌唱。金樽:金杯,豪华的酒杯,此处指饮酒。

认识作者

林逋(967—1028),字君复,后人称为"和靖先生",北宋著名隐逸诗人,年轻时漫游江淮,四十余岁后隐居杭州西湖,结庐孤山,终生不仕不娶,惟喜植梅养鹤,自谓"以梅为妻,以鹤为子",人称"梅妻鹤子"。《山园小梅》是林逋创作的七言律诗,共两首,此篇为其一。

林逋咏梅有诗八首、词一首。诗八首宋时即被称为"孤山八梅",其中"疏影横斜水清浅,暗香浮动月黄昏"一联最为脍炙。这首《山园小梅》突出地写出梅花特有的姿态美和高洁的品性,写梅不言梅,颂隐不提隐,以梅的品性比喻自己孤高幽逸的生活情趣,表现了诗人的隐士之志,是历代借物言志诗的典范之作。

品品滋味

林逋与梅花的关系,如陶渊明与菊花一般,已成为中国文学史上的美谈。林逋爱梅,心中有梅,园中种梅,诗中写梅,一生写下了被称为"孤山八梅"的八首咏梅诗,尤其是《山园小梅》,堪称千古咏梅第一名篇。

文人咏梅诗始于南朝,到唐朝梅花与其他花卉一样,只是偶然成为诗人感时伤怀的寄托而已。直至林逋,发现了梅花美的一个极其重要的方面——"枝""影"美,从而使梅花的轻峭疏瘦美得以完整的确立;直至林逋,梅花与"水""月"成了一个经典组合,水与月的晶莹澄澈、冰清玉洁有效地渲染出梅花幽雅高洁的格调神韵。正是林逋以隐士的心性咏梅,开创了咏梅重在品格立意的新境界,奠定了后世梅花美在清节雅意的基本内涵。梅花,透过林逋的隐居生活和人格意趣的渗透,散发出了超尘脱俗的格调,契合了士大夫们对道德人格意趣和人生高雅品位的追求。所以自林逋之后,梅花才真正高出于普通花卉之上,才获得了纯洁高雅的象征。

相关链接

王安石《梅花》、苏轼《红梅三首》、陆游《卜算子·咏梅》

名句推荐

疏影横斜水清浅,暗香浮动月黄昏。

阅读与欣赏

12. 北陂①杏花

(宋)王安石

一陂春水绕花身,
花影妖娆各占春。
纵②被春风吹作雪,
绝胜③南陌④碾成尘。

诗词解意

一池春水围绕着岸边的杏花,
岸上的花,水中的花影,都是那么鲜艳动人。
即使被无情的东风吹落,飘飘似雪,也应飞入清澈的水中,
胜过那路旁的花,落了,还被车马碾作灰尘。

了解字词

① 陂(bēi):池塘。② 纵:即使。③ 绝胜:远远胜过。④ 南陌:指道路边上。

 认识作者

　　王安石（1021—1086），字介甫，号半山，抚州临川（今属江西）人，北宋政治家、文学家。宋仁宗庆历二年（1042年）进士，官至参知政事，封荆国公。有《临安先生文集》。

　　王安石在北宋诗坛上占重要的一席之地，在经历两度罢相之后，他"寓悲愤于闲淡之中"，这种复杂的心态让他晚年诗歌曲折深婉、清远醇厚，并在北宋诗坛独树一帜，世称"王荆公体"。

　　《北陂杏花》是王安石创作的一首七言绝句，写于王安石贬居江宁（今南京市）之后。诗歌一二句写出了北陂杏花的娇媚之美，三四句议论抒情，褒扬北陂杏花品性之美。作者寄情于物，体现出王安石刚强耿介的个性和孤芳自赏的人生追求，是他晚年心境的写照。

 品品滋味

　　《北陂杏花》首先描绘了一幅绝美春水杏花图：一池清澈的春水绕着一树杏花流淌着，岸边杏花娇妍，水中花影粼粼，花映水面，花影水色，分外妖娆。接下来，春风摇曳花树，杏花如雪飘飘，洒落在一池春水中。花谢花飞，诗人并没有伤感悲愁，从作者的议论中可以看出，他在为杏花感到庆幸，只因杏花是飘落在北陂，而非南陌。飘落在北陂的杏花，即使香消玉殒，也是也在一泓清波中保持素洁、高雅；而飘落在南陌的杏花任人践踏、满身污秽、碾成尘土。很显然，诗歌中的"北陂""南陌""是两个截然不同的空间隐喻，一个是孤寂而洁净之地，一个喧嚣而污秽之所。从一"纵"、一"绝"两个字来看，诗人是毅然决然、欢欣鼓舞地选择了留在北陂之地，这体现出诗人不随波逐流，孤傲高洁的品质。

　　《北陂杏花》篇幅短小，但委婉曲折，情韵无穷。诗歌中有直写，有侧写，有描绘，有议论，诗人自己高洁的品格、坚定的意志也隐寓其中，显得含蓄而深远，可与唐人绝句相媲美。

相关链接

　　王安石《促织》《孤桐》《杏花》

纵被春风吹作雪,绝胜南陌碾成尘。

阅读与欣赏

13. 水龙吟·次韵章质夫杨花词①

(宋)苏轼

似花还似非花,也无人惜从教坠②。抛家傍路,思量却是,无情有思③。萦损柔肠④,困酣娇眼,欲开还闭⑤。梦随风万里,寻郎去处,又还被、莺呼起⑥。

不恨此花飞尽,恨西园、落红难缀⑦。晓来雨过,遗踪何在?一池萍碎⑧。春色三分,二分尘土,一分流水。细看来,不是杨花,点点是离人泪⑨。

![诗词解意]
诗词解意

　　像花又好像不是花,无人怜惜任凭它飘来坠去。离开了枝头,却彷徨在路边,仿佛是无情,细细思量,实际上则饱含深情。受伤的柔肠婉曲,困倦得娇眼昏迷,欲开又闭。梦魂随风飘万里,去寻找情郎去处,可是莺啼梦亦醒。

　　不为杨花飞尽而遗憾,只为西园落花衰残春消逝而遗憾。拂晓雨停,杨花遗迹在何处?早已化为一池浮萍。如果春色三分,它们都随杨花化作尘土、坠入流水,消失了踪影。再细看来,那不是杨花呵,点点飘絮是离人的点点眼泪啊。

![了解字词]
了解字词

　　① 水龙吟:词牌名,又名"龙吟曲""庄椿岁""小楼连苑"。次韵:用原作之韵,并按照原作用韵次序进行创作,称为次韵。章质夫:名楶(jié),建州浦城(今属福

建)人。时任荆湖北路提点刑狱,常与苏轼诗词酬唱。杨花:即柳絮。②"也无人"句:也没有人爱惜,任凭它飘来坠去。从教:任凭。③"抛家傍路"三句:无情有思(sì):言杨花看似无情,却自有它的愁思。用唐韩愈《晚春》诗:"杨花榆荚无才思,唯解漫天作雪飞。"这里反用其意。思:心绪,情思。"抛家傍路"与下文"寻郎去处"句相应。④萦:萦绕、牵念。柔肠:柳枝细长柔软,故以柔肠为喻。用唐白居易《杨柳枝》诗:"人言柳叶似愁眉,更有愁肠如柳枝。"⑤"困酣"二句:形容困倦之极。此以美人娇媚的眼睛比喻柳叶。古人诗赋中常称初生的柳叶为柳眼。⑥"梦随"三句:唐金昌绪《春怨》诗:"打起黄莺儿,莫教枝上啼。啼时惊妾梦,不得到辽西。"此用其意。⑦"落红"句:意谓春事衰残。缀:连结。⑧一池萍碎:苏轼自注:"杨花落水为浮萍,验之信然。"⑨"细看来"三句:按苏词虽未和韵,此三句与章质夫原词读法不同。如照原词句法,应标点为:"细看来不是,杨花点点,是离人泪。"(万树《词律》卷十六按此句式)语意支离,不足取;后人已予驳正。

认识作者

苏轼(1037—1101),字子瞻,号东坡居士,眉州眉山(今属四川)人,官至礼部尚书。北宋文学家,与父苏洵、弟苏辙合称"三苏"。诗文有《东坡七集》等,词集有《东坡乐府》。

本词约作于宋神宗元丰四年(1081年),时为苏轼因"乌台诗案"被贬谪居黄州的第二年。苏轼的同僚和好友章质夫作有咏杨花的《水龙吟·燕忙莺懒芳残》,苏轼的这一首是次韵之作。苏轼在给章质夫的信中说:"《柳花》词妙绝,使来者何以措词。本不敢继作,又思公正柳花飞时出巡按,坐想四子,闭门愁断,故写其意,次韵一首寄云,亦告以不示人也。"

章质夫杨花词,以写景状物生动逼真见长,苏轼下笔,就避实就虚,不再用力于刻画杨花的形态,而是以写杨花的神态为主,而且有意识地将杨花比拟为春闺寂寞的玉人,从而借描写玉人慵懒的神态,来写杨花的形象特质。杨花非无情之物,而是有情之人,苏轼不仅以玉人喻杨花,而且更是在玉人的形象中寄托了其身世之慨。

品品滋味

苏词一向以豪放著称,但也有婉约之作,这首《水龙吟·次韵章质夫杨花词》即为婉约之作。全词构思巧妙,刻画细致,咏物与拟人浑然一体,情调哀怨缠绵,寓生命以孤独、漂泊、失落、不能自主、无可奈何之悲伤,体现了苏词风格婉约缠绵的一面。

　　苏轼的确不愧为词中翘楚，这首婉约词，自南宋以来，就一直被人们誉为"压倒今古"之绝唱(张炎《词源》)。王国维《人间词话》评价："咏物之词，自以为东坡《水龙吟》为最工。"之所以能获得如此殊荣，在于这首词在艺术上的成功，即"通过富有匠心的构思和丰富的想象，运用拟人化的手法，把咏物和写人巧妙地结合在一起。它表面上在描绘杨花的飘坠，实际上是刻画了一个女子的伤感和幽怨。"(中国社会科学院文学研究所编《唐宋词选》)清人刘熙载《艺概》说："东坡《水龙吟》起句云：'似花还似非花。'此句可作全词评语，盖不离不即也。"就咏物来说，写杨花有情，随着梦境去万里寻郎，最后化为浮萍，成为离人泪，所以是很细致的咏物。就写人来说，这首词描写思妇愁情，梦里寻郎不成，春色又无法留住，写出思妇的愁苦，是很好的抒情。用写人的词语来写物，使物也有了人情味。最后"不是杨花，点点是离人泪"，把杨花和泪水结合起来，又写杨花又写人，虚虚实实，"不即不离"，不离所咏之物，不停留在形体的描写上，而是注入了作者的深情，借吟咏杨花表达了一种深挚的情怀。物中有我，我中有物，物我一体。

相关链接

章粢水《龙吟·杨花》

名句推荐

细看来，不是杨花，点点是离人泪。

阅读与欣赏

14. 六丑·蔷薇谢后作①

(宋)周邦彦

　　正单衣试酒②，恨客里、光阴虚掷。愿春暂留，春归如过翼③。一去无迹。为问

咏物篇

花何在,夜来风雨,葬楚宫倾国④。钗钿堕处遗香泽⑤。乱点桃蹊,轻翻柳陌⑥。为情更谁追惜⑦?但蜂媒蝶使⑧,时叩窗隔⑨。

东园岑寂。渐蒙笼暗碧⑩。静绕珍丛底⑪,成叹息。长条故惹行客⑫。似牵衣待话,别情无极⑬。残英小、强簪巾帻⑭。终不似、一朵钗头颤袅,向人欹侧⑮。漂流处、莫趁潮汐⑯。恐断红、尚有相思字,何由见得⑰!

📁 诗词解意

正是换单衣尝新酒的时节,只恨客居异地,光阴白白地流逝。祈求春天暂留片刻,春天匆匆归去就像鸟儿飞离,一去无痕迹。试问蔷薇花儿今何在?夜里一场急风骤雨,埋葬了南楚倾国的佳丽。花瓣儿像美人的钗钿堕地,散发着残留的香气,凌乱地点缀着桃花小路,轻轻地在杨柳街巷翻飞。多情人有谁来替落花惋惜?只有蜂儿蝶儿像媒人使者,时时叩击着窗棂来传递情意。

东园一片静寂,渐渐地草木繁盛茂密,绿荫幽暗青碧。环绕着珍贵的蔷薇花丛静静徘徊,不断地唉声叹气。蔷薇伸着长枝条,故意钩着行人的衣裳,仿佛牵着衣襟期待倾听话语,流露出无限的离情别意。拾一朵小小的残花,在头巾上勉强簪起。终究不像一朵鲜花戴在美人钗头上颤动、摇曳,向人俏媚地斜倚。花儿呵,切莫随着潮水远远逝去。惟恐那破碎的花儿,还写着寄托相思的字,如何可以看出来呢?

📁 了解字词

① 六丑:词牌名,周邦彦首创。据周密《浩然斋雅谈》,邦彦曾对宋徽宗云:"此犯六调,皆声之美者,然绝难歌。昔高阳氏有子六人,才而丑,故以比之。"② 试酒:宋代风俗,农历三月开或四月初尝新酒。见《武林旧事》等书。③ 过翼:飞过的鸟。杜甫《夜二首》诗:"村墟过翼稀。"④ 楚宫倾国:楚王宫里的美女,喻蔷薇花。⑤ "钗钿(diàn)"句:以美人遗落的钗钿比喻飘落的花瓣。⑥ "乱点"二句:形容落花飞散貌。桃蹊:桃树下的路径。⑦ "多情"句:"为谁多情追惜"的倒文。意即还有谁多情(似我)地痛惜花残春逝呢?⑧ 蜂媒蝶使:蜂、蝶飞游于花丛中,故作为花的媒人和使者来说。裴说《牡丹》诗:"游蜂与蝴蝶,来往自多情。"⑨ 窗隔:即窗子。一作"槅(gé)"。古代话本中多称窗子为槅子窗。⑩ 蒙笼暗碧:谓暮春绿叶茂密,景色显得幽暗。⑪ 珍丛:指蔷薇花丛。⑫ "长条"句:蔷薇有刺,会勾住佳人的衣服,故云。惹:挑逗。⑬ "似牵衣"二句:孟郊《古别离》:"欲别牵郎衣,郎今到

何处?"依《四部丛刊》本《草堂诗余·后集》卷下的断句,应标点为"似牵衣,待话别,情无极"。⑭ 强簪巾帻(zé):因落花太小,插戴在头巾上,有勉强之感。巾帻,头巾。⑮ "终不似"二句:谓总不如一朵鲜花插戴美人钗头摇曳多姿。向人欹侧,有悦人、媚人之意。⑯ "漂流"二句:劝落花不要随意流水俱去。潮,早朝。汐,晚潮。⑰ "恐断红"二句:从断红联想到红叶提诗的故事,转过来写人的相思之情。范摅《云溪友议》卷下:"庐渥舍人应举之岁,偶临御沟,见一红叶,命仆寮来。叶上有一绝句。……诗云:'水流何太急,深宫尽日闲。殷勤谢红叶,好去到人间。'"断红,落红。

认识作者

周邦彦(1056—1121),北宋词人,字美成,号清真居士,钱塘(今浙江杭州)人。官历太学正、庐州教授、知溧水县等。有《片玉集》(《又名清真集》)。周邦彦被称为婉约词之集大成者,在咏物词方面,尤擅长托物言情,王国维《人间词话》对此予以中肯地评价:"美成深远之致,不及欧、秦;唯言情体物,穷极工巧,故不失为第一流之作者。"

《六丑·蔷薇谢后作》一题"落花",是周邦彦的咏物名篇之一。词中咏写对蔷薇的怜惜并表现伤春之情,寄寓了作者自己的身世飘零之感。陈廷焯《白玉斋词话》卷二评此词曾云:"满纸是羁愁抑郁,且有许多不敢说处,言中有物,吞吐尽致。"

品品滋味

如果用一个字概括《六丑·蔷薇谢后作》所流露的感情,那就是"惜"字,也这是作者因何偏偏选择落花作为所咏之物的原因。

诗人惜什么? 自然是惜春、惜花。春欲归去,欲将春"暂留",可惜"春归如过翼",一"留"一"归"的对比,将留春而不得的惋惜之情表露无余;"夜来风雨",蔷薇坠地,"乱点桃蹊,轻翻柳陌",却无人怜惜,偏偏多情蜂蝶,频频来通报落花消息,作者对蔷薇花的爱怜之情溢于言表。惜春,春归去;惜花,花满地,"流水落花春去也",诗人的心境惟有用"惜"字表达。词的下阕依然紧扣"惜"字,别致的是,除了人惜花,花也惜人。人惜花,"静绕珍丛底,成叹息";花惜人,"长条故惹行客。似牵衣待话,别情无极。"人花相顾,情意绵绵。以人拟物手法的运用,将花对人爱恋描绘地楚楚动人。于是,"残英"虽小,诗人也要"强簪巾帻",但终不及"钗头颤袅",令人哀婉叹息。结尾处,诗人不忍怜惜之情,向流水中的落花深情叮嘱:"漂流处、莫趁潮汐。恐断红、尚有相思字，何由见得。"仿佛有情人离别不舍：你慢慢走，你慢慢走，珍重，珍重！可以说围绕一个"惜"字，诗人将惜春、惜花之情写得委婉曲折。

诗人因何惜春、惜花？其实从首句即可以看出端倪，身在他乡，光阴正一天天白白地虚掷。所以，这首词看似咏落花，实则打入了客里伤春、惜华年易逝、叹身世飘零之感。难怪《蓼园词选》评其"自叹年老远宦，意境落寞，借花起兴，以下是花，是自己，比兴无端，指与物化，奇情四溢，不可方物，人巧极而天工生矣"。

相关链接

周邦彦《花犯·小石梅花》《大酺·春雨》

名句推荐

长条故惹行客。似牵衣待话，别情无极。

阅读与欣赏

15. 添字丑奴儿①·窗前谁种芭蕉树

（南宋）李清照

窗前谁种芭蕉树，阴满中庭②。阴满中庭，叶叶心心，舒卷有馀清③。
伤心枕上三更雨，点滴霖霪④。点滴霖霪，愁损北人，不惯起来听。

诗词解意

不知是谁在窗前种下的芭蕉树，一片浓阴，遮盖了整个院落。舒展的叶片和卷曲的叶心相互依恋，一张张，一面面，犹如愁情无极。

满怀愁情，无法入睡，偏偏又在三更时分下起了雨，点点滴滴，响个不停。雨声淅沥,不停敲打着我的心扉。我听不惯,于是披衣起床。

了解字词

① 添字丑奴儿:词牌名。一作"添字采桑子"。② 中庭:庭院里。③ 舒卷:一作"舒展",在此可一词两用,舒,以状蕉叶;卷,以状蕉心。"馀情",一作"馀清"。④ 霖霪:本为久雨,此处指接连不断的雨声。

认识作者

李清照(1084—约1151),号易安居士,齐州章丘(今属山东)人。宋代词人。北宋亡国后南渡。有《李清照集》。

以词著称的宋代婉约派女词人李清照,是中国古典文学的一个特别现象。清代李调元说,易安"词无一首不工,其炼处可夺梦窗(吴文英)之席,其丽处直参片玉(周邦彦)之班。盖不徒俯视巾帼,直欲压倒须眉。"清代文学家王士禛则进一步从宋词的流派进行概括:"婉约以易安为宗,豪放惟幼安(辛弃疾)称首。"

《添字丑奴儿·窗前谁种芭蕉树》,是南宋词人李清照南渡之后的代表作之一,据推断,此词创作于建炎三年其夫赵明诚死后,即公元1129年之后,当时李清照避难于温州。

品品滋味

早在东晋时期,芭蕉就进入文学作品,成为文人乐于观赏和表现的对象。其中,芭蕉尚未展开的蕉叶,因卷曲之状恰如婉转百结的心曲,就一直与"愁"结缘,唐末李商隐写出了"芭蕉不展丁香结,同向春风各自愁"(《代赠二首》其一)的名句。而孤寂的夜晚,连绵不断的雨打芭蕉的声音更是承载着文人悲伤冷落的情感体验。

李清照于靖康之难中逃离中原故土,流落南方。夜晚发思乡之情,难以成眠,雨打芭蕉就更增添了她的满怀愁绪。对李清照来说,点点滴滴,叶叶声声,无不抽动她亡国的创痛,引起故国之思,以至于辗转无寐,不得已起而坐听,而那雨仿佛不是滴在芭蕉上,而是滴在词人的心上。可以说这篇作品中的芭蕉,承载着词人国破家亡后的无限哀痛,凄婉感人,作者通过抒写雨打芭蕉引起的愁思,表达作者思念故国、故乡的深情。在词中,我们那看到一个"清丽其词,端庄其品"、亦花亦人、花与人浑然一体的女性词人的自我形象。同时,这首词也出了千千万万"北人"的故国之思,唱出了他们的苦难心声。

相关链接

李清照《醉花阴》《多丽·用白菊》

名句推荐

伤心枕上三更雨,点滴霖霪。点滴霖霪,愁损北人,不惯起来听。

阅读与欣赏

16. 暗香①·旧时月色

(南宋)姜夔

旧时月色,算几番照我,梅边吹笛?唤起玉人②,不管清寒与攀摘。何逊③而今渐老,都忘却春风词笔。但怪得④竹外疏花⑤,香冷入瑶席⑥。

江国⑦,正寂寂,叹寄与路遥⑧,夜雪初积。翠尊⑨易泣,红萼⑩无言耿⑪相忆。长记曾携手处,千树⑫压、西湖寒碧。又片片、吹尽也,几时见得?

诗词解意

昔日皎洁的月色,曾经多少次映照着我,对着梅花吹得玉笛声韵谐和。笛声唤起了美丽的佳人,跟我一道攀折梅花,不顾清冷寒瑟。而今我像何逊已渐渐衰老,往日春风般绚丽的辞采和文笔,全都已经忘记。但是令我惊异,竹林外稀疏的梅花,将清冷的幽香散入华丽的宴席。

江南水乡,正是一片静寂。想折枝梅花寄托相思情意,可叹路途遥遥,夜晚积

雪又遮掩了大地。手捧起翠玉酒杯，禁不住洒下伤心的泪滴，面对着红梅默默无语。昔日折梅的美人便浮上我的记忆。总记得曾经携手游赏之地，千株梅林压满了绽放的红梅，西湖上泛着寒波一片澄碧。此刻梅林被风吹得凋落无余，何时才能重见梅花的幽丽？

了解字词

① 暗香：语出北宋诗人林逋《山园小梅》诗："疏影横斜水清浅，暗香浮动月黄昏。"词人另有一词《疏影》。② 唤起玉人：写过去和美人冒着清寒、攀折梅花的韵事。用贺铸《浣溪纱》词："美人和月摘梅花。"③ 何逊：南朝梁诗人，任扬州法曹时，廨舍有梅花，写过《咏早梅诗》。以何逊自比，说自己逐渐衰老，游赏的兴趣减退，对于一向所喜爱的梅花都忘掉为它而歌咏了。④ 但怪得：惊异。⑤ 竹外疏花：竹林外面几枝稀疏的梅花。用苏轼《和秦太虚梅花》诗："竹外一枝斜更好。"⑥ 瑶席：席座的美称。⑦ 江国：泛指江南水乡。⑧ 寄与路遥：表示音讯隔绝。用南朝陆凯《赠范晔》诗："折梅逢驿使，寄与陇头人。"⑨ 翠尊：翠绿的酒杯，这里指酒。⑩ 红萼：红色的花，这里指红梅。⑪ 耿：耿然于心，不能忘怀。⑫ 千树：写寒冬时千树红梅映在西湖碧水之中的美丽景色。宋时杭州西湖上的孤山梅树成林，所以有"千树"之说。

认识作者

姜夔（1154—1221?），字尧章，号白石道人，饶州鄱阳（今江西省鄱阳县）人。南宋文学家、音乐家。他少年孤贫，屡试不第，终生未仕，一生转徙江湖，靠卖字和朋友接济为生。他精通音乐，工于作词，其作品素以空灵含蓄著称。他对诗词、散文、书法、音乐，无不精善，是继苏轼之后又一难得的艺术全才。张炎在《词源》中推尊姜夔词"如野云孤飞，去留无迹""不惟清空，又且骚雅，读之使人神观飞越"。后世即以"清空"与"骚雅"标举白石的词风。

据本词前小序可知，本词写于南宋光宗绍熙二年（1191年）冬天，作者冒着大雪来苏州拜访赋闲在家的石湖居士范成大。姜夔和范成大一起听乐赏梅，诗酒唱和。应范成大的要求，姜夔创作了两首咏梅词，并取名为《暗香》《疏影》。这两首自度曲的词调名取自北宋诗人林逋的《山园小梅》。林逋隐居西湖孤山，不娶不仕，种梅养鹤，人称"梅妻鹤子"。姜夔也酷爱梅花，把林逋引为同调，曾多次到西湖孤山，寻访林逋踪迹，观赏梅花。

 **品品滋味**

　　姜夔喜用梅花来传情达意，在其八十四首词中，有近三十首写到梅花。其中，《暗香》看似咏梅，但并非单纯的咏梅之作。尽管词中也刻画了梅花，但更多的是写由梅花而引发的联想，正如张炎在《词源》中所说"不留滞于物"。程千帆先生认为，词人写的是自己身世飘零之恨和伤离念远之情。

　　"香冷入瑶席"，上阕中，因梅花"暗香"引发词人追忆往昔"梅边吹笛"、与"玉人"一起"攀摘"梅花的美景、美事；之后陡然转折到如今"渐老"，"都忘却、春风词笔"，甚至连嗅到梅香，看到月影也引起生疏的感觉。词人在上阕中写出了自己的环境和心情上的巨大变迁。

　　"香冷入瑶席"，下阕承此句，词人联想到与"玉人"离别后的孤独，本想如古人那样折梅寄远，但怎奈路遥雪积，只能独自在梅花下追忆往昔欢愉了。可是梅花也即将凋零，无论是花还是人，几时才能重见呢？想来也是"此恨绵绵无绝期"了，令人倍感忧伤。

　　姜夔言情词有不即不离、似是而非的特点，也因此《暗香》一词另有他解。或许正因其词其扑朔迷离，如雾里看花，才展现出莫衷一是的无穷魅力。

 **相关链接**

姜夔《疏影》《齐天乐·蟋蟀》

 **名句推荐**

记曾携手处，千树压、西湖寒碧。

17. 秋兰赋①

（清）袁枚

秋林空兮百草逝，若有香兮林中至。既萧曼以袭裾②，复氤氲③而绕鼻。虽脉脉④兮遥闻，觉熏熏⑤然独异。予心讶焉，是乃芳兰，开非其时，宁不知寒？

于焉步兰陔⑥，循兰池，披条数萼⑦，凝目寻之。果然兰言，称某在斯。业经半谢，尚挺全枝。啼露眠以有待，喜采者之来迟。苟不因风而枨触⑧，虽幽人其犹未知。于是异之萧斋⑨，置之明窗。朝焉与对，夕焉与双。虑⑩其霜厚叶薄，党⑪孤香瘦，风影外逼，寒心内疚。乃复玉几安置，金屏掩覆。虽出入之余闲，必褰⑫帘而三嗅。谁知朵止七花，开竟百日⑬。晚景后凋⑭，含章贞吉⑮。露以冷而未晞⑯，茎以劲而难折；瓣以敛而寿永⑰，香以淡而味逸⑱。商飙为之损威⑲，凉月为之增色⑳。留一穗之灵长㉑，慰半生之萧瑟㉒。

予不觉神心布覆㉓，深情容与㉔。析佩表洁㉕，浴汤孤处㉖。倚空谷以流思㉗，静风琴㉘而不语。歌曰：秋雁回空，秋江停波。兰独不然，芬芳弥多。秋兮秋兮，将如兰何！

诗词解意

秋林空寂，百草凋衰，似有幽香从林中传来。这香味既像围着衣襟在弥漫，又不时缭绕于鼻端。虽然若断若续地似来自远处，却和悦温馨，沁人心脾，香味独特。我心中很诧异，这是兰花的芳香，但是开得不是时候，难道不知道寒天已到？

于是顺着地埂去寻找，沿着兰花池，拨开叶片，仔细地数那正开或尚未开的花朵。果然那兰花好似开口说话了，说我在这里。一看已经谢了差不多一半，整个枝条还挺着。像是眼含泪水有所期待，采摘者虽然来迟，却也使自己心中高兴。若不是因为风吹香动，即便是幽居的人也未必知道。于是把兰花拾进书斋，放在明亮的窗前，朝夕为伴。担心它薄叶难禁秋霜，发茎又少形体孤单，加上风吹日晒，可能会受不了而生病。于是又把这兰花放在饰玉的几案上，用绣金的屏风围盖。经常利用进出的一些眼余，掀起围盖来再三嗅花香。谁知这七朵花连续开了竟有一百日，开到后来,仍然精神内敛,不稍松懈。露因为冷而未晾干,花茎劲韧难于摧折,花瓣敛聚花期很长,香味虽淡却逸向四方。秋风虽在为它减却仪容,冷月却为它增添光彩。留下最艰贞一朵花,慰藉那大半生的萧条。

我情不自禁地心神为之倾覆,对它顾眷情深。解下身上的所佩等杂物,沐浴而独处,让自己的思想在空寂中自由驰骋,静静的屋檐风铃缄默不语。那赞颂的歌是这样:秋雁经过长空,秋天的江水平静无波。兰花却与此不同,经秋更芬芳。秋啊秋啊,你能拿兰花怎么样呢?

了解字词

① 兰:兰花。多年生草本植物。俗称草兰,又名春兰。一茎一花,花清香。一茎数花者为蕙,俗名蕙兰。又一种开于秋季,亦一茎数花,以产于福建,故称建兰。② 萧曼:高远的样子。袭裾(jū):熏染衣襟。裾,衣服的前襟。③ 氤氲(yīn yūn):气流动荡弥漫。④ 脉脉:相视貌,含情不语貌。⑤ 熏(xūn)熏:和悦貌。⑥ 陔(gāi):田埂。⑦ 披条数萼(è):分开树条数着花朵。⑧ 枨(chéng):触动。⑨ 舁(yú):抬。萧斋:书斋的别称。唐李肇《国史补》中:"梁武帝造寺,令萧子云大书萧字,至今一'萧'字存焉。李约竭产自江南买归东洛,匾于小亭以玩之,号为萧斋。"⑩ 虑:忧虑。⑪ 党:亲朋相伴。⑫ 褰(qiān):撩起,用手提起。《诗经·郑风·褰裳》:"子惠思我,褰裳涉溱。"⑬ 开竟百日:竟然开了百天。⑭ 晚景后凋:绽放得迟,凋谢也晚。⑮ 含章贞吉:内涵文采,中心纯正。⑯ 晞(xī):干。⑰ 瓣以敛而寿永:花瓣因收敛而保持时间长。⑱ 香以淡而味逸:香气因清淡而长时间有味道。⑲ 商飙(biāo):秋风。损威:减损威力。⑳ 增色:增加色彩,更加艳丽。㉑ 灵长:延绵长远。㉒ 萧瑟:萧条寂寞。㉓ 布覆:边布盖满,即充满内心。㉔ 容与:安逸自得貌。屈原《九歌·湘夫人》:"时不可兮骤得,聊逍遥兮容与。"㉕ 析佩表洁:解下玉佩表明高洁。㉖ 浴汤孤处:沐浴后孤居幽处。㉗ 流思:思绪飞扬。㉘ 静风琴:没有风而檐间的铁片不动。风琴,挂在檐间的铁片,风吹相撞发出声音,也称风铃、铁马。

认识作者

袁枚(1716—1798),字子才,号简斋,晚年自号仓山居士、随园主人、随园老人。钱塘(今浙江杭州)人,祖籍浙江慈溪。清朝乾嘉时期代表诗人、散文家、文学评论家和美食家。乾隆间进士,曾任江宁等地知县,为官政治勤政颇有名声,后因仕途不顺,无意吏禄,遂辞官。于江宁(南京市)小仓山购置花园,称随园,并在此度过了五十多年的游乐生活。袁枚论诗主张抒写性情，创"性灵说"，与赵翼、蒋士铨合称为"乾嘉三大家"（或江右三大家），与赵翼、张问陶并称"性灵派三大家"，为"清代骈文八大家"之一。著有《小仓山诗文集》《随园诗话》等。

《秋兰赋》清代诗人袁枚写的一篇咏物抒情小赋，表达自己对兰花的喜爱与赞美之情，寄寓了自己不同流俗、清高自持的处世思想。

 **品品滋味**

兰花因其空谷幽放，高雅素洁、不与百花争奇斗艳，而被视为具有高洁品质的君子象征，成为"四君子"之一。早在春秋时期，孔子就将兰花与君子类比，他说："芝兰生于深谷，不以无人而不芳；君子修道立德，不为困穷而改节。"孔子提倡君子要效仿兰花，"气若兰兮长不改，志若兰兮终不移"，即君子要以兰花为修身立德的榜样。

自古以来诗人的境遇屡有不佳，且又以有傲骨而自居，不愿随波逐流，故诗人常以兰花自喻，表现自己品质高洁、不媚流俗、孤高淡泊、独立不迁，或抒发身处逆境、怀才不遇、壮志未酬的感慨。《秋兰赋》中，袁枚亦是如此，借咏秋兰远居幽深、岁寒不凋、坚韧不拔以表其志，寄托自己不同流合污、洁身自好的高洁品质。

这篇小赋以四六言为主，有骈赋之风，字句工整，音节协调，同时具备文赋的笔法，灵动而流畅。

相关链接

陶渊明《饮酒》（其十七）、陈子昂《感遇》（其二）

名句推荐

秋林空兮百草逝，若有香兮林中至。

咏史篇

18. 咏史(其二)

(魏晋)左思

郁郁涧底松①,离离山上苗②。

以彼径寸茎③,荫此百尺条④。

世胄蹑高位⑤,英俊沉下僚⑥。

地势使之然,由来非一朝。

金张藉旧业⑦,七叶珥汉貂⑧。

冯公岂不伟⑨,白首不见招。

诗词解意

茂盛的松树生长在山涧底,低垂的小苗生长在山头上。

小苗凭着径寸之长的茎秆,却能遮盖百尺之高的松树。

贵族世家的子弟登上了高位,有才华的平民子弟职位卑微。

这是所处地位不同使他们这样的,这种情况不是一朝一夕造成的。

金日磾和张安世二家依靠祖上的遗业,子孙七世代代都是高官显宦。

冯唐难道不是个奇伟的人才吗?因为出身微寒,白头发了仍不被重用。

了解字词

① 郁郁:茂盛的样子。② 离离:下垂貌。苗:初生的草木。③ 径寸茎:直径仅一寸的茎秆。④ 荫:遮蔽。条:树枝,这里指树木。⑤ 世胄:世家子弟。蹑(niè):登。⑥ 下僚:小官。⑦ 金:指汉金日磾(dī),他家自汉武帝到汉平帝,七代为内侍。(见《汉书·金日传》)张:指汉张汤,他家自汉宣帝以后,有十余人为侍中、中常侍。《汉书·张汤传赞》云:"功臣之世,唯有金氏、张氏亲近贵宠,比于外戚。"⑧ 七叶:七世。珥(ěr):插。珥汉貂:汉代侍中官员的帽子上插貂鼠尾作装饰。⑨ 冯

公：指汉冯唐，他曾指责汉文帝不会用人，年老了还做中郎署长的小官。伟：奇异，出众。

左思(约250—305)，字太冲，齐国临淄人，西晋著名文学家。他的诗多引史实，借古讽今，发泄对社会的不满，同时也表现了蔑视权贵的反抗情绪。诗的风格雄浑，语言遒劲，有"左思风力"之称。作品除《咏史》外，《招隐》《三都赋》都是名作，其中《三都赋》颇被当时称颂，造成"洛阳纸贵"。

左思出身寒门，才华出众，仕途不得意，晋武帝时，因妹左棻被选入宫，举家迁居洛阳，任秘书郎。晋惠帝时，为文人集团"二十四友"的重要成员。永康元年(300年)，因贾谧被诛，遂退居宜春里，专心著述，隐居不仕。

品品滋味

诗人在该诗中对"上品无寒门，下品无世族"的不合理社会现象，表达出一种难以排解的怨与难以摆脱的恨，不平与反抗的声音充斥在字里行间，让我们感受到诗人愤怒而无奈的情绪。

诗歌结构精妙，层层相扣，每层皆有对比，"涧底松"与"山上苗"；"世胄"与"英俊"；"金张"与"冯唐"，对比鲜明，环环相扣，有力地揭露了门阀制度所造成的不合理现象，表达了诗人郁郁不得志的愤懑之情。后人不也有"冯唐易老，李广难封"的感慨嘛！这样的历史真实摆在眼前，谁又能说不承认呢，谁又能否认这样制度对寒门之士的残酷呢。诗人借历史抒发自己的情怀，对不合理的社会现象进行无情地揭露和抨击，突出表现了诗人豪迈而深沉、悲壮而无畏的精神。

相关链接

左思《咏史》其七、其八，高适《咏史》

名句推荐

冯公岂不伟，白首不见招。

悦读时光

古典文学卷（下册）

19. 登二妃①庙

（南朝·梁）吴均

朝云②乱人目,帝女湘川宿。
折菡巫山下,采荇洞庭腹③。
故以④轻薄好,千里命舻舳。
何事非相思,江上葳蕤⑤竹。

咏史篇

诗词解意

朝霞出现在东方的天空,使人眼花缭乱。宿在湘水中的女神来到这绚丽的世界。
她们飘然来到巫山脚下折取菡萏,转瞬间又来到洞庭湖深处采撷荇枝。
她们追赶夫君的意志十分坚决,千里迢迢从风波浪尖中闯过来。
江边一片片的翠竹,枝干斑斑点点,仿佛是浸透了二妃的相思之泪。

了解字词

① 二妃:娥皇、女英,虞舜的两个妃子,古帝唐尧的女儿。② 朝云:早晨的云霞。这里含有宋玉《高唐赋》"旦为行云"之意,暗示了诗与男女之情有关。③ 菡:即荷花,荷花之实为莲子,莲子谐音为"怜子",故被古人视作多情之物。荇,生在水上的一种植物,《诗经·周南·关雎》云:"参差荇菜,左右采之。窈窕淑女,琴瑟友之。"所以荇菜也是淑女的代称。④ 故以:因此,所以。⑤ 葳蕤:纷多貌。

认识作者

47

吴均(469—520),南朝梁文学家。字叔庠。吴兴故鄣(今浙江安吉县)人。书法自成一体,称"吴均体",开创一代风。在文学方面,他提倡"骈体文"。好学有俊才,其诗文深受沈约的称赞。诗文音韵和谐,风格清丽,属于典型的齐梁风格,但语言明畅,用典贴切,无堆砌之弊。吴均善于刻画周围景物来渲染离愁别绪,很注意向乐府民歌学习,拟作了不少乐府古诗,虽辞藻华美,但不失刚健清新的气息,有鲍照余绪。

梁武帝天监初,为郡主簿。天监六年(507年)被建安王萧伟引为记室。后又被任为奉朝请(一种闲职文官)。因私撰《齐春秋》,触犯梁武帝,被免职。不久奉旨撰写《通史》,未及成书即去世。

 **品品滋味**

相传虞舜巡视南方,中途死于苍梧之野,遂葬在九嶷(yí)山。娥皇、女英起先没有随行,后来追到洞庭、湘水地区,得知舜已去世,便南望痛哭,投水而殉。后人为祭祀她俩,特于湘水之侧建立了二妃庙。

这首登临凭吊之作,歌颂了娥皇与女英对爱情的执着与忠贞不渝。诗人将动人的传说、眼前的景物和自己的心情熔于一炉,情思悠远深挚。结尾部分,诗人没有继续在这个古老传说中沉浸下去,而是呼应首联,又转回到现实中来:诗人向四周举目远望,只见眼前的景物似乎都弥漫着二妃对舜的相思之情,尤其是江边一片片的翠竹,枝干斑斑点点,仿佛是浸透了二妃的相思之泪。据《述异记》记载,二妃在湘水之旁痛哭舜亡,泪下沾竹,竹纹悉为之斑,故湘竹又称湘妃竹。诗人没有直说二妃的殉情,而是采用了以景结情的手法,把情渗透到景中,以泪竹披纷无限的画面,来透露二妃永无穷止的情思、绵绵不尽的长恨,以及自己对二妃不幸遭遇的感伤。

相关链接

高骈《二妃庙》、崔涂《过二妃庙》、阮籍《咏怀·二妃游江滨》

名句推荐

何事非相思,江上葳蕤竹。

20. 明君①词

（北朝·陈）陈昭

跨鞍今永诀,垂泪别亲宾。
汉地随行尽,胡关逐望新。
交河拥塞雾,陇日暗沙尘②。
唯有孤明月,犹能远送人。

诗词解意

昭君跨鞍乘马,将与故土永诀,泪水垂落香衫,告别亲人宾客。
汉地随着行程慢慢消失,胡地关塞逐渐映入眼帘。
边塞早晨雾气弥漫,凝聚缭绕,大漠落日昏黄暗淡,黄沙滚滚。
只有天边一轮孤月悬挂在高空,还能够陪伴着这孤独悲伤的人。

了解字词

① 明君:即王昭君,为避晋文帝司马昭讳,改称明君。② 交河:古城名,在今新疆吐鲁番西北;陇:即甘肃六盘山南段。交河、陇均泛指遥远的边关要塞。塞:边塞。

认识作者

陈昭,义兴国山(今江苏宜兴)人。陈庆之长子。庆之在梁时以军功封永兴侯,辛后由昭嗣位,何胥有《哭陈昭诗》,则昭也为陈后主时人。

他的诗今存两首,《聘齐经孟尝君》的"泉户无关吏,鸡鸣为谁开",与周弘正《入武关》的"鸡鸣不可信,未晓莫先开",合而观之,相映成趣。

　　昭君出塞担负着一桩政治使命,国家因她出塞和亲保得安靖,朝臣因她出塞显得无能。本诗抒写的是王昭君初别汉宫远赴塞外的离情和远嫁边塞的乡思。

　　诗歌以王昭君在时空中的移动为线索。时间从早晨到夜晚,空间由汉地到胡地。"拥"字写出了边塞早晨雾气弥漫,凝聚缭绕的样子。"暗"字写出了大漠落日的昏黄暗淡。二字以景写情,表现了昭君孤苦悲伤的心境,抒发了作者对王昭君出塞的悲悯与怜惜之情。结句诗人赋予明月以人的情感,表现了昭君对家乡的思念和身处胡地的孤寂,也寄托了诗人对昭君的叹惋和同情。

相关链接

　　王偓《明君词》、杜甫《咏怀古迹·其三》、王安石《明妃曲》

名句推荐

　　唯有孤明月,犹能远送人。

阅读与欣赏

21. 于易水送别

(唐)骆宾王

　　此地①别燕丹②,壮士发冲冠③。
　　昔时人已没④,今日水犹寒⑤。

诗词解意

燕丹就是在这个地方送别荆轲，壮士慷慨激昂，场面十分悲壮。

那时的人已经都不在了，只有易水还是寒冷如初。

了解字词

① 此地：指易水岸边。② 燕丹：战国时燕国太子丹。③ 发冲冠：形容人极端愤怒，因而头发直立，把帽子都冲起来了。冠：帽子。④ 没：死，即"殁"字。⑤ 水：指易水之水。

品品滋味

从诗题看这是一首送别诗，从内容看又是一首咏史诗。诗歌题目为"送别"，但却没有叙述别离的情景，也没有告诉读者送的是什么人。想那所送之人，定是肝胆相照的至友，只有这样，诗人才愿意、才能够在分别之时一吐心中的愁苦，略去一切送别的套语。荆轲为燕太子丹复仇，奉命入秦刺杀秦王，太子丹和众宾客送他到易水岸边。临别时，荆轲怒发冲冠，慷慨激昂地唱《易水歌》，然后义无反顾地启程。这位轻生重义、不畏强暴的社会下层英雄人物，千百年来一直受到人们的尊敬和爱戴。骆宾王长期怀才不遇，身受迫害，爱国之志无从施展，因而在易水送友之际，自然地联想起古代君臣际会的悲壮故事，借咏史以喻今，表达对古代英雄的仰慕，倾吐了自己满腔热血无处可洒的极大苦闷。

诗尾的"寒"字，更是画龙点睛之笔。"寒"字，寓情于景，诗人于易水岸边送别友人，不仅感到水冷气寒，而且更加觉得心寒意冷，表达了诗人悲壮愤激的情怀。

相关链接

陶渊明《咏荆轲》、贾岛《易水怀古》、陈子龙《渡易水》。

名句推荐

昔时人已没，今日水犹寒。

悦读时光

古典文学卷（下册）

22. 滕王阁①诗

（唐）王勃

滕王高阁临江渚②，佩玉鸣鸾罢歌舞③。
画栋朝飞南浦云④，珠帘暮卷西山雨⑤。
闲云潭影日悠悠⑥，物换星移几度秋⑦。
阁中帝子今何在⑧？槛外长江空自流⑨。

 诗词解意

巍峨高耸的滕王阁俯临着江心的沙洲，佩玉、鸾铃鸣响的华丽歌舞早已停止。

早晨，南浦一带云彩飞扬，有如雕龙画栋，傍晚，西山上细雨飘洒，却似珠帘卷动。

悠闲的彩云影子倒映在江水中，悠悠然地漂浮着，时光易逝，人事变迁，不知已经度过几个春秋。

昔日游赏于阁中的滕王如今已不知哪里去了？只有那栏杆外的滔滔江水空自向远方流去。

了解字词

① 王阁：故址在今江西南昌赣江之滨，江南三大名楼之一。 ② 江：指赣江。渚(zhǔ)：江中小洲。③ 佩玉鸣鸾(luán)：身上佩戴的玉饰、响铃。④ 画栋：有彩绘的栋梁楼阁。南浦(pǔ)：地名，在南昌市西南。浦，水边或河流入海的地方（多用于地名）。⑤ 西山：南昌名胜，又名南昌山、厌原山、洪崖山。⑥ 日悠悠：每日无拘无束地游荡。⑦ 物换星移：形容时代的变迁、万物的更替。物，四季的景物。⑧ 帝子：指滕王李元婴。⑨ 槛(jiàn)：栏杆。

认识作者

王勃(649—676),唐代诗人,字子安,绛州龙门(今山西河津)人。少时即显露才华,与杨炯、卢照邻、骆宾王以文辞齐名,并称"初唐四杰"。他和卢照邻等皆企图改变当时"争构纤微,竞为雕刻"的诗风(见杨炯《王子安集序》)。其诗偏于描写个人生活,也有少数抒发政治感慨、隐寓对豪门世族不满之作,风格较为清新,但有些诗篇流于华艳。

王勃曾任虢州参军。后往海南探父,因溺水,受惊而死。

品品滋味

诗歌第一句开门见山,点明滕王阁的地理位置。滕王阁下临赣江,可以远望,可以俯视,下文的"南浦""西山""闲云""潭影"和"槛外长江"都从第一句"高阁临江渚"生发出来。滕王阁的地势如此好,如今阁中却无人来游赏。当年建阁的滕王坐着鸾铃马车,挂着琳琅玉佩,来到阁上,举行宴会,如今已经死去,那种豪华的场面,一去不复返,让人生发出盛衰无常的感慨。

三、四两句紧承第二句,阁既无人游赏,阁内画栋珠帘当然冷落可怜,只有南浦的云、西山的雨,暮暮朝朝,与它为伴。"日悠悠"点出时间的漫长,自然引出风物更换季节、星座转转移方位的感慨,也自然而然想起建阁的人而今安在?最后指出物要换,星要移,帝子要死去,而槛外的长江,却是永恒地东流无尽,更进一步抒发了人生盛衰无常而宇宙永恒的感慨,寄寓了人事无常、仕途受挫、年华易逝的人生悲叹。

相关链接

王勃《滕王阁序》、杜牧《滕王阁》、王安石《滕王阁》。

名句推荐

闲云潭影日悠悠,物换星移几度秋。

53

23. 登金陵凤凰台

（唐）李白

凤凰台①上凤凰游,凤去台空江自流。
吴宫②花草埋幽径,晋代衣冠③成古丘。
三山④半落青天外,二水中分白鹭洲⑤。
总为浮云能蔽日⑥,长安⑦不见使人愁。

诗词解意

当年的凤凰台上,凤凰起舞栖游,今日凤去台空,唯有江水空自东流。
曾经的吴宫幽径,早已被荒草掩埋,晋代的达官显贵,也成了古坟土丘。
只有那三山,若隐若现在青山之外,还有那二水,中间横卧着白鹭洲。
太阳普照天下,总是被那浮云遮住,长安我望不见,心中不胜忧愁。

了解字词

① 凤凰台:在金陵凤凰山上。《江南通志》载:"凤凰台在江宁府城内之西南隅,犹有陂陀,尚可登览。宋元嘉十六年,有三鸟翔集山间,文彩五色,状如孔雀,音声谐和,众鸟群附,时人谓之凤凰。起台于山,谓之凤凰山,里曰凤凰里。"② 吴宫:三国时孙吴曾于金陵建都筑宫。③ 晋代:指东晋,南渡后也建都于金陵。衣冠:指当时名门世族。④ 三山:山名。在南京西南长江边上。因三峰并列,南北相连,故名。⑤ 二水:一作"一水"。秦淮河流经南京后,西入长江,白鹭洲横其间,乃分为二支。白鹭洲:古代长江中沙洲,在南京水西门外,因多聚白鹭而得名。⑥ 浮云蔽日:喻奸邪之障蔽贤良。⑦ 长安:这里用京城指代朝廷和皇帝。

品品滋味

凤凰台在金陵凤凰山上,相传南朝刘宋永嘉年间有凤凰集于此山,乃筑台,山和台由此得名。在封建时代,凤凰是一种祥瑞。当年凤凰来游象征着王朝的兴盛,而"如今"凤去台空,就连六朝的繁华也一去不复返了,只有长江的水仍然不停地流着,大自然才是永恒的存在。 诗人感慨万分地说,吴国昔日繁华的宫庭已经荒芜,东晋的一代风流人物也早已进入坟墓。那一时的烜赫,在历史上也没有留下什么有价值的东西。诗人没有让自己的感情沉浸在对历史的凭吊之中,他把目光又投向大自然,投向那不尽的江水:"三山半落青天外,二水中分白鹭洲。"这两句诗气象壮丽,对仗工整,是难得的佳句。李白毕竟是关心现实的,他想看得更远些,从六朝的帝都金陵看到唐的都城长安,诗尾两句暗示皇帝被奸邪包围,而自己报国无门,他的心情是十分沉痛的。"不见长安"暗点诗题的"登"字,触境生愁,抒发忧国伤时的感慨。

相关链接

崔颢的《黄鹤楼》、李白《夜泊牛渚怀古》《赤壁歌送别》

名句推荐

三山半落青天外,二水中分白鹭洲。

阅读与欣赏

24. 过三闾庙①

(唐)戴叔伦

55

沅湘②流不尽,屈子怨何深③。
日暮秋风起,萧萧枫树林④。

沅江湘江长流不尽,屈原的悲愤似水深沉。

暮色茫茫,秋风骤起江面,吹进枫林,听得满耳萧萧。

 了解字词

① 三闾庙:是奉祀春秋时楚国三闾大夫屈原的庙宇,据《清一统志》记载,庙在长沙府湘阴县北六十里(今汨罗县境)。此诗为凭吊屈原而作。② 沅湘:指沅江和湘江,沅江、湘江是湖南的两条主要河流。③ 屈子怨何深:此处用比喻,屈原的怨恨好似沅江湘江深沉的河水一样。④ 日暮秋烟起,萧萧枫树林:此处化用屈原的《九歌·湘夫人》《招魂》中的诗句:"袅袅兮秋风,洞庭波兮木叶下""湛湛江水兮上有枫,目极千里兮伤春心。魂兮归来哀江南!"

认识作者

戴叔伦(732—789),字幼公,金坛城西南窑村人,是唐代中期著名的诗人,出生在一个隐士家庭。祖父戴修誉,父亲戴咨用,都是终生隐居不仕的士人。戴叔伦的诗,体裁形式多样:五言七言、五律七律,古体近体,皆有佳作。题材内容也十分丰富:有反映战乱中社会现实的,有揭露昏暗丑恶世道的,有同情民生疾苦的,有慨叹羁旅离愁的,也有描绘田园风光的……而在他的诸多诗篇中,最有价值、最富有社会意义的,应该说是那些反映社会现实的作品。诗歌语言平易畅达,描写细腻委婉,感情充沛连绵,具有强烈的艺术效果。

大历元年(766年),在盐铁史刘晏手下任职,后任涪州督赋、抚州刺史,以及广西容州刺史,加御史中丞,官至容管经略使。在任期间政绩卓著。贞元五年(789年),上表辞官归隐,客死返乡途中。

品品滋味

司马迁论屈原时说:"屈平正道直行,竭忠尽智,以事其君,谗人间之,可谓穷矣。信而见疑,忠而被谤,能无怨乎?"诗人围绕一个"怨"字,抚今追昔,以明朗而又含蓄的诗句,表达了对屈原的悲悯和同情。

"沅湘流不尽，屈子怨何深"，以沅水湘水流了千年也流不尽来比喻屈原的幽怨之深，屈原的悲剧被赋予了一种超时空的永恒意义。这样一来，诗人那不被理解、信任的悲哀，遭谗被谪的愤慨和不得施展抱负的不平，仿佛都化作一股怨气弥漫在天地间，沉积在流水中，浪淘不尽。"日暮秋风起，萧萧枫树林。"这两句暗用《楚辞·招魂》语："湛湛江水兮上有枫，目极千里兮伤春心，魂兮归来哀江南。"化用巧妙，使人全然不觉。诗尾两句既不咏屈原事，也不写屈原庙，由虚转实，描绘了一幅秋风萧瑟、景象凄凉的秋景图。这并非闲笔，它让我们想到屈原笔下的秋风和枫树，"嫋嫋兮秋风，洞庭波兮木叶下"（《九歌·湘夫人》）。"湛湛江水兮上有枫"（《招魂》）。这是屈原曾经行吟的地方。此刻骚人已去，只有他曾歌咏的枫还在，当黄昏的秋风吹起时，如火的红枫婆娑摇曳，萧萧絮响，像是诉说着千古悲剧。

相关链接

陆龟蒙《离骚》、杜甫《祠南夕望》、汪遵《三闾庙》

名句推荐

日暮秋风起，萧萧枫树林。

阅读与欣赏

25. 与诸子登岘山①

（唐）孟浩然

人事有代谢②，往来成古今③。
江山留胜迹，我辈复登临④。
水落鱼梁浅⑤，天寒梦泽深⑥。
羊公碑尚在⑦，读罢泪沾襟⑧。

 **诗词解意**

人间世事不停地交替变换，时光往来流逝就成为古今。
江山各处保留的名胜古迹，而今我们又可以登攀亲临。
渔梁洲因水落而露出江面，云梦泽因天寒而迷濛幽深。
羊祜碑如今依然巍峨矗立，读罢碑文泪沾襟无限感伤。

了解字词

① 岘山：一名岘首山，在今湖北襄阳以南。诸子：指诗人的几个朋友。② 代谢：交替变化。③ 往来：旧的去，新的来。④ 复登临：对羊祜曾登岘山而言。登临：登山观看。⑤ 鱼梁：沙洲名，在襄阳鹿门山的沔水中。⑥ 梦泽：云梦泽，古大泽，即今江汉平原。⑦ 尚：一作"字"。⑧ 羊公碑：后人为纪念西晋名将羊祜而建。羊祜镇守襄阳时，常与友人到岘山饮酒诗赋，有过江山依旧人事短暂的感伤。

认识作者

孟浩然（689—740），唐代诗人。字浩然。襄州襄阳人，世称孟襄阳。因他未曾入仕，又被称为孟山人。其诗歌创作题材不宽，绝大部分为五言短篇，多写山水田园和隐逸、行旅等内容。其中虽不无愤世嫉俗之词，而更多属于自我表现。为唐山水诗之始创者，诗与王维并称"王孟"。

早年有志用世，在仕途困顿、痛苦失望后，尚能自重，不媚俗世，以隐士终身。曾隐居鹿门山。40岁游长安，应进士举不第。曾在太学赋诗，名动公卿，一座倾服，为之搁笔。

品品滋味

羊祜镇守襄阳，是在晋初，孟浩然写这首诗却在盛唐，相隔四百余年，朝代的更替、人事的变迁是巨大的，然而羊公碑却还屹立在岘首山上，供后人景仰。既有对历史英雄羊公的敬仰，也有诗人自己的感伤情绪。尾联"羊公碑尚在"，一个"尚"字，十分有力，四百多年前的羊祜，为晋国效力，也为人民做了一些好事，能够名垂千古，与山俱传；想到自己仍为"布衣"，无所作为，死后难免湮没无闻，这和

"尚在"的羊公碑相对比,令人伤感,因此,就不免"读罢泪沾襟"了。

这首诗前两联具有一定的哲理性,后两联既描绘了景物,富有形象,又饱含了作者的激情,这就使得它成为诗人之诗而不是哲人之诗。同时,熔写景、抒情和说理于一炉,语言通俗易懂,感情真挚动人,以平淡深远见长。清沈德潜评孟浩然诗:"从静悟中得之,故语淡而味终不薄。"这首诗的确有如此情趣。

 **相关链接**

《晚泊浔阳望庐山》《登鹿门山怀古》。

 **名句推荐**

人事有代谢,往来成古今。

阅读与欣赏

26. 西塞山①怀古

(唐)刘禹锡

王濬②楼船下益州,金陵王气黯然收。
千寻铁锁沉江底,一片降幡出石头。
人世几回伤往事③,山形依旧枕寒流。
今逢四海为家④日,故垒萧萧芦荻秋。

诗词解意

王濬的战舰沿江东下离开益州,显赫无比的金陵王气黯然消逝。
大火熔毁了百丈铁锁沉入江底,石头城上举起了降旗东吴灭亡。
人世间有多少叫人感伤的往事,西塞山依然背靠着滚滚的长江。

如今全国统一四海已成为一家,故垒已成废墟只有芦荻在飘摇。

了解字词

① 西塞山:三国时吴国的西部要塞。位于今湖北省黄石市,又名道士洑,山体突出到长江中,因而形成长江弯道,站在山顶犹如身临江中。② 王濬:西晋龙骧将军。晋武帝谋伐吴,派王濬造大船,出巴蜀,船上以木为城,起楼,每船可容二千余人。③ 往事:这里指东吴和六朝破亡的历史。④ 四海为家:指国家统一。

认识作者

刘禹锡(772—842),字梦得,洛阳(今属河南)人,唐中晚期著名诗人,有"诗豪"之称,中唐文学的代表人物之一。和柳宗元交谊甚深,人称"刘柳";又与白居易多唱和,并称"刘白"。其诗通俗清新,善用比兴手法寄托政治内容。刘禹锡的诗,无论短章长篇,大都简洁明快,风情俊爽,有一种哲人的睿智和诗人的挚情渗透其中,极富艺术张力和雄直气势。

刘禹锡贞元间擢进士第,登博学宏辞科。授监察御史。曾参加王叔文集团,反对宦官和藩镇割据势力,被贬朗州司马,迁连州刺史。后以裴度力荐,任太子宾客,加检校礼部尚书。世称刘宾客。

品品滋味

正如杜牧《阿房宫赋》中所说"后人哀之而不鉴之,亦使后人而复哀后人"。具有政治家头脑的刘禹锡,对这一点自然理解得很深,所以他积极参加王叔文的政治革新集团,奋起改革时弊,力求挽救衰败的唐王朝。可是残酷的现实,不但愿望不能实现,反而使自己与集团诸人都屡遭迫害与打击。所以这里的"几回伤往事",不仅有对前朝兴亡的感叹,也有对自己一生遭遇的悲诉。一个"伤"字,充分表现了悲痛之情。诗人对往事的"伤"根于对当世的忧,伤往事是次,忧当世是主。唐朝自"安史之乱"后,表面上还维持着统一局面,但是几代皇帝都宠信宦官,排挤忠臣,藩镇割据愈演愈烈。诗人认为,这种形势若继续下去,必然要加速衰败,重蹈历史的覆辙。

诗歌叙说的内容是历史上的事实,状摹的景色是眼前的实景,抒发的感叹是诗人胸中的真情。诗人巧妙地把史、景、情完美地糅合在一起,使得三者相映相衬,相长相生,营造出一种苍凉的意境,给人以沉郁顿挫之感。

相关链接

《金陵怀古》《金陵五题·台城》《汉寿城春望》

名句推荐

人世几回伤往事,山形依旧枕寒流。

阅读与欣赏

27. 己亥①岁二首(其一)

(唐)曹松

泽国江山入战图,生民何计乐樵苏②。
凭君莫话封侯事,一将功成万骨枯。

诗词解意

大片的水域江山都已绘入战图,百姓想要打柴割草度日而不得。
请你别再提什么封侯的事情了,一将功成要牺牲多少士卒生命!

了解字词

① 己亥:为唐僖宗乾符六年(879年)的干支,该诗大约是在广明元年追忆去年时事而作。"己亥岁"点明了诗中所写的是活生生的社会现实。 ② 泽国:泛指江南各地,因湖泽星罗棋布,故称"泽国"。樵苏:一作"樵渔"。打柴为"樵",割草为"苏"。

　　曹松(约830—?)唐代诗人,字梦徵,舒州(今安徽桐城)人。其诗多旅游题咏、送别赠答之作。工五言律诗,取境幽深,以炼字炼句见长,风格颇似贾岛,但并未流于枯涩,而自有一种清苦澹宕的风味。

　　诗人早年家贫,避居洪州西山,其后投奔建州刺史李频。李死后,又一度落拓江湖,奔走于江苏、浙江、江西、安徽、湖北、湖南、四川、陕西、广东、广西等地。光化四年(901年)中进士,年已70余,特授校书郎(秘书省正字)而卒。

品品滋味

　　安史之乱后,战争先在河北,后来蔓延入中原,唐末又发生大规模农民起义,唐王朝进行穷凶极恶的镇压,大江以南都成了战场,这就是所谓"泽国江山入战图"。诗句不直说战乱殃及江汉流域(泽国),而只说这一片河山都已绘入战图,表达委婉曲折,让读者通过一幅"战图",想象到兵荒马乱、民不聊生的现实。

　　随战乱而来的是生灵涂炭。打柴为"樵",割草为"苏"。樵苏生计本就艰辛,无乐可言。然而,"宁为太平犬,勿为乱世民",在流离失所、挣扎在生死线上的"生民"心中,能平平安安打柴割草以度日,也就快乐了。只可惜这种樵苏之乐,今亦不可得。用"乐"字反衬"生民"的不堪其苦,耐人寻味,字里行间却有斑斑血泪。

　　末句更是一篇之警策:"一将功成万骨枯",即言将军封侯是用士卒牺牲的高昂代价换取的,"一"与"万"、"成"与"枯"的强烈对照,令人触目惊心。"骨"字更是形象骇目,对比手法和"骨"字的运用,都很接近杜甫的"朱门酒肉臭,路有冻死骨",它们从不同侧面揭示了封建社会的本质,具有很强的典型性。

相关链接

　　李白《战城南》、张蠙《吊万人冢》、杜甫《北征》

名句推荐

　　凭君莫话封侯事,一将功成万骨枯。

28. 金陵①怀古

（唐）许浑

玉树歌残王气终②，景阳兵合戍楼空③。
松楸远近千官冢④，禾黍高低六代宫⑤。
石燕拂云晴亦雨⑥，江豚吹浪夜还风⑦。
英雄一去豪华尽⑧，惟有青山似洛中⑨。

诗词解意

靡靡之音《玉树后庭花》，和陈王朝的国运一同告终，景阳宫中隋兵聚会，边塞的瞭望楼已然空空。

墓地上远远近近的松树楸树，掩蔽着历代无数官吏的坟冢，高高矮矮的绿色庄稼，长满了六朝残败的宫廷。

石燕展翅拂动着云霓，一会儿阴雨，一会儿天晴，江豚在大江中推波逐浪，夜深深又刮起一阵冷风。

历代的帝王一去不复返了，豪华的帝王生活也无踪无影，惟有那些环绕在四周的青山，仍然和洛阳相同。

了解字词

① 金陵：古邑名。战国楚威王七年（前333年）灭越后设置。在今南京市清凉山。② 玉树：指陈后主所制的乐曲《玉树后庭花》。歌残：歌声将尽。残，一作"愁"，又作"翻"。王气：指王朝的气运。③ 景阳：南朝宫名。齐武帝置钟于楼上，宫人闻钟早起妆饰。兵合：兵马会集。戍楼：边防驻军的瞭望楼。戍，一作为"画"。"景阳"句：一作"景阳钟动曙楼空"。④ 松楸：指在墓地上栽种的树木。一作"楸梧"。冢（zhǒng）：坟墓。⑤ 禾黍：禾与黍。泛指粮食作物。语本《诗经·王

63

风·黍离》小序:周大夫行役过故宗庙宫室之地,看见到处长着禾黍,感伤王都颠覆,因而作了《黍离》一诗。⑥ 石燕:《浙中记》载:"零陵有石燕,得风雨则飞翔,风雨止还为石。"⑦ 江豚:即江猪。水中哺乳动物,体形像鱼,生活在长江之中。吹浪:推动波浪。⑧ 英雄:这里指占据金陵的历代帝王。⑨ 洛中:即洛阳,洛阳多山。李白《金陵三首》:"山似洛阳多。"

认识作者

　　许浑(生卒年不详),字用晦,唐代诗人,润州(今江苏镇江)人。晚唐最具影响力的诗人之一,其诗皆近体,五七律尤多,句法圆熟工稳,声调平仄自成一格,即所谓"丁卯体"。唯诗中多描写水、雨之景,后人拟之与诗圣杜甫齐名,并以"许浑千首湿,杜甫一生愁"评价之。许浑以登临怀古见长,追抚山河陈迹,俯仰古今兴废,颇有苍凉悲慨之致。

　　诗人太和六年进士第,为当涂、太平二县令,以病免,起润州司马。大中三年,为监察御史,历虞部员外郎,睦、郢二州刺史。

品品滋味

　　《金陵怀古》这首诗的首联以追述隋兵灭陈的史实开端,写南朝最后一个朝廷,在陈后主所制乐曲《玉树后庭花》的靡靡之音中覆灭。颔联描写金陵的衰败景象。南朝的繁荣盛况,已成为历史的陈迹。前两联突出了陈朝灭亡这一金陵盛衰的转折点及其蕴含的历史教训。颈联用比兴手法概括世间的风云变幻。这两句通过江上风云晴雨的变化,表现人类社会的干戈起伏和历代王朝的兴亡交替。尾联照应开头,抒发了诗人对于繁华易逝的感慨。

　　该诗在选取形象、锤炼字句方面很见功力。中间两联都以自然景象反映社会的变化,手法和景物却大不相同:颔联采取赋的写法进行直观的描述,颈联借助比兴取得暗示的效果;松楸、禾黍都是现实中司空见惯的植物,石燕和江豚则是传说里面神奇怪诞的动物。这样,既写出各式各样丰富多彩的形象,又烘托了一种神秘莫测的浪漫主义气氛。至于炼字,以首联为例:"残"和"空",从文化生活和军事设施两方面反映陈朝的腐败,一文一武,点染出陈亡之前金陵城一片没落不堪的景象;"合"字又以泰山压顶之势,表现隋朝大军兵临城下的威力;"王气终"则与尾联的"豪华尽"前后相应,抒写金陵繁华一去不返、人间权势终归于尽的慨叹,读来令人怅然。

悦读时光

古典文学卷(下册)

64

相关链接

《咸阳城东楼》《故洛城》《凌歊台》

名句推荐

英雄一去豪华尽，惟有青山似洛中。

阅读与欣赏

29. 隋宫

（唐）李商隐

紫泉①宫殿锁烟霞，欲取芜城②作帝家。
玉玺不缘归日角③，锦帆应是到天涯。
于今腐草无萤火④，终古垂杨⑤有暮鸦。
地下若逢陈后主，岂宜重问后庭花⑥？

诗词解意

长安的殿阁内弥漫着一片烟霞，杨广还想把芜城作为帝王之家。
如果不是传国的玉玺归于唐王，那么他的龙舟还会游遍到天涯。
如今隋朝的宫苑中已不见萤虫，只有低垂的杨柳和归巢的乌鸦。
如果杨广在地下和陈后主相遇，有心欣赏淫逸辱国的后庭花吗？

65

 **了解字词**

① 紫泉：长安的一条水，此代指长安。② 芜城：即广陵(今扬州市)。③ 日角：帝王相，此喻指李渊。④ 古人以为萤火虫是腐草变化出来的。《隋书·炀纪》："大业十二年，上于景华宫征求萤火，得数斛，夜出游山放之，光遍岩谷。"⑤ 垂杨：隋炀帝开运河，诏民献柳一株，赏绢一匹，堤岸遍布杨柳。⑥《隋遗录》卷上载，炀帝在江都曾梦见和前朝皇帝陈叔宝(为隋所灭)相遇，畅饮甚欢，席间曾请陈的宠妃张丽华表演《玉树后庭花》舞蹈。

品品滋味

首联点题，写隋炀帝一味贪图享受，欲取江都作为帝家。颔联宕开一笔，不再写江都事，写假如不是皇帝玉玺落到了李渊手中，炀帝不会满足于游江都，龙舟可能游遍天下的。颈联写炀帝逸游的事实：一是他曾在洛阳景华宫征求萤火数斛，在江都也修了"放萤院"。二是开运河，诏民献柳一株，赏绢一匹，堤岸遍布杨柳。作者巧妙运用"于今无"和"终古有"，暗示萤火虫"当日有"，暮鸦"昔时无"，渲染了亡国后凄凉景象。尾联活用杨广与陈叔宝梦中相遇的典故，以假设反问的语气，揭示了荒淫亡国的主题。陈是历史上以荒淫亡国著称的君主。他降隋后，与太子杨广很熟。后来杨广游江都时，梦中与死去的陈叔宝及其宠妃张丽华相遇，请张舞了一曲《玉树后庭花》。此曲反映宫廷生活淫靡，被后人斥为"亡国之音"。诗人在这里提到它，是指炀帝重蹈陈后主覆辙，结果身死国灭，为天下笑。

李商隐以炀帝荒淫亡国为根据，从国家的兴亡着眼，写了这首讽刺前朝以警当世的咏史诗。全诗不落窠臼，虽是议题严肃的咏史诗，其笔致仍锦丽高华。诗中紫泉、宫殿、烟霞、芜城、帝家、玉玺、锦帆、腐草、萤火、垂杨、暮鸦等用词，富丽堂皇与慷慨荒凉参差错落，铺陈出丰富顿挫的意象，化用典故，不着痕迹。

相关链接

《马嵬二首》《吴宫》《隋宫》(七绝)

名句推荐

地下若逢陈后主,岂宜重问后庭花!

阅读与欣赏

30. 满江红·江汉西来

(宋)苏轼

江汉西来①,高楼下、蒲萄深碧②。犹自带、岷峨云浪,锦江春色③。君是南山遗爱守④,我为剑外思归客⑤。对此间、风物岂无情⑥,殷勤说。

江表传,君休读。狂处士⑦,真堪惜。空洲对鹦鹉⑧,苇花萧瑟。不独笑书生争底事,曹公黄祖俱飘忽⑨。愿使君、还赋谪仙诗,追黄鹤⑩。

诗词解意

长江和汉水从西面流过来,在高楼之下,流水呈现出葡萄美酒般的深碧之色。自带岷山峨眉山上雪一样的白色浪头和锦江春水一样的颜色。您是高节如南山为人所敬爱的太守,我是原籍四川的思归之人。对着这样的风景岂能不动情,不令人殷勤诉说呢?

劝君不要读三国江左史乘《江表传》。那狂放的隐士祢衡,真让人惋惜。如今鹦鹉洲上,一片空寂,苇花在风中萧瑟。书生何苦与此辈纠缠,以惹祸招灾,曹操、黄祖之流虽能称雄一时,不也归于泯灭了吗?希望您像李白比美崔颢《黄鹤楼》诗一样,写出超过李白黄鹤诗的千古名篇。

 了解字词

① 西来：对鄂州来说，长江从西南来，汉水从西北来，这里统称西来。② 高楼：据本词末句看，是指武昌之西黄鹤矶头的黄鹤楼。蒲萄深碧：写水色。③ 锦江：在四川，流入长江，是岷江支流。全句用杜甫《登楼》诗："锦江春色来天地。"④ 南山：即陕西终南山。遗爱：地方官去任时，称颂他有好的政绩，美之曰"遗爱"。朱寿昌曾任陕州(终南山区)通判。⑤ 剑外：即剑南(剑门山以南)，四川的别称。⑥ 风物：风土人物。⑦ 狂处士：指祢衡，他字正平，汉末平原人。少时有才学而又恃才傲物。孔融几次将他推荐给曹操，因受歧视而大骂曹操，被送到荆州刺史刘表处，亦不肯容纳，又被送到江夏(今湖北汉阳)，为江夏太守黄祖所杀。处士，指有才德而不出来做官的人。⑧ 鹦鹉洲：祢衡写过一篇《鹦鹉赋》。衡死后，葬在汉阳西南的沙洲上，后人因称此洲为鹦鹉洲。底事：何事。⑨ 飘忽：指时光易逝，人事无常。⑩ 使君：指朱寿昌。谪仙：指李白。追黄鹤：李白《赠韦使君》诗说："我且为君槌碎黄鹤楼，君亦为吾倒却鹦鹉洲。赤壁争雄如梦里，且须歌舞宽离忧。追，胜过，赶上。

 品品滋味

这首词是作者贬居黄州期间寄给时任鄂州太守的好友朱寿昌的。

上阕，描绘出大江千回万转、浩浩荡荡、直指东海的雄伟气势。由江汉西来、楼前深碧联想到岷峨雪浪、锦江春色，引出怀乡思归之情，又由"蒲萄深碧"之江色连接黄鹤楼和赤壁矶，从而自然地触发怀友之思。

下阕由思乡转入怀古，就祢衡被害事抒发议论与感慨，得出"不独笑书生争底事，曹公黄祖俱飘忽"的结论，流露出苏轼超然物外、随缘自适的人生态度。最后又归到使君与黄鹤，希望友人超然于政治漩涡之外，寄意于经久不朽的文章事业，写出出色的作品来追踪前贤。

全词写景、抒情、谈古论今，一气呵成，表达了与友人之间的深厚情谊，又畅所欲言，直抒胸臆，用典抒怀写志，贴切自然，深含苍凉悲慨、郁愤不平之情。

相关链接

《念奴娇·赤壁怀古》《永遇乐·彭城夜宿燕子楼》

悦读时光

古典文学卷（下册）

江汉西来,高楼下、蒲萄深碧。犹自带、岷峨云浪,锦江春色。

阅读与欣赏

31. 桂枝香·登临送目

(宋)王安石

　　登临送目,正故国晚秋,天气初肃①。千里澄江似练,翠峰如簇②。归帆去棹③残阳里,背西风,酒旗斜矗。彩舟云淡,星河鹭起,画图难足④。

　　念往昔,繁华竞逐。叹门外楼头⑤,悲恨相续⑥。千古凭高对此,漫嗟荣辱⑦。六朝旧事随流水⑧,但寒烟衰草凝绿。至今商女,时时犹唱,《后庭》遗曲⑨。

诗词解意

　　我登上城楼放眼远望,故都金陵正是深秋,天气已变得飒爽清凉。千里澄江宛如一条白练,青翠山峰像箭簇耸立前方。帆船在夕阳下往来穿梭,西风起处,斜插的酒旗在小街飘扬。画船如同在淡云中浮游,白鹭好像在银河里飞舞,丹青妙笔也难描画这壮美风光。

　　遥想当年,故都金陵何等繁盛堂皇。可叹在朱雀门外结绮阁楼,六朝君主一个个地相继败亡。自古多少人在此登高怀古,无不对历代荣辱喟叹感伤。六朝旧事已随流水消逝,剩下的只有寒烟惨淡、绿草衰黄。到如今商女们还不知亡国之恨,时时地还把《后庭花》遗曲吟唱。

① 送目：注视。故国：金陵为六朝故都，故称故国。肃：肃杀，形容草木枯落，天气寒而高爽。② 千里澄江似练：化用谢朓《晚登三山还望京邑》："余霞散成绮，澄江静如练。"诗句。如簇：这里指群峰好像丛聚在一起。簇，丛聚。③ 去棹（zhào）：停船。棹，划船的一种工具，形似桨，也可引申为船。④ 星河：指长江。画图难足：用图画也难以完美地表现它。难足：难以完美地表现出来。⑤ 门外楼头：指南朝陈亡国惨剧。语出杜牧《台城曲》："门外韩擒虎，楼头张丽华。"韩擒虎是隋朝开国大将，统兵伐陈，他已带兵来到金陵朱雀门（南门）外，陈后主尚与他的宠妃张丽华于结绮阁上寻欢作乐。⑥ 悲恨相续：指六朝亡国的悲恨，接连不断。⑦ 谩嗟荣辱：空叹历朝兴衰。荣：兴盛。辱：灭亡。这是作者的感叹。⑧ 六朝：指三国吴、东晋，南朝宋、齐、梁、陈六个朝代。化用窦巩《南游感兴》"伤心欲问前朝事，惟见江流去不回。日暮东风春草绿，鹧鸪飞上越王台"之意。⑨《后庭》遗曲：指歌曲《玉树后庭花》，传为陈后主所作，其辞哀怨绮靡，后人将它看成亡国之音。此处化用杜牧《泊秦淮》"商女不知亡国恨，隔江犹唱《后庭花》"诗意。

认识作者

王安石（1021—1086），北宋政治家、文学家。字介甫，号半山，人称半山居士。封为舒国公，后又改封荆国公。世人又称"王荆公"，抚州临川（今属江西）人。庆历二年（1042年）进士，先后任淮南判官、鄞县知县、舒州通判、常州知州、提点江东刑狱等地方的官吏。治平四年（1067年）知江宁府，旋召为翰林学士。熙宁二年（1069年）提为参知政事，从熙宁三年（1070年）起，两度任同中书门下平章事，推行新法。熙宁九年（1076年）罢相后隐居，病死于江宁（今江苏南京市）钟山，谥号"文"，又称王文公。其变法已具备近代变革的特点，被列宁誉为"中国十一世纪伟大的改革家"。

在文学上颇有成就，为"唐宋八大家"之一。其诗"学杜得其瘦硬"，擅长说理与修辞，善用典故；词作不多，风格遒劲有力，警辟精绝，也有情韵深婉的作品。

品品滋味

此词通过对金陵（今江苏南京市）景物的赞美和历史兴亡的感喟，寄托了作者对当时朝政的担忧和对国家政治大事的关心。

上阕写诗人登高远眺金陵所见。"澄江""翠峰""征帆""斜阳""酒旗""西风""云淡""鹭起",依次勾勒水、陆、空的雄浑场面,真是一幅"图画难足"的美景。下阕"念往昔"一句,由登临所见自然过渡到登临所想。"繁华竞逐"涵盖千古兴亡的故事,揭露了金陵繁华表面掩盖着纸醉金迷的生活。紧接着"叹门外楼头,悲恨相续",再现当时隋兵已临城下,陈后主还在和妃子们寻欢作乐的可悲,嘲讽中深含叹惋。"千古凭高"二句,直接抒情,凭吊古迹,追述往事,抒发对前代吊古、怀古不满之情。"六朝旧事"二句,化用典故,借"寒烟、衰草"寄惆怅心情。更可悲的是"至今商女,时时犹唱,后庭遗曲",抒发了诗人深沉的感慨:不是商女忘记了亡国之恨,是统治者的醉生梦死,才使亡国的靡靡之音充斥在金陵的市井之上。作为政治家的王安石反对"谩嗟"六朝兴废,在北宋积贫积弱的现实面前,要汲取历史教训,从政治上进行改革,避免奢靡导致国力衰竭,重蹈六朝覆辙。

全词情景交融,境界雄浑阔大,风格沉郁悲壮,把壮丽的景色和历史内容和谐地融合在一起,用典贴切自然,自成一格,堪称名篇。

《乌江亭》《蒙城清燕堂》《贾生》

六朝旧事随流水,但寒烟衰草凝绿。

32. 水龙吟·登建康赏心亭①

（南宋）辛弃疾

楚天千里清秋,水随天去秋无际。遥岑远目,献愁供恨,玉簪螺髻②。落日楼头,断鸿③声里,江南游子。把吴钩④看了,栏杆拍遍,无人会,登临意。

71

休说鲈鱼堪脍⑤,尽西风、季鹰归未⑥? 求田问舍,怕应羞见,刘郎才气⑦。可惜流年,忧愁风雨,树犹如此⑧! 倩何人唤取,红巾翠袖,揾⑨英雄泪?

诗词解意

南方的天空,千里弥漫着清爽的秋气,江河水流向天边,秋色无际。眺望远处的山岭,那些像玉簪和美人发髻的小山,引发愁情恨意,夕阳西沉,离群孤雁悲声切切,流落江南的游子倍感孤寂。把吴钩看过,把栏杆拍遍了,也没有人领会我登临楼台的用意。

不要说鲈鱼美味,秋风吹遍大地,不知张季鹰回乡了没有? 如果只想像许汜一样购房置田,怕会羞于看见胸怀大志的刘备。可惜时光流逝,忧愁国家风雨飘摇,桓温当年感慨,树尚且如此,人岂能不衰老呢! 请谁唤来披红戴绿的歌女,为英雄擦拭失意的眼泪?

了解字词

① 建康赏心亭:为秦淮河边一名胜。② "遥岑"三句:远望遥山,像美人头上的碧玉簪、青螺发髻一样,似都在发愁,像有无限怨恨。③ 断鸿:失群孤雁。④ 吴钩:吴地特产的弯形宝刀,此指剑。⑤ 鲈鱼堪脍:典出《晋书·张翰传》及《世说新语·识鉴篇》。张翰,字季鹰,其在洛阳,困惑于秋风,思念家乡的莼羹、鲈鱼脍,曰:"人生贵得适意尔,何能羁宦数千里以要名爵?"遂命驾便归。此处借用这一典故,表思乡之情。⑥ "休说"句:表示自己不愿放弃大业,只图个人安逸。⑦ "求田"句:表示自己羞于置田买屋安居乐业。刘郎:即刘备。⑧ "可惜流年"三句:自惜年华在无所作为中逝去,为国运感到忧愁,人比树老得还快。据说桓温出征时看到自己当年种的树已长至数围,感慨万千:"树已长得这么高了,人焉能不衰老呢!"⑨ 揾(wèn):擦,试。

认识作者

辛弃疾(1140—1207),南宋爱国词人。字幼安,别号稼轩,历城(今山东济南市)人。出生时,中原已为金兵所占。21岁参加抗金义军,不久归南宋。历任湖北、江西、湖南、福建、浙东安抚使等职。一生力主抗金。由于与当政的主和派政见不合,后被弹劾落职,退隐,1207年秋,辛弃疾逝世,享年68岁。

辛弃疾艺术风格多样,以豪放为主。其词抒写力图恢复国家统一的爱国热情,倾诉壮志难酬的悲愤,对当时执政者的屈辱求和颇多谴责;也有不少吟咏祖国河山的作品。题材广阔又善化用前人典故入词,风格沉雄豪迈又不乏细腻柔媚之处。

 **品品滋味**

这是稼轩早期词中最负盛名的一篇,艺术上渐趋成熟境界:豪而不放,壮中见悲,沉郁顿挫。上阕描写赏心亭的环境和自我的状态,以山水起势,雄浑而不失清丽。"献愁供恨"用倒叙笔法,揭示题旨。连续七个短句,一气呵成:落日断鸿,看了吴钩,拍遍栏杆,在阔大苍凉的背景上,凸现出一个孤寂的爱国者形象。下阕抒怀,写其壮志难酬之悲。连用张季鹰、许汜、桓温三个典故,穿插议论,一唱三叹,表明自己以天下为己任的抱负。结处感叹无人唤取红巾"揾英雄泪",呼应上阕"无人会,登临意",叹惜流年如水,壮志难成,抒发词人的慷慨呜咽之情。

全词由景入情,情和景交融,将内心的感情写得既含蓄而又淋漓尽致。虽然出语沉痛悲愤,但整首词的基调还是激昂慷慨的,表现出辛词豪放的风格特色。

 **相关链接**

《破阵子·为陈同甫赋壮词以寄之》《菩萨蛮·书江西造口壁》《南乡子·登京口北固亭有怀》

名句推荐

倩何人唤取,红巾翠袖,揾英雄泪?

悦读时光

古典文学卷（下册）

33. 六幺令①

（南宋）李纲

次韵②和贺方回③金陵怀古，鄱阳席上作。

长江千里，烟淡水云阔。歌沉玉树④，古寺空有疏钟发。六代兴亡如梦，苒苒⑤惊时月。兵戈凌灭。豪华销尽，几见银蟾自圆缺。

潮落潮生波渺，江树森如发。谁念迁客归来，老大伤名节。纵使岁寒⑥途远，此志应难夺。高楼谁设。倚阑凝望，独立渔翁满江雪。

诗词解意

千里长江，滚滚东去，纵目四望，江阔云低。南朝陈后主创制的《玉树后庭花》，早已歌声沉寂，听到的只有那古寺稀疏的钟声，回荡在这千里长江上空。想当年，六朝的兴盛覆灭，如同梦幻，时光流驶，岁月飞逝，让人惊心。如今，因年代久远，战争的痕迹已经泯灭了。豪华销尽了，只有天上的明月，阅尽人间的盛衰兴废，圆了又缺，缺了又圆。

长江潮起潮落，烟波浩渺，江树茂密如发。有谁怜惜我这个被朝中奸邪排挤打击，贬谪到此的迁客，可悲的是，自己年岁已高，声名节操尚未确立，抗金之志未酬。但是不管环境如何恶劣，路途多么遥远，我为挽救民族的危亡而抗战到底的意志决不改变。谁建此高楼，我依靠着栏杆独自凝望，如同柳宗元笔下的渔翁独立于大雪覆盖的寒冷江面上。

了解字词

①《碧鸡漫志》：《六幺》一名《绿腰》，一名《乐世》，一名《录要》。或云，此曲折无过六字者，故曰《六幺》。②次韵：步韵，和诗时用原诗的韵作诗。③贺方回：即

贺铸(1052—1125),字方回,自号庆湖遗老。④ 玉树:指《玉树后庭花》曲,为南朝陈后主为其爱妃张丽华所制。⑤ 苒苒(rǎn rǎn)。⑥ 岁寒:一年中的寒冷季节,深冬。喻指环境险恶、困难。途远:路途遥远。指达到目的所费的时日非短。

认识作者

李纲(1083—1140),北宋末、南宋初抗金名臣,民族英雄。字伯纪,号梁溪先生,祖籍福建邵武,祖父一代迁居江苏无锡。李纲能诗文,写有不少爱国篇章。亦能词,其咏史之作,内容生动,形象鲜明,风格沉雄,气势劲健。作者借古喻今,充满了抗战豪情和爱国赤心。

北宋末任太常少卿、兵部侍郎、尚书右丞,靖康元年,金兵逼近京师汴京,纲以尚书右丞为亲征行营使,号召各路勤王。高宗即位,拜右相,上十议,力主抗金,为黄潜善所阻,罢至鄂州居住。绍兴二年,除湖广宣抚使兼知潭州,后又多次被罢黜。绍兴九年,除知潭州、荆湖南路安抚大使,次年卒(于福州),年五十八,谥忠定。

品品滋味

这首《六么令》大概是在南渡初期,李纲遭到贬谪后作的,此词虽先敷设一层悲愁暗淡的色彩,却难掩抗金报国的豪气,上阕以"千里长江烟淡水阔,古寺疏钟回响不绝,天上银蟾圆缺自若"的永恒自然之景,反衬金陵的衰亡,鲜明地表达了"六代兴亡如梦"的感慨。感情低沉、顿挫、悱恻与下阕高昂、慷慨、豪迈水乳交融,表达了词人悲愤中奋起的志向。结句"独立渔翁满江雪",化用柳宗元"孤舟蓑笠翁,独钓寒江雪"(《江雪》)诗句。柳宗元被贬永州,身为迁客,以顶风傲雪的渔翁自喻。李纲感到自己与柳宗元有某些相似点,借用渔翁形象自喻,让读者从一个渔翁傲然独立江头、不怕满江风雪的艺术形象去领悟他那矢志不移、坚持抗金的顽强战斗精神。

全词气氛清冷,场面阔远,意境深远,格调刚毅。写景文字不多,但颇具特色,景物立体感强,有动有静,有声有色。词中抒情手法多种多样,既有直接的议论抒情,又有间接的以景抒情,作者吊古怀今,低沉而郁发,表达出忧国伤怀的思绪和感慨。

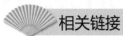

韦庄《台城》、刘禹锡《永遇乐·京口北固亭怀古》《金陵怀古》

 名句推荐

兵戈凌灭。豪华销尽,几见银蟾自圆缺。

 阅读与欣赏

34. 庆全庵①桃花

(南宋)谢枋得

寻得桃源好避秦②,桃红又是一年春。
花飞莫遣随流水,怕有渔郎来问津③。

诗词解意

寻找一处像桃花源那样的世外仙境,来躲避秦朝那样的暴政,看到红艳艳的桃花,才知道又是一年的春天。

花儿凋谢,花瓣千万不要随着流水漂去,恐怕有渔郎看见了也会到这里来。

了解字词

① 庆全庵:寺庙名。 ② 桃源:即桃花源,这里指庆全庵。 ③ 问津:问路。

 **认识作者**

　　谢枋得(1226—1289)，南宋文学家。字君直，号叠山，信州弋阳(今属江西)人。宝祐四年(1256年)与文天祥同科中进士。曾为考官，出题以贾似道政事为问，遂被罢斥，德祐元年起用为江东提刑、江西招谕使，知信州，率兵抗元。城陷后，流亡建阳，以卖卜教书度日。后元朝迫其出仕，地方官强制送往大都(今北京)，宁死不从，乃绝食死，门人私谥文节。

　　其诗伤时感旧，沉郁苍凉，有着强烈的爱国忧民的现实主义传统以及沉郁婉转的艺术风格。

 品品滋味

　　作者没有直接描绘庵中桃花盛开的景色，而是借景抒情，把这所幽静的小庙，比作逃避秦王朝暴政的世外桃源，希望在这里隐居避难，从此不与世人交往。作者身处乱世，眼见山河破碎，国土沦丧，忧心如焚，这首诗字里行间，流露了作者的这种忧愤之情。但诗人也是天真的，在家种植桃树，营构自己的"桃花源"，这毕竟是一厢情愿的事，所以才有"花飞莫遣随流水，怕有渔郎来问津"这样的诗句。

　　诗人最终还是被人发现了，程文海、留梦炎等人交相荐举他出仕，他都严词拒绝，最后元世祖下令他到京城大都去，在福建参政魏天祐的强逼下，他到了大都，不肯做官，绝食而死，实现了自己与新朝不两立的誓言。

 相关链接

　　《小孤山》《武夷山中》《初到建宁赋诗一首》。

名句推荐

　　花飞莫遣随流水，怕有渔郎来问津。

悦读时光

古典文学卷（下册）

35．卖花声·怀古

（元）张可久

阿房②舞殿翻罗袖，金谷名园③起玉楼，隋堤古柳缆龙舟④。不堪回首，东风还又⑤，野花开暮春时候。

美人自刎乌江岸⑥，战火曾烧赤壁山⑦，将军空老玉门关⑧。伤心秦汉⑨，生民涂炭⑩，读书人一声长叹。

诗词解意

阿房宫内罗袖翻飞，歌舞升平，金谷园里玉楼拔地，再添新景，隋堤上古柳葱郁，江中龙舟显威名。往事难回首，东风又起，暮春时候一片凄清。

乌江岸边上虞姬自刎而亡，赤壁滩曾被战火洗礼，一代名将只能空老玉门关外。可怜秦汉两朝百姓，生灵涂炭，却只能换得后世读书人的一声长叹。

了解字词

① 卖花声：曲牌名。怀古：曲题。② 阿房（旧读ē páng）：公元前212年，秦始皇征发刑徒七十余万修阿房宫及郦山陵。阿房宫仅前殿即"东西五百步，南北五十丈；上可以坐万人，下可以建五丈旗；周驰为阁道，自殿下直抵南山"。（《史记·秦始皇本纪》）但实际上没有全部完工。③ 金谷名园：在河南省洛阳市西面，是晋代大官僚大富豪石崇的别墅，其中的建筑和陈设异常奢侈豪华。④ 隋堤古柳：隋炀帝开通济渠，沿河筑堤种柳，称为"隋堤"，即今江苏北部的运河堤。缆龙舟：指隋炀帝沿运河南巡江都（今扬州市）事。⑤ 东风还又：现在又吹起了东风。⑥ "美人"句：公元前202年，项羽在垓下（今安徽省灵璧县东南）被汉军围困。夜里，他在帐中悲歌痛饮，与美人虞姬诀别，然后乘夜突出重围。在乌江（今安徽和县东）边自刎而

死。这里说美人自刎乌江,是这个典故的活用。⑦"战火"句:言三国时曹操惨败于赤壁。⑧"将军"句:言东汉班超垂老思归。班超因久在边塞镇守,年老思归,给皇帝写了一封奏章,上面有两句:"臣不敢望到酒泉郡(在今甘肃),但愿生入玉门关。"见《后汉书·班超传》。⑨秦汉:泛指历朝历代。⑩涂炭:比喻受灾受难。涂,泥涂。炭,炭火。

认识作者

张可久(约1270—1348以后)字小山(一说名伯远,字可久,号小山),庆元(治所在今浙江宁波鄞县)人,元朝重要散曲家,剧作家,与乔吉并称"双璧",与张养浩合为"二张"。其作品风格多样"或咏自然风光,或述颓放生活,或为酬作,或写闺情",是元代散曲中"清丽派"的代表作家。

人生坎坷,生平事迹不详,浙江庆原路(路治今浙江宁波市)人。曾多次做路吏这样的下级官吏,后以路吏转首领官(以上见曹栋亭本《录鬼簿》),一生怀才不遇,时官时隐,曾漫游江南之名胜古迹,足迹遍及江苏、浙江、安徽、湖南一带,晚年隐居在杭州一带。

品品滋味

不管是哪个封建朝代,民生疾苦更甚于末路穷途的英雄美人,但英雄美人或轰烈或哀艳的事迹,多见于载籍,遍翻二十一史,哪有普通老百姓的地位呢!作者无力改变这残酷的现实,也只能发出慨叹。

先用三个典故:一是霸王别姬,即楚汉相争时,项羽被困垓下,突围前与爱妾虞姬悲歌诀别,虞姬自刎而死。项羽突围至乌江岸也自刎而死;二是曹操被蜀吴联军大败于赤壁;三是班超空老玉门关外。引出英雄美人的故事,寄寓了作者对时世的看法。有对"风流总被雨打风吹去""大江东去,浪淘尽,千古风流人物"的叹惋,有对"兴,百姓苦;亡,百姓苦"的责难,有对"争强争弱,天丧天亡,都一枕梦黄粱"的感伤。最后的"叹"字含义丰富,一是叹国家遭难,二是叹百姓遭殃,三是叹读书人无可奈何。

相关链接

袁枚《马嵬》、张可久《湘妃怨·次韵金陵怀古》

名句推荐

伤心秦汉，生民涂炭，读书人一声长叹。

阅读与欣赏

36. 临江仙·滚滚长江东逝水

（明）杨慎

滚滚长江东逝水，浪花淘尽①英雄。是非成败转头空。青山依旧在，几度夕阳红。

白发渔樵②江渚③上，惯看秋月春风。一壶浊酒喜相逢。古今多少事，都付笑谈中。

诗词解意

滚滚长江向东流，多少英雄像翻飞的浪花般消逝。不管是与非，还是成与败，都已经随着岁月的流逝消逝了。当年的青山依然存在，太阳依然日升日落。

在江边的白发隐士，早已看惯了岁月的变化。和老友难得见了面，痛快地畅饮一杯酒，古往今来的多少事，都付诸于（人们的）谈笑之中。

了解字词

① 淘尽：荡涤一空。② 渔樵：此处并非指渔翁、樵夫，联系前后文的语境而为动词：隐居。此处作名词，指隐居不问世事的人。③ 渚（zhǔ）：原意为水中的小块陆地，此处意为江岸边。

认识作者

　　杨慎(1488—1559),明代文学家,明代三大才子之首。字用修,号升庵。杨廷和之子,四川新都(今成都市新都区)人,祖籍庐陵。正德六年状元,官翰林院修撰,豫修武宗实录。武宗微行出居庸关,上疏抗谏。世宗继位,任经筵讲官。嘉靖三年,因"大礼议"受廷杖,谪戍终老于云南永昌卫。

　　其诗有拟古倾向。贬谪以后,特多感愤。又能文、词及散曲,论古考证之作范围颇广。诗歌广泛吸收六朝、初唐诗歌的一些长处,形成他"浓丽婉至"的风格;他的词和散曲,写得清新绮丽。

品品滋味

　　这是一首咏史词,借叙述历史兴亡抒发人生感慨,豪放中有含蓄,高亢中有深沉。从全词看,基调慷慨悲壮,意味无穷,读来令人荡气回肠,不由得平添万千感慨。这首词在让读者感受苍凉悲壮的同时,又营造出一种淡泊宁静的气氛,折射出高远的意境和深邃的人生哲理。作者试图在历史长河的奔腾与沉淀中探索永恒的价值,在成败得失之间寻找深刻的人生哲理,有历史兴衰之感,更有人生沉浮之慨,体现出一种高洁的情操、旷达的胸怀。我们品味这首词的同时,仿佛感受到奔流不息的长江水,就像无始无终的时间长河,载着那些在群雄角逐中胜出的英雄渐行渐远;无情的时间,使一度牵系无数人性命前途的"是非成败"变得虚无飘忽……只留在"白发渔樵"的闲谈中。仿佛倾听到一声历史的叹息,于是,在叹息中寻找生命永恒的价值。

　　全词似怀古,似物志。开篇从大处落笔,切入历史的洪流,四、五句在景语中富哲理、意境深邃。下阕则具体刻画了老翁形象,在其生活环境、生活情趣中寄托自己的人生理想,从而表现出一种大彻大悟的历史观和人生观。正因为杨慎的人生感受太多太深,他才能看穿世事,把这番人生哲理娓娓道来,令无数读者产生心有戚戚的感觉。

相关链接

　　周邦彦《西河·金陵怀古》、秦观《望海潮·洛阳怀古》

名句推荐

滚滚长江东逝水,浪花淘尽英雄。是非成败转头空。

阅读与欣赏

37. 鲁连台

（清）屈大均

一笑无秦帝,飘然向海东①。
谁能排大难? 不屑计奇功②。
古戍三秋雁,高台万木风③。
从来天下士,只在布衣中④。

诗词解意

鲁仲连傲然一笑秦王便不能称帝了。说退秦兵之后便飘然远去,回到东海之滨。

有谁能像鲁仲连这样,排除万难之后,还不屑计较个人得失,不贪恋享受奇伟的功勋呢?

千秋万代的明月,照在眼前的古庙上;荒芜的鲁连台,万木在风中摇动。

自古以来,那些以天下为己任的志士,都是出身在平民之中的啊!

了解字词

① "一笑"句:指鲁仲连笑斥游士新垣衍,坚持义不帝秦。海东:东海。②排大难:史载鲁仲连性格豪爽侠义,常为人排难解忧。"不屑"句:指鲁仲连不屑于自己的

功绩,不接受赵、齐的封赏。③古戍:古代营垒,自古以来的边防要地,指鲁连台所在地。三秋:深秋,晚秋。农历九月为秋季第三个月,故名。高台:指鲁连台。万木:成千上万棵树木。④从来:自古以来。天下士:指天下有见识有本领的人。布衣:平民,多指没有做官的读书人。

认识作者

屈大均(1630—1696),明末清初著名学者、诗人,字翁山、介子,号莱圃,广东番禺人。与陈恭尹、梁佩兰并称"岭南三大家",有"广东徐霞客"的美称。其诗文中充满着关注社会、体恤民生的情愫。屈大均的诗文以爱国诗人屈原为楷模,效法注重民生的诗圣杜甫,但又自铸伟辞,开辟出自成一家的"翁山诗派",形成沉雄悲壮、笔力遒劲、想象瑰奇的艺术特点。

诗人曾参加陈邦彦等发动的抗清队伍,后为避祸,削发为僧,在番禺雷峰寺出家,法名今种。中年还俗,更名大均。

品品滋味

鲁连即鲁仲连,先秦齐国高士,排难解纷,多行侠义,却秦救赵,功非寻常。齐君欲封其官爵,逃避而去,隐居以终。鲁仲连以天下事为己任,替人排难解纷,功成不受赏的精神,深为后人景仰,因建台以祭祀。屈大均身处明清之际,积极投身抗清斗争,对鲁仲连的高洁品格有着不一般的深刻体会。这首瞻仰鲁仲连古迹的五言律诗,写得雄劲刚健,掷地有声,前四句先用简练生动的文字追述鲁仲连的义举奇功,高风亮节,赞扬鲁仲连功成不屑封赏精神的可贵,慨叹人间如仲连者难得一见,抒发了作者对古代贤人的景仰敬佩之情。五六两句写登鲁连台所见,景象雄阔而颇具沧桑之感。结尾两句,热情歌颂了天下志士(包括隐士)的高贵品质。

诗歌笔力奇横,语言精练警策,雄健宏阔,表现了鲁仲连对秦的蔑视以及对击秦的信心,反映诗人企慕能够尽快出现一位可以完成反清复明大业,建立丰功伟绩的英雄豪杰的热切心情。诗歌风格阳刚壮美,借古人古事,抒写复明之志,情感慷慨激烈,充满民族正气。

名句推荐

从来天下士,只在布衣中。

悦读时光

古典文学卷（下册）

38. 蝶恋花·出塞

（清）纳兰性德

今古河山无定据①。画角声中②，牧马频来去③。满目荒凉谁可语④？西风吹老丹枫树。

从前幽怨应无数⑤。铁马金戈⑥，青冢黄昏路⑦。一往情深深几许⑧？深山夕照深秋雨。

 诗词解意

从古至今江山兴亡都无定数。眼前仿佛战角吹响烽烟滚滚，战马驰骋来来去去，黄沙遮日满目荒凉谁可同语？只有萧瑟的西凤吹拂着枯老鲜红的枫树。

从前愁苦凄滚的往事无穷无尽。铁马金戈南征北战，最终只剩日落黄昏青草掩藏着坟墓。满腹幽情情深几许？夕阳照射深山飘洒着潇潇秋雨。

了解字词

① 无定据：没有一定。宋代毛开《渔家傲·次丹阳忆故人》词："可忍归期无定据，天涯已听边鸿度。"② 画角：古管乐器，传自西羌。发声哀厉高亢，形如竹筒，本细末大，以竹木或皮革等制成，古时军中多用以警昏晓，振士气，肃军容。③ 牧马：指古代作战用的战马. ④ 谁可语：有谁来和我一起谈谈。⑤ 从前幽怨：过去各民族、各部族间的战事。⑥ 铁马金戈：形容威武雄壮的士兵和战马。代指战事、兵事。⑦ 青冢：长遍荒草的坟墓。这里指指王昭君墓，杜甫《咏怀古迹》诗："一去紫台连朔漠，独留青冢向黄昏。"⑧ 一往情深深几许：化用欧阳修《蝶恋花》"庭院深深深几许"句意。几许：多少。

品品滋味

该词应是诗人到关外巡察时的作品,他翘首远望,满目荒凉,于是想到古往今来兴亡盛衰的情景。他从画角悲鸣、战骑来往的景象中深深感到,谁也不能永久地占据河山,永葆富贵。每一个王朝,也都是来去匆匆,就像塞外的牧马飘忽、丹枫易老一样,江山的轮回是不以人的意愿而发生逆转的。接着他从自己的出塞,联想到汉代昭君出塞的情景,觉得自己空有铁马金戈、气吞万里如虎的气概,最终也会和王昭君一样,"独留青冢向黄昏"而已。诗人的目光,纵横百里;诗人的思路,上下千年。其意境悲壮阔大,绝不是那些只惯于吟咏"小桥流水""绣毂雕鞍"的词客所能同日而语。正因为纳兰性德能从李后主乃至苏、辛的词中吸取营养,所以,一旦走出了他的"珊瑚阁""鸳鸯馆",便能发人之所未发,撮取"夜空帐灯""万帐穹庐人醉"的豪迈景色,吐露出"试看英雄碧血满龙堆""不道兴亡命也岂人为"的慷慨情怀。

品品滋味

该词应是诗人到关外巡察时的作品,他翘首远望,满目荒凉,于是想到古往今来兴亡盛衰的情景。他从画角悲鸣、战骑来往的景象中深深感到,谁也不能永久地占据河山,永葆富贵。每一个王朝,也都是来去匆匆,就像塞外的牧马飘忽、丹枫易老一样,江山的轮回是不以人的意愿而发生逆转的。接着他从自己的出塞,联想到汉代昭君出塞的情景,觉得自己空有铁马金戈、气吞万里如虎的气概,最终也会和王昭君一样,"独留青冢向黄昏"而已。诗人的目光,纵横百里;诗人的思路,上下千年。其意境悲壮阔大,绝不是那些只惯于吟咏"小桥流水""绣毂雕鞍"的词客所能同日而语。正因为纳兰性德能从李后主乃至苏、辛的词中吸取营养,所以,一旦走出了他的"珊瑚阁""鸳鸯馆",便能发人之所未发,撮取"夜空帐灯""万帐穹庐人醉"的豪迈景色,吐露出"试看英雄碧血满龙堆""不道兴亡命也岂人为"的慷慨情怀。

相关链接

纳兰性德《浣溪沙·红桥怀古》、陈子昂《岘山怀古》

名句推荐

铁马金戈，青冢黄昏路。

阅读与欣赏

39. 清江引（《桃花扇·余韵》）

（清）孔尚任

渔樵①同话旧繁华，短梦寥寥记不差；
曾恨红笺衔燕子②，偏怜素扇染桃花③。
笙歌西第留何客④？烟雨南朝换几家？
传得伤心临去语⑤，年年寒食哭天涯⑥。

诗词解意

渔翁樵夫一起回忆昔日南明朝廷的兴衰，都是他们魂牵梦绕情真意切的亲身经历。奸党不顾国家安危，迫害忠臣良将，令人切齿痛恨。血洒在定情宫扇上，后来被画家将血迹改画为桃花。

高官贵胄醉生梦死，夜夜笙歌，如今金陵又是谁家的天下？几经烟云变幻的南朝，不知已是第几次改朝换代？史可法、左良玉诸忠烈，殉难前铮铮遗言催人心肝，每年的寒食节，都要为故国和无数英烈放声悲恸。

了解字词

① 渔樵：指改行做了渔翁樵夫的柳敬亭、苏昆生，老赞礼等人。② 红笺衔燕子：隐指写过《燕子笺》的阮大铖，以及以其为代表的奸党，他们为了一己之私，不顾

国家已经危在旦夕。③ 素扇桃花,指李香君和侯方域,侯方域是复社领袖之一,受到阮大铖、马士英等人的迫害,不得已逃亡,阮、马等人继而报复支持复社的李香君,逼她改嫁,李香君宁死不屈,自杀未遂,血洒在侯方域送给她的定情宫扇上,后来被画家将血迹改画为桃花,这是桃花扇的由来。④ 西第:东汉外戚梁冀为大将军,起府第在洛阳城西。因马融曾为写《大将军第颂》,后人称之为西第。这里泛指豪华府第。⑤ "传得"句:是说柳敬亭等人转述的左良玉等殉国忠臣的遗言。⑥ 寒食:古代在清明节前两天的节日,焚火三天,只吃冷食,所以称寒食。

认识作者

孔尚任(1648—1718),字聘之,号东塘,别号岸堂,自称云亭山人。山东曲阜人,孔子六十四代孙,清初诗人、戏曲作家,继承了儒家的思想传统与学术,自幼即留意礼、乐、兵、农等学问,还考证过乐律,为以后的戏曲创作打下了音乐知识基础。世人将他与《长生殿》作者洪昇并论,称"南洪北孔"。

虽高才博识,但屡试不中,便捐纳了国子监生,三十五岁之前隐居石门山中。康熙二十一年(682年),应衍圣公孔额所之请,出山为其夫人治丧。五十二岁的孔尚任,终于写成了《桃花扇》。一时洛阳纸贵,不仅在北京频繁演出,而且流传到偏远的地方。次年三月,孔尚任被免职。罢官后,孔尚任在京赋闲两年多,接着回乡隐居。

品品滋味

《桃花扇》一剧在描写了明王朝以及南明弘光王朝的覆亡这场历史剧变后,以这首"渔樵话"结束全剧。这首诗与一般怀古之作的主旨相类似,抒发对逝去的繁华胜景的怀念和面对时过境迁的感伤。不同之处在于,这类"渔樵话"对繁华胜景的怀念中,包含着浓重的对繁华易逝的慨叹,对英雄业绩随时间逝去的感叹。

"渔樵话",也表现古代文士的灰心失落、愤懑不平、矛盾纠结、睿智顿悟,说到底,是在向着人生目标的奋争中权衡得与失的一种思考,又是对精神的一种抚慰。

相关链接

苍雪《金陵怀古》、孔尚任《折桂令·问秦淮》

名句推荐

笙歌西第留何客？烟雨南朝换几家？

记事篇

40. 易水歌

（战国）荆轲

风萧萧①兮易水寒，
壮士②一去兮不复还。

 诗词解意

北风萧萧呵易水森寒，
壮士一去呵再不回返。

了解字词

① 萧萧：疾风声。② 壮士：荆轲自称。

认识作者

荆轲（？—前227），一位决心舍身抗暴的英勇壮士，好读书善击剑，为人慷慨侠义。战国末期卫国朝歌（今河南鹤壁淇县）人，后游历到燕国，随之由田光推荐给太子丹。

秦王政二十年（前227年），荆轲奉太子丹之命，携燕督亢（今河北涿县、易县、固安一带）地图和樊於期首级出使秦廷，欲以数寸匕首，劫持嬴政（即秦始皇），迫其"悉归诸侯侵地"。然荆轲刺秦王不中，被秦王拔剑击成重伤后为秦侍卫所杀。

　　据《战国策》和《史记》记载，荆轲出发时，"太子丹及宾客知其事者，皆白衣冠以送之"。送行着白衣，众人皆知荆轲此行九死一生，荆轲自然明白。行至生死诀别的易水（流经今河北定兴县境）河畔，时正寒冬，北风凉烈，众人情绪异常低落，荆轲与高渐离筑歌相和，如歌曰"风萧萧兮易水寒，壮士一去兮不复还"。随后，荆轲"就车而去，终已不顾"。

　　诗歌前句"萧萧"风声，将易水河上寒冽之气呈现出来，加之着白衣神色黯然的送行者，语境上渲染了浓重的苍凉之意。而后句，却以勃发的壮声，压过风声涛影，化成充斥天地间慷慨雄腔。

　　这首诗虽是一位壮士用自己的生命宣告，宣告纵然此行有去无回，他所怀之志，也不可摧折、无可动摇，与其卑怯偷生不如慷慨赴死。生命虽然短暂，荆轲吟出《易水歌》，却有了永生的意味。诗歌虽是荆轲所说，却同属我们每一个人。

　　专诸刺吴王，身死而功成，荆轲刺秦王，身死而事败。如今专诸已被我们忘却，而赞美荆轲的影视剧作经常出现在荧屏上。士固不可以成败论，而我们之更怀念荆轲，岂不正因为这短短的诗吗？诗人创造了诗，同时也创造了自己，它属于荆轲，也属于一切的人们。

 相关链接

　　《诗经·国风·邶风·击鼓》、郑思肖《寒菊》、王昌龄《从军行七首·其四》

 名句推荐

　　风萧萧兮易水寒，壮士一去兮不复还。

41. 绿衣

《诗经·邶风》

绿兮衣兮,绿衣黄里①。
心之忧矣,曷②维其已!
绿兮衣兮,绿衣黄裳③。
心之忧矣,曷维其亡④!
绿兮丝兮,女⑤所治⑥兮。
我思古人,俾⑦无訧⑧兮!
絺⑨兮绤⑩兮,凄⑪其以⑫风。
我思古人,实获⑬我心!

诗词解意

绿衣裳啊绿衣裳,绿色面子黄里子。
心忧伤啊心忧伤,什么时候才能止!
绿衣裳啊绿衣裳,绿色上衣黄下裳。
心忧伤啊心忧伤,什么时候才能忘!
绿丝线啊绿丝线,是你亲手来缝制。
我思亡故的贤妻,使我平时少过失。
细葛布啊粗葛布,穿上冷风钻衣襟。
我思亡故的贤妻,实在体贴我的心。

了解字词

① 里:衣服的衬里。②曷（hè）:何,怎么。③ 裳（cháng）:下衣,形状像现在的裙子。④ 亡:用作"忘",忘记。⑤ 女:同"汝",你。⑥ 治:纺织。⑦ 俾（bǐ）:

使。⑧ 訧(yóu):同"尤",过失,罪过。⑨ 绤(chī):细葛布。⑩ 绤(xì):粗葛布。⑪ 凄:凉而有寒意。⑫ 以:因。⑬ 获:得。

认识作者

《绿衣》是《诗经·邶风》的第二首诗,可能创作于卫庄公二十三年(《史记》卷三十七康公世家记载了"庄公二十三年,庄公卒",依据《毛诗序》的"庄姜伤己"的主旨,可推测《绿衣》应作于卫庄公二十三年左右)。

《邶风》,邶国之风也。周灭殷商后,周武王"以商治商",封纣王之子武庚于今汤阴县城邶城村,号邶国。《诗经》中的《邶风》即为产生、采集、流传于邶国大地的古老而至今仍荡人心弦的诗篇。

品品滋味

余冠英《诗经选译》:"诗人睹物怀人,思念故妻。绿衣黄裳是故人亲手所制,衣裳还穿在身上,做衣裳的人已经见不着了。"诗之前三章,均以"绿衣"领起,既非妙喻,亦无深意,这里反复吟咏的,只是一件在旁人看来极其普通、而于作者却倍觉亲切的衣裳,其亡妻之衣。作者正是借此来写其睹物生悲、触目伤心之情。

先秦是男尊女卑的社会,女人卑微依附,而男子则是顶天立地,可是在《绿衣》中,一位深情的男子就这样出人意料地表露出对亡妻的怀念。《邶风·绿衣》如今也被尊为"悼亡诗"之祖。有情人不能相伴到老,自古至今有多少文人雅客通过赋诗作文寄托对故去爱人深深又无法着落的思念之情。

"绿"的意象运用得最成功的当属李贺的《洛阳城外别皇甫湜》中"凭轩一双泪,奉坠绿衣前",北宋贺铸的《绿罗裙》"记得绿罗裙,处处恋芳草"的诗句。

相关链接

潘岳《绿衣》、姜夔《长亭怨慢》、贺铸《半死桐》、元稹《离思五首》

名句推荐

我思古人,实获我心!

42. 十五从军征

《乐府诗集》

十五从军征,八十始①得归②。
道逢乡里人:家中有阿③谁?
遥看是君家,松柏冢④累累⑤。
兔从狗窦⑥入,雉⑦从梁上飞。
中庭生旅谷⑧,井上生旅葵⑨。
舂⑩谷持作饭,采葵持作羹⑪。
羹饭一时熟,不知贻⑫阿谁!
出门东向望,泪落沾⑬我衣。

诗词解意

刚满十五就出去打仗,到了八十岁才得以回乡。
路上遇到一个乡里邻居,问:"我家里还有什么人?"
(他说)"从远处望去,你家就在那个松柏环绕着的坟墓中。"
走到家门前看见野兔从狗洞里进出,野鸡在屋脊上飞来飞去。
院子里长着野生的谷子,野生的葵菜环绕着井台。
用捣掉壳的野谷来做饭,摘下葵叶来煮汤。
汤和饭一会儿都做好了,却不知等待谁来吃。
走出大门向东怅然望去,老泪纵横渗入我的征衣。

了解字词

95

① 始:才。② 归:回家。③ 阿(ē):语气词,没有实际意义。④ 冢(zhǒng):坟墓、高坟。⑤ 累累(lěi):与"垒垒"通,连续不断的样子。⑥ 狗窦:给狗出入的墙

洞。窦,洞穴。⑦ 雉:野鸡。⑧ 旅谷:野生的谷子。⑨ 旅葵(kuí):即野葵。⑩ 舂(chōng):把东西放在石臼或乳钵里掉谷子的皮壳或捣碎。⑪ 羹(gēng):菜汤。⑫ 贻(yí):送,赠送。⑬ 沾:渗入。

认识篇目

《乐府诗集》是汉朝、魏晋、南北朝民歌精华所在。内容十分丰富,反映社会生活面很广,主要辑录汉魏到唐、五代的乐府歌辞兼及先秦至唐末的歌谣,共五千多首。《乐府诗集》的重要贡献是把历代歌曲按其曲调收集分类,使许多作品得以汇编成书。这对乐府诗歌的整理和研究提供了很大的方便。

品品滋味

《十五从军征》叙述了一位少小离家从军、暮年始得解甲归田的老兵,看到一幅亲人尽殁,荒坟累累,家园残破,杂草横生,野兽自由出入的荒凉景象。征人服役期间无不在日日夜夜想着家里的亲人,想着早日与家人团聚的那种温暖;这种想法可能正是他活下去的支柱。然而九死一生,终于有幸活着回家了,少小离家老大回,面对的却是荒凉的房舍和座座坟墓。此时那种无家可归、无所寄依、孑然凄凉的境地,那种与亲人团聚的希望突然破灭的悲戚,令人不禁掩卷叹息,诗的最后,"出门东向看,不知贻阿谁"把他无尽的悲哀、茫然无措的痛彻展现在我们眼前。

诗歌通过一名终身服役的老兵,穷苦而归,想安度晚年,回乡后所见所闻令他瞬间希望破灭。诗歌深刻地揭露了汉代残酷的兵役制度给人民造成的深重灾难。诗歌不仅有表现征人服役之久的惆怅,也表现了征人终于得以归家时温暖的希冀。也许,只要人类有战争,诗歌所表现的这种悲剧就难以避免,所以,和平对于一个国家和民族是多么值得珍惜。

相关链接

《诗经·豳风·东山》、杜甫《兵车行》、岑参《凉州馆中与诸判官夜集》、王翰《凉州词》

兔从狗窦入，雉从梁上飞。中庭生旅谷，井上生旅葵。

43. 洛神赋（节选）

（三国）曹植

翩①若惊鸿②，婉③若游龙。荣曜④秋菊，华茂⑤春松。髣髴⑥兮若轻云之蔽月，飘飖⑦兮若流风之回雪。远而望之，皎⑧若太阳升朝霞；迫而察之，灼⑨若芙蕖⑩出渌⑪波。秾⑫纤得中，修短合度。肩若削成⑬，腰如约素⑭。延颈秀项，皓⑮质呈露⑯。芳泽无加，铅华⑰不御。云髻⑱峨峨⑲，修眉联娟⑳。丹唇外朗，皓齿内鲜。明眸㉑善睐㉒，靥㉓辅承权㉔。瓌㉕姿艳逸㉖，仪静体闲㉗。柔情绰㉘态，媚于语言。奇服旷世，骨像㉙应图。披罗衣之璀粲㉚兮，珥㉛瑶碧之华琚㉜。戴金翠之首饰㉝，缀明珠以耀躯。践远游㉞之文履㉟，曳㊱雾绡㊲之轻裾㊳。微幽兰之芳蔼㊴兮，步踟蹰于山隅。

翩然若惊飞的鸿雁，婉约若游动的蛟龙。容光焕发如秋日下的菊花，体态丰茂如春风中的青松。她时隐时现像轻云笼月，浮动飘忽似回风旋雪。远而望之，明洁如朝霞中升起的旭日；近而视之，鲜丽如绿波间绽开的新荷。她体态适中，高矮合度，肩窄如削，腰细如束，秀美的颈项露出白皙的皮肤。既不施脂，也不敷粉，发髻高耸如云，长眉弯曲细长，红唇鲜润，牙齿洁白，一双善于顾盼的闪亮的眼睛，两个面颊下甜甜的酒窝。她姿态优雅妩媚，举止温文娴静，情态柔美和顺，语辞得体可人。洛神服饰奇艳绝世，风骨体貌与图上画的一样。她身披明丽的罗衣，带着精美的佩玉。头戴金银翡翠首饰，缀以周身闪亮的明珠。她脚著饰有花纹的远游鞋，拖

97

着薄雾般的裙裾,隐隐散发出幽兰的清香,在山边徘徊倘佯。

了解字词

　　① 翩:鸟疾飞的样子,此处指飘忽摇曳的样子。② 惊鸿:惊飞的鸿雁。③ 婉:蜿蜒曲折。④ 荣曜(yào):丰盛的日光照耀。⑤ 华茂:华美茂盛。⑥ 髣(fǎng)髴(fú):时隐时现。⑦ 飘飘:飞翔貌。⑧ 皎:洁白光亮。⑨ 灼:鲜明,鲜艳。⑩ 芙蕖(qú):一作"芙蓉",荷花。⑪ 渌(lù):水清貌。⑫ 秾(nóng):花木繁盛。⑬ 削成:形容两肩瘦削下垂的样子。⑭ 约素:一束白绢。素,白细丝织品。⑮ 皓:洁白。⑯ 呈露:显现,外露。⑰ 铅华:粉。古代烧铅成粉,故称铅华。⑱ 云髻:发髻如云。⑲ 峨峨:高耸貌。⑳ 联娟:微曲貌。㉑ 眸(móu):目中瞳子。㉒ 睐(lài):顾盼。㉓ 靥(yè):酒窝。㉔ 承权:在颧骨之下。权,颧骨。㉕ 瑰(guī):同"瑰",奇妙。㉖ 艳逸:艳丽飘逸。㉗ 闲:娴雅。㉘ 绰:绰约,美好。㉙ 骨像:骨格形貌。㉚ 璀粲:鲜明貌。一说为衣动的声音。㉛ 珥:珠玉耳饰。此用作动词,作佩戴解。㉜ 华琚:刻有花纹的佩玉。㉝ 首饰:指钗簪一类饰物。㉞ 远游:鞋名。㉟ 文履:饰有花纹图案的鞋。㊱ 曳:拖。㊲ 雾绡(xiāo):轻薄如雾的绡。绡,生丝。㊳ 裾:裙边。㊴ 芳蔼:香气。

认识作者

　　曹植(192—232),字子建,是建安时期最负盛名的作家。他少诵读诗论及辞赋数十万言,善属文。钟嵘《诗品》称他为"建安之杰",其诗"骨气奇高,词采华茂",很讲究艺术表现手法,具有独特的风格。曹植在诗歌和辞赋创作方面有杰出成就,其赋继承两汉以来抒情小赋的传统,又吸收楚辞的浪漫主义精神,为辞赋的发展开辟了一个新的境界。《洛神赋》是曹植所作抒情小赋中的名篇。

　　《洛神赋》讲究技巧和语句华美,表现出高度的形象性和丰富的想象力。它熔铸神话题材,通过虚幻的境界,描写了一个人神恋爱的悲剧。文中我们看到曹植将一名优美的妇女形象刻画得精细入微,生动传神。作品词藻华美,比喻形象,烘托巧妙,写得错综变化,明暗得宜,充满了浓郁的抒情意味和绚丽的传奇色彩,具有很强的艺术感染力。

品品滋味

据记载,甄后生于东汉灵帝光和五年(182年),她比曹丕大五岁,比曹植大十岁,原为汉末军阀袁绍的儿媳妇。建安十年(205年)曹操平冀州,曹丕最先见到甄氏的美貌后,遂以战利品据为己有,并得到曹操的认可。曹植此时对甄氏也有爱慕之心,而甄氏同样十分仰慕曹植的才名,所以曹植也曾想求之为妻,受到曹操的拒绝后,甚为不平。

甄氏初到曹家,深受宠爱,生魏明帝曹睿以及东乡公主。后因郭氏善谋才失宠于曹丕。在曹丕与曹植争夺太子之位的斗争中,曹丕时常依靠郭氏的计谋。曹丕即帝位后,郭氏受宠,从而冷淡了甄后。甄后失意之中因有怨言,于黄初二年六月被曹丕"遣使赐死"。甄后死时年仅四十岁,殡葬时则被曹丕"被发覆面,以糠塞口",惨不忍睹。初三年,曹植再次受到诬陷,被旨令赴京师辩诬。在宫中,曹丕将甄氏的一件遗物玉镂金带枕赐予曹植。观此旧物,曹植百感交急。从洛阳回封地东阿,途径洛水之际,曹植人困马乏,休息时有人告诉他洛水的水神是宓妃,曹植遂想起宋玉《高唐赋》中描绘的楚怀王与巫山神女间的那段奇遇,便假托对洛神的向往之情抒发了对甄氏的思念。曹植对年长自己十岁的嫂嫂的爱慕之情长期郁积于心,如今甄氏惨死,自己又屡遭猜忌,如此复杂感受的交织,遂于此时此地尽情地挥洒于才情激荡的《洛神赋》中。

《洛神赋》除序文外,全文可分为六段。本文节选于第二段。本文集中描写了洛神的仪态、容貌、服饰和神情动作,为下文写爱慕之情作了铺垫。从"翩若惊鸿,婉若游龙"开始,一段连续精彩的文字,一系列美妙动人的比喻,表现出洛神那轻捷柔婉的动态和娴静庄重的静态。而秋菊、春松之比,在赞美其仪态高贵的同时,也暗示了其品格的高尚。描绘洛神远望"皎若太阳升朝霞",近察则"灼若芙蕖出渌波",从不同的角度,极形象地写出了洛神的光辉灿烂和无比美艳。曹植用自然界中最瑰丽的景象作比,描绘了洛神降临的动人一幕。"翩若惊鸿",由曹植首创,成为流传至今的成语。洛神隐身于芬芳的幽兰丛中,又漫步在山脚下,她跳跃嬉戏,把她柔嫩的臂腕伸向水边,采摘激流中的黑芝。曹植笔下的洛神不仅容貌、身材、体态极美,而且兼具内在的智慧美和品格美。更表现出曹植对意中人的爱慕、追求、彷徨、忧惧,不能如愿的痛苦,同时也是曹植对于曹丕忠诚的表白,这些内容都是曹植自身在生活中所经历的。

本段文字词藻华丽而不浮躁,清新之气四逸,令人神爽。讲究排偶,对仗,音律,语言整饬、生动、优美。传神的描写刻画,兼之与比喻、烘托共用,错综变化巧妙得宜,给人一种浩而不烦、美而不惊之感,使人感到就如在看一幅绝妙丹青,个中人物有血有肉,而不会使人产生一种虚无之感。在对洛神的体型、五官、姿态等描写,给人传递出洛神的沉鱼之貌、落雁之容。同时,又有"清水出芙蓉,天然去雕饰"的清新高洁。

 相关链接

宋玉《神女赋》、辛弃疾《水龙吟·昔时曾有佳人》、屈原《九歌·湘夫人》

名句推荐

翩若惊鸿,婉若游龙。
髣髴兮若轻云之蔽月,飘飖兮若流风之回雪。
远而望之,皎若太阳升朝霞;迫而察之,灼若芙蕖出渌波。

 阅读与欣赏

44. 答庞参军

（东晋）陶渊明

相知何必旧,倾盖①定前言。
有客赏我趣,每每顾林园。
谈谐②无俗调,所说圣人篇。
或有数斗酒,闲饮自欢然。
我实幽居士,无复东西缘;
物新人惟旧,弱毫③多所宣。
情通万里外,形迹滞江山;
君其爱体素④,来会在何年!

诗词解意

相互知心何必老友,倾盖如故足证此言。
您能欣赏我的志趣,经常光顾我的林园。
谈话投机毫不俗气,共同爱好儒家经典。
偶尔酿得美酒数斗,悠闲对饮心自欢然。
我本是个隐居之人,奔走求仕与我无缘。
时世虽变旧友可贵,常常写信以释悬念。
情谊能通万里之外,虽然阻隔万水千山。
但愿先生保重贵体,将来相会焉知何年?

了解字词

① 倾盖:《史记·邹阳列传》:"谚曰:有白头如新,倾盖如故。"盖,指车盖,状如伞。谚语的意思是,有些人相互交往到老,却并不相知,如同陌路新识;有些人一见如故,即成知音。后遂以"倾盖"代指一见如故。② 谈谐:彼此谈话投机。③ 弱毫:指毛笔。④ 体素:即素体,犹言"玉体",对别人身体的美称。

品品滋味

陶渊明的朋友,有政治上的人物,有高僧隐士,也有乡邻中的一些农民。庞参军的事迹无从考究,根据史料只知他是江州刺史王宏的参军。陶渊明《答庞参军》共两首,一为五言,一为四言,都作于宋废帝景平元年(423年)。

《答庞参军》是酬答庞参军赠诗并为他惜别送行的。诗以"相知何必旧,倾盖定前言。"陶渊明与庞参军并非旧相识,只因是邻居,常诚挚而亲切地交谈,只不过一年多时间,两人俨然成了知音,在志趣上两人彼此相近相知。"谈谐无俗调,所说圣人篇。"因为陶渊明深受儒家的影响较深,所以在与庞参军的交谈中讨论的皆是儒家经典。陶渊明很穷,交谈时,不一定有酒,或许会有几斗,就拿与庞参军分享品尝,自是相当欢愉。诗歌到了这里都是回忆庞参军时常来访、亲切交谈的旧游场景。

一句"我实幽居士,无复东西缘"透露出在与庞参军临别时,庞参军劝陶渊明再出去做官吧,他婉言谢绝了。陶渊明四十一岁辞官归田,至与庞参军相遇已经

101

有十八年,再也没有东奔西走求官的意愿,他就爱以隐居为乐。全诗以"君其爱体素,来会在何年"结尾,蕴含很深的惜别感情。陶渊明已经年老,抱病多年,此去一别,让作者心生太多感慨。如果说诗歌的前半部分的情调是热烈明快的,那么惜别送行的场景就显得有些忧郁而深沉。

粗读《答庞参军》,让人感受到陶渊明的平易亲切,但所能把握住的只不过是诗句中表面意义。反复阅读,细细思索,才能发现其中深远的含义和艺术美,才能发觉平易的字句间蕴含着一片热烈诚挚的深情,撼人心弦。陶渊明就是通过如此真率自然,自首至尾,都好像与即将离去的老朋友披心畅谈一般,情真意切,娓娓而谈,显露出他的性格,使人感到特别亲切,不能不被它所感动而难于忘却。

相关链接

陶渊明《答庞参军》、王勃《送杜少府之任蜀川》

名句推荐

相知何必旧,倾盖定前言。

情通万里外,形迹滞江山;君其爱体素,来会在何年!

阅读与欣赏

45. 送杜十四之江南

（唐）孟浩然

荆吴①相接水为乡,
君去春江正淼茫②。
日暮征帆何处泊,
天涯③一望断人肠。

诗词解意

两湖江浙紧接壤,河道纵横水为乡。
您去正值春江满,烟云弥漫水茫茫。
暮色深沉天已晚,孤舟一叶停何方?
心随友人望天涯,无限思念痛断肠。

了解字词

① 荆吴:荆是古代楚国的别名,在今湖北、湖南一带。吴也是古代国名,在今江苏、安徽、浙江一带。荆吴在这里泛指江南。② 森茫:即渺茫。③ 天涯:犹天边。指极远的地方。

认识作者

孟浩然(689—740)生当盛唐,早年有用世之志,但政治上困顿失意,以隐士终身。孟浩然是个洁身自好的人,不乐于趋承逢迎。他耿介不随的性格和清白高尚的情操;为同时和后世所倾慕。李白称赞他"红颜弃轩冕,白首卧松云,高山安可仰,徒此揖清芬"。(《赠孟浩然》)

隐居本是那时代普遍的倾向,但在旁人仅仅是一个期望,至多也只是点暂时的调剂,或过期的赔偿,在孟浩然却是一个完完整整的事实。在构成这事实的复杂因素中家乡的历史地理背景,或许是很重要的一点。孟浩然的一生,徘徊于求官与归隐的矛盾之中,直到碰了钉子才放弃了求官的愿望。他虽然隐居林下,但仍与当时达官显官如张九龄等有往来,和诗人王维、李白、王昌龄也有酬唱。

品品滋味

李白有《黄鹤楼送孟浩然之广陵》绝句:"故人西辞黄鹤楼,烟花三月下扬州。孤帆远影碧空尽,唯见长江天际流。"其情其景,与孟浩然送杜十四颔相近似,对读之,似觉李白诗注意设色,画面灵动清远,而孟浩然诗纯粹水墨,不着一彩,显得凝重浑成。孟浩然诗虽未如李白诗那样脍炙人口,但若一品,却自有风味。

这是一首送别诗。诗写春日长江送别友人的情意。吴头楚尾,地接水连,正

103

值春水新发，长江烟波浩渺，一派茫茫。就在这个容易令人伤感的季节和环境，友人登舟将发，诗人依依惜别。春水浩荡，远与天接，孤帆一去，顿成远影，不知今夜将泊何处？渐去渐远，渐远渐无，极目天涯，只剩下一派茫茫烟波，思念友人，不觉心痛神痴，肠为之断，泪下潸潸。

《送杜十四之江南》自然流畅地表现了诗人对友人杜晃的深切怀念，也体现出与友人真挚的友谊。诗中四句从写景入笔，寓主观感情于客观景象之中，使客观的景象染上浓重的主观感情色彩。孟浩然诗以简淡清旷著称，这首七绝虽仍是信心信笔，不见雕饰，却有些情浓意重，大约是浩荡春江冲击所致吧，何况还是送别友人呢！

 **相关链接**

王维《送别》、晏殊《寓意》、李白《送友人入蜀》

 **名句推荐**

日暮征帆何处泊，天涯一望断人肠。

 **阅读与欣赏**

46. 送陈章甫

（唐）李颀

四月南风大麦黄，枣花未落桐叶长。
青山朝别暮还见，嘶①马出门思旧乡。
陈侯立身何坦荡，虬须②虎眉仍大颡③。
腹中贮④书一万卷，不肯低头在草莽。
东门酤酒⑤饮我曹，心轻万事如鸿毛⑥。
醉卧不知白日暮，有时空望孤云高。

长河浪头连天黑,津口^⑦停舟渡不得。
郑国游人未及家,洛阳行子空叹息。
闻道故林相识多,罢官昨日今如何。

诗词解意

四月南风吹大麦一片金黄,枣花未落梧桐叶子已抽长。
早晨辞别青山晚上又相见,出门闻马鸣令我想念故乡。
陈侯的立身处世襟怀坦荡,虬须虎眉前额宽仪表堂堂。
你胸藏诗书万卷学问深广,怎么能够低头埋没在草莽。
在城东门买酒同我们畅饮,心宽看万事都如鸿毛一样。
喝醉酒酣睡不知天已黄昏,有时独自将天上孤云眺望。
今日黄河波浪汹涌连天黑,行船在渡口停驻不敢过江。
你这郑国的游人不能返家,我这洛阳的行子空自叹息。
听说你在家乡旧相识很多,罢官回去他们如何看待你?

了解字词

① 嘶:马鸣。② 虬(qiú)须:卷曲的胡子。③ 大颡(sǎng):宽大的脑门。颡,前额。④ 贮:保存。⑤ 酤(gū)酒:买酒。⑥ 鸿毛:大雁的羽毛,比喻极轻之物。⑦ 津口:渡口。

认识作者

李颀(690—751)唐代诗人。开元二十三年登进士第,一度任新乡县尉,不久去官。后长期隐居嵩山、少室山一带的"东川别业",有时来往于洛阳、长安之间。李颀诗歌以边塞诗著称,与高适、岑参、王昌龄并称"四大边塞诗人",其边塞诗以豪迈的语调写塞外的景象,揭露封建帝王开边黩武的罪恶,情调悲凉沉郁。

李颀别情诗中所写的人物,大多是倜傥轩昂,胸怀大志,虽怀才不遇,却能看淡得失,在出处之间保持一份少有的平静,《送陈章甫》写的就是这类奇人的别情、独特的时代精神和士人理想。

105

　　陈章甫曾应制科及第,但因没有登记户籍,吏部不予录用。经他上书力争,吏部辩驳不了,特为请示执政,破例录用。于是,受到天下士子的赞美,使他名扬天下。然其仕途并不通达,因此无心官场之事,经常住在寺院或郊外,活动于洛阳一带。《送陈章甫》大约作于陈章甫罢官后登程返乡之际,李颀送他到渡口,作此诗以赠别。诗中作者称陈章甫为"郑国游人",自称"洛阳行子",可见双方同为天涯沦落人。

　　全诗可分为三个部分。第一部分前四句,表面写初夏时节,南风和煦,大麦已熟,一派喜人的丰收景象。实则暗用上古歌谣《南风歌》:"南风之薰兮,可以解吾民之愠兮。南风之时兮,可以阜吾民之财兮。"此歌相传为舜帝所作,赞美南风既可"解民之愠",又可"阜民之财"。《史记·乐书》也写:"夫《南风》之诗者,生长之音也。"故首二句"大麦"成熟、"枣花"盛开、"桐"树繁茂,正是"阜财"、生长的具体体现。同时,写景中暗含了"解愠"之意。"青山"二句,已见前说,实为归心似箭的另一种说法。作者实际上是以大麦成熟、桐枣繁茂及归乡在即等喜悦,来宽解陈章甫罢官之"愠"。故从《南风歌》借来的"解愠"二字,大有深意,实为这部分的核心。因此,这四句可谓化用无痕,对别情的表达也非常新颖。

　　中间八句是第二部分,正面刻画临别之际的陈章甫。"心轻万事",自然也包括罢官的遭遇在内,对开头四句所写别情的进一步强化。此八句从陈章甫内在的精神世界和开阔的胸怀落笔,写他面对罢官之失意、离别之伤悲,却能淡然处之,毫不介怀。

　　末六句为第三部分。写临别之际,天气突变,"津口停舟",行程受阻,即日返乡的愿望落空,由此引出二人的"叹息",并推想返乡后旧友故知的态度。但是,这叹息只是源于渡口滞留,返乡不得。末二句的疑问,继续为陈章甫宽解,对他被罢后自由的林下之乐充满期待。

　　李颀的《送陈章甫》所写的别情,完全突破了传统别情诗"有别必怨"的模式。

李白《蜀道难》、白居易《赋得古原草送别》、王昌龄《芙蓉楼送辛渐》

 **名句推荐**

四月南风大麦黄,枣花未落桐叶长。青山朝别暮还见,嘶马出门思旧乡。

 **阅读与欣赏**

47. 渡荆门送别

(唐)李白

渡远荆门①外,来从楚国②游。
山随平野③尽,江④入大荒⑤流。
月下飞天镜,云生结海楼⑥。
仍怜⑦故乡水⑧,万里⑨送行舟。

诗词解意

我乘舟渡江现已来到荆门之外,且让我来这楚国境内游览一番。
眼看青山隐去平野随之舒展开,江水仿佛流进一片广阔的莽原。
波中月影宛如天上飞来的明镜,空中彩云结成绮丽的海市蜃楼。
但我还是更爱恋故乡滔滔江水,它奔流不息陪伴着我万里行舟。

了解字词

① 荆门:山名,位于今湖北省宜都县西北长江南岸,与北岸虎牙三对峙,地势险要,自古即有楚蜀咽喉之称。② 楚国:楚地,指湖北一带,春秋时期属楚国。③ 平野:平坦广阔的原野。④ 江:长江。⑤ 大荒:广阔无际的田野。⑥ 海楼:海市蜃楼,这里形容江上云霞的美丽景象。⑦ 怜:怜爱。一本作"连"。⑧ 故乡水:指从

四川流来的长江水。因诗人从小生活在四川,把四川称作故乡。⑨ 万里:喻行程之远。

品品滋味

　　首联"渡远荆门外,来从楚国游",诗人以明快的笔法点明了此次的行程,且把诗人不辞辛劳、爬山涉水离开险要的蜀地,不远万里来到楚地壮游的豪情逸志溢于言表。陈子昂《渡荆门望楚》中"巴国山川尽,荆门烟雾开",由此不但可见荆门是由蜀入楚的咽喉之地,而且以此为界,一边是高耸云霄的崇山峻岭,隐天蔽日,难见曦月;一边是平展如履的莽莽平原,寥廓绵远,天高地迥,真是"蜀楚"两重天。穿越这一咽喉之地,怎不令人如脱缰之马,离笼之鸟!诗人初离偏僻的故土,投身于广阔天地的欣喜之情和由此而激起的雄心壮志是可想而知的。这样,诗一开篇即为下文奠定了豪迈、喜悦的感情基调。

　　接下来是展示诗人所见到的荆门外的自然景象:连绵的群山逐渐消逝,莽莽的原野广阔无垠,滔滔的江水奔涌不息。然而这些绝不只是纯客观的景观的简单模拟,而是深深染上了诗人浓厚的感情色彩。正所谓"一切景语皆情语",无情则无以为诗,无景无物,则情往往无所依傍,容易失之干枯空洞。故作品往往创造出一种有景有情、情景交融的境界。所以"山随平野尽,江入大荒流"不只是以山水笔画,为我们展示了一幅雄阔壮丽的长江旷远景色图,更让我们感受到作者随视野的豁然开朗而胸襟为之开阔,激情为之奔涌。自然美与情感美交相辉映,相得益彰,给人以强烈的审美感受。

　　李白作为融情入景的能手,不仅善于摄取自然景物到诗境中来衬托自己的形象,而且长于充分发挥其天才的联想,以拟想的虚景强化自己的主观感受:"月下飞天镜,云生结海楼。"江水中明月如圆镜——真是原野宽阔平坦,江面风平浪静。天空中行云簇拥有如海市蜃楼——真是天宽地阔,瑰奇多变,景象万千。正是诗人在诗句中铸入自己汹涌澎湃的情感,才会有这样神妙之笔的景象。这样颔颈两联真是虚实相生、层层推进,在雄阔瑰奇壮丽的山水中,一位投身于广阔的天地,心胸开阔,壮思飞越,对前途理想充满信心的诗人形象跃然眼前。

　　诗人完全沉醉于这一艺术境界之中,精神更饱满,情感更炽热,在诗人眼中来自家乡的江水本是无知无觉的,现在却仿佛有了人的感情,也满怀热情,不辞辛劳,不远万里送"我"去那追求不平凡的理想。"仍怜故乡水,万里送行舟。"显然是诗人在特定心境下的景物描写,真正"情乐则景乐"。同时这也是全诗的点睛之笔。

　　《红楼梦》中的薛宝钗曾以"好风凭借力,送我上青云"来表达她的凌云壮志。

天性不羁、追求自由、怀抱大志的诗人李白对着如此寥阔高远的天地、奔腾直泻的江水，又怎么会不热血沸腾，豪情万丈地高咏：好"水"凭借力，送我上青云。《渡荆门送别》在时空变化上、移步换景中展现出蜀、楚两地不同的地理风貌，展现出不同时段的自然景观；在这里，明月与江水融合、故乡与他乡融合、人与自然融合，天地万物之间都寄寓着诗人的豪放舒畅之情和生命意识。

 **相关链接**

杜甫《阁夜》、杜甫《月夜忆舍弟》、刘长卿《饯别王十一南游》

 **名句推荐**

山随平野尽，江入大荒流。月下飞天镜，云生结海楼。

 **阅读与欣赏**

48. 春日忆李白

（唐）杜甫

白也诗无敌，飘然思不群①。
清新庾开府②，俊逸③鲍参军。
渭北④春天树，江东⑤日暮云。
何时一尊⑥酒，重与细论文⑦？

 **诗词解意**

李白的诗作无人能敌，他高超的才思也非一般人能及。
李白的诗作既有庾信诗作的清新之气，又有鲍照作品那种俊逸之风。

如今，我在渭北独对着春日的树木，而他在江东远望那日暮薄云，天各一方，只能遥相思念。

什么时候我们才能同桌饮酒，再次仔细探讨我们的诗作呢？

了解字词

① 不群：不平凡，高出于同辈。② 庾开府：指庾信。在北周官至骠骑大将军、开府仪同三司（司马、司徒、司空）。③ 俊逸：一作"豪迈"。④ 渭北：渭水北岸，借指长安（今陕西西安）一带，当时杜甫在此地。⑤ 江东：指今江苏省南部和浙江省北部一带，当时李白在此地。⑥ 尊，通"樽"，盛酒的器皿。⑦ 论文：即论诗。六朝以来，通称诗为文。

品品滋味

明末清初著名学者仇兆鳌曾说："上四称白诗才，下乃春日有怀。才兼庾、鲍，则思不群而当世无敌矣。杯酒论文，望其竿头更进也。公居渭北，白在江东，春树暮云，即景寓情，不言怀而怀在其中。"

李白和杜甫是中国诗坛上的两颗耀眼的诗星，他们都有着远大的政治抱负和卓越的才气。二人于天宝三载（744年）初遇，李白时年四十四岁，杜甫三十三岁。当时正值李林甫秉钧，杜甫应试不中，李白也被赶出宫廷，二人均处于失意之中。他们在东都洛阳一见如故，并建立了深厚的友谊，成为我国文学史上的佳话。杜甫和李白相聚一起的时间虽不长，但杜受李的影响却很大，分别后竟终生怀抱，念念不忘。杜集中专门怀念李白的诗即有八首，都写得情亲意苦，尽得风骚之意。本诗《春日忆李白》，即可见杜甫对李白的思念与敬慕之情。

全诗情韵绵绵，以饱满的情思怀念着李白，以赞美对方起，以相互论文结，由诗转到人，又由人回到诗，写得质朴无华，转折十分自然。开头四句，一气贯注，都是对李白诗的热烈赞美。首句称赞他的诗冠绝当代。这里"白也"的称呼，按古人对长者道字不呼名的习惯，似是不恭，却更显得亲切，这种破例的称呼也反映了杜甫与李白的非同一般的友谊，可谓坦荡而率真。颔联是对上句的说明，是说他之所以"诗无敌"，就在于他思想情趣，卓异不凡，因而写出的诗，出尘拔俗，无人可比。接着赞美李白的诗像庾信那样清新，像鲍照那样俊逸。庾信、鲍照都是南北朝时的著名诗人。庾信在北周官至骠骑大将军、开府仪同三司（司马、司徒、司空），世称庾开府。鲍照刘宋时任荆州前军参军，世称鲍参军。这四句，笔力峻拔，热情洋溢,首联的"也""然"两个语助词,既加强了赞美的语气,又加重了"诗无敌""思不群"的分量。

　　表面看来,颈联两句只是写了作者和李白各自所在之景。"渭北"指杜甫所在的长安一带;"江东"指李白正在漫游的江浙一带。"春天树"和"日暮云"都只是平实叙出,未作任何修饰描绘。分开来看,两句都很一般,并没什么奇特之处。然而,作者把它们组织在一联之中,却自然有了一种奇妙的紧密联系。也就是说,当作者在渭北思念江东的李白之时,也正是李白在江东思念渭北的作者之时;而作者遥望南天,惟见天边的云彩,李白翘首北国,惟见远处的树色,又自然见出两人的离别之恨,好像"春树""暮云",也带着深重的离情。两句诗牵连着双方同样的无限情思。回忆在一起时的种种美好时光,悬揣二人分别后的情形和此时的种种情状,这当中该有多么丰富的内容。前四句是因忆其人而忆及其诗,赞诗亦即忆人。但杜甫并不明说此意,而是通过颈联写离情,自然补明。这样处理,不但简洁,还可避免平铺直叙,而使诗意前后勾联,曲折变化。

　　上文将离情写得极深极浓,这就自然引出了尾联的热切希冀:什么时候才能再次欢聚,像过去那样,把酒论诗。杜甫和李白的友谊主要是建立在二者间情投意合、意趣相近、彼此敬慕、相互信任之上,但首先是从诗歌上促成了二者的心意相通。和李白一起把酒论诗,这是杜甫最难忘怀、最为向往的事,以此作结,正与诗开头呼应。用"何时"作诘问语气,与其说把诗人希望早日重聚的愿望表达得更加强烈,不如说诗人已下意识地感到与好友李白重新相会的渺渺无期。如此结尾,余意不尽,令人读完全诗,心中犹回荡着作者的无限思情。

相关链接

杜甫《赠李白》《梦李白二首》《天末怀李白》

名句推荐

渭北春天树,江东日暮云。何时一尊酒,重与细论文?

49. 送杨氏女

（唐）韦应物

永日①方戚戚，出门复悠悠。

女子今有行，大江溯②轻舟。

尔辈况无恃③，抚念益慈柔。

幼为长所育，两别泣不休。

对此结中肠④，义往难复留。

自小阙内训，事姑⑤贻我忧。

赖兹托令门⑥，仁恤庶⑦无尤。

贫俭诚所尚，资从⑧岂待周。

孝恭遵妇道，容止⑨顺其猷⑩。

别离在今晨，见尔当何秋。

居闲⑪始自遣⑫，临感忽难收。

归来视幼女，零泪缘缨⑬流。

诗词解意

我整日忧郁的悲悲戚戚，是因为女儿要出嫁远方。

今天她要远行去做新娘，乘坐轻舟沿江逆流而上。

你姐妹自幼尝尽失母苦，念此我就加倍慈柔抚养。

妹妹从小全靠姐姐养育，今日两人作别泪泣成行。

面对此情景我内心郁结，女大当嫁你也难得再留。

你自小缺少慈母的教训，侍奉婆婆的事令我担忧。

幸好依仗你夫家好门第，信任怜恤不挑剔你过失。

安贫乐俭是我一贯崇尚，嫁妆岂能做到周全丰厚。

望你孝敬长辈遵守妇道，仪容举止都要符合潮流。

今晨我们父女就要离别，再见到你不知什么时候。
闲居时忧伤能自我排遣，临别感伤情绪一发难收。
回到家中看到孤单小女，悲哀泪水沿着帽带滚流。

了解字词

① 永日：整天。戚戚：悲伤忧愁。② 溯：逆流而上。③ 无恃：指幼时无母。
④ 结中肠：心中哀伤之情郁结。⑤ 事姑：侍奉婆婆。贻：带来。⑥ 令门：好的人
家，或是对其夫家的尊称。这里指女儿的夫家。⑦ 庶：希望。⑧ 资从：指嫁妆。
⑨ 容止：这里是一举一动的意思。⑩ 猷：规矩礼节。⑪ 居闲：闲暇时日。⑫ 自
遣：自我排遣。⑬ 缨：帽的带子，系在下巴下。

认识作者

韦应物(737—792)唐代诗人。他是一位个性鲜明的人物。唐玄宗时曾在宫廷
中任"三卫郎"，宿卫内廷，任侠使气，生活放浪。安史之乱后，作诗、当官名重一
时。曾先后任滁州、江苏、苏州等地刺史。韦应物诗风清雅，但居官却不闲静，在刺
史任上向以严苛、刚略著称。

韦应物是山水田园诗派诗人，后人每以王孟韦柳并称。其山水诗景致优美，感
受深细，清新自然而饶有生意。其田园诗实质渐为反映民间疾苦的政治诗。此外，
他还有一些感情慷慨悲愤之作。部分诗篇思想消极，孤寂低沉。韦诗各体俱长，七
言歌行音调流美，"才丽之外，颇近兴讽"(白居易《与元九书》)。五律一气流转，情
文相生，耐人寻味。

韦诗以五古成就最高，风格冲淡闲远，语言简洁朴素，有"五言长城"之称。今
传有10卷本《韦江州集》、2卷本《韦苏州诗集》、10卷本《韦苏州集》。散文仅存1篇。

品品滋味

本诗写于韦应物大女儿出阁远行之时，悠悠的离别之情与殷殷的叮嘱之意并
重。且韦氏早年丧妻，对两个女儿而言，他既是父亲又是母亲，双重身份的慈爱亲
情，在诗中表抒得更为强烈、更为感人。

诗的首尾重在抒发离愁别恨，中间重在表叙临别教诲。"永日方戚戚，出行复
悠悠"的对仗式起笔，一下子便将浓烈的离愁笼罩全诗，女儿出嫁前，已是成天悲

戚，临到行前一刻更是忧愁有加，难以自遣。"大江溯轻舟"表明女儿不是近嫁当地而是远嫁异地他乡。"尔辈苦无恃，抚念益慈柔"，指出儿女们从小丧母(无恃)，父继母责，平素对其抚育便更加慈祥温柔。这一特殊情况，也更使相依为命的父女在临别时愁肠百结。而见到姐妹俩"两别泣不休"的场面，老父亲对出阁的长女那欲留难留的感情与理智的矛盾纠结更是难解难开。

愁肠未舒忧思顿生，主要是女儿从小丧母缺少闺中教导，深恐嫁后不善侍奉婆母，转念一想，幸好女儿嫁的是好人家，对方对其爱怜谅可减少怨尤。即使如此，当父亲的还是放心不下，仍是谆谆告诫叮嘱一番。他教导女儿：要崇尚清贫节俭的作风；不要指望、追求完备的物质条件；要孝顺谦恭遵从妇道，仪容举止要顺从公婆的意愿。这番临别赠言，也许不为当今的新娘子所见重，但在古代社会却是如何当好儿媳妇的金玉良言。这番婆婆妈妈的叮嘱，由"铁面汉子"的口中道出，愈见慈父的柔肠曲曲。

诗的尾段，回结离别。情感自始一以贯之，但表现与开篇并不雷同。"归来视幼女"这一动作性的描述，含义深沉，耐人寻绎。对诗人此时此刻的心态我们至少能品味出以下两点：其一，在码头上送走远嫁的长女回到家中顿觉空荡冷静了许多，想起自此以后相依为命、承欢膝下唯有幼女了，忍不住对尚在饮泣的幼女疼爱地凝睛注视一番；其二，不看犹可，一看之下，刚刚送别长女的凄恻情景又在眼前浮现出来，联想起等幼女日后"女大当嫁"之时，眼前的一幕又当重演，到那时唯有自己这垂暮之人孤独地度过残年了。想到这里，涕洒滂沱，眼泪顺着帽带流淌下来。"零泪缘缨流"的纪实性描写，又将诗人的另一番情态表露出来，那就是诗人回家后是迫不及待地去看幼女的。回到家中连外出送亲时戴上的冠冕都还没有脱下来。因此，那泪才会顺着帽带儿往下流淌。"归夹视幼女，零泪缘缨流"，可怜天下父母心的天性于此足见。

韦应物的这首诗是他至情至性的至真表露，句句自肺腑中流出，句句扣动天下父母的心弦，引起天性的共鸣。

相关链接

李白《送友人》、白居易《望月有感》

名句推荐

别离在今晨，见尔当何秋。

50. 长恨歌

（唐）白居易

汉皇①重色②思倾国，御宇③多年求不得。杨家有女初长成，养在深闺人未识。
天生丽质④难自弃，一朝选在君王侧。回眸一笑百媚生，六宫粉黛无颜色⑤。
春寒赐浴华清池⑥，温泉水滑洗凝脂⑦。侍儿扶起娇无力，始是新承恩泽⑧时。
云鬓花颜金步摇⑨，芙蓉帐⑩暖度春宵⑪。春宵苦短日高起，从此君王不早朝。
承欢侍宴无闲暇，春从春游夜专夜。后宫佳丽三千⑫人，三千宠爱在一身。
金屋⑬妆成娇侍夜，玉楼宴罢醉和春。姊妹弟兄皆列土⑭，可怜⑮光彩生门户。
遂令天下父母心，不重生男重生女。骊宫⑯高处入青云，仙乐风飘处处闻。
缓歌慢舞凝丝竹⑰，尽日君王看不足。渔阳鼙鼓⑱动地来，惊破霓裳羽衣曲⑲。
九重城阙烟尘生⑳，千乘万骑西南行。翠华摇摇行复止，西出都门百余里。
六军不发无奈何，宛转蛾眉㉑马前死。花钿委地㉒无人收，翠翘金雀玉搔头㉓。
君王掩面救不得，回看血泪相和流。黄埃散漫风萧索，云栈萦纡登剑阁㉔。
峨嵋山下少人行，旌旗无光日色薄。蜀江水碧蜀山青，圣主朝朝暮暮情。
行宫见月伤心色，夜雨闻铃㉕肠断声。天旋地转回龙驭㉖，到此踌躇不能去。
马嵬坡下泥土中，不见玉颜空死处㉗。君臣相顾尽沾衣，东望都门信马㉘归。
归来池苑皆依旧，太液芙蓉未央柳㉙。芙蓉如面柳如眉，对此如何不泪垂。
春风桃李花开日，秋雨梧桐叶落时。西宫南内㉚多秋草，落叶满阶红不扫。
梨园弟子㉛白发新，椒房阿监青娥㉜老。夕殿萤飞思悄然，孤灯挑尽㉝未成眠。
迟迟钟鼓初长夜，耿耿星河欲曙天㉞。鸳鸯瓦冷霜华㉟重，翡翠衾寒谁与共㊱。
悠悠生死别经年，魂魄不曾来入梦。临邛道士鸿都客㊲，能以精诚致魂魄㊳。
为感君王辗转思，遂教方士殷勤㊴觅。排空驭气㊵奔如电，升天入地求之遍。
上穷碧落下黄泉㊶，两处茫茫皆不见。忽闻海上有仙山，山在虚无缥缈间。
楼阁玲珑五云㊷起，其中绰约㊸多仙子。中有一人字太真，雪肤花貌参差是。
金阙西厢叩玉扃㊹，转教小玉报双成㊺。闻道汉家天子使，九华帐㊻里梦魂惊。
揽衣推枕起徘徊，珠箔银屏迤逦㊼开。云鬓半偏新睡觉，花冠不整下堂来。
风吹仙袂㊽飘飘举，犹似霓裳羽衣舞。玉容寂寞泪阑干㊾，梨花一枝春带雨。

含情凝睇(50)谢君王，一别音容两渺茫。昭阳殿(51)里恩爱绝，蓬莱宫中日月长。
回头下望人寰(52)处，不见长安见尘雾。惟将旧物(53)表深情，钿合金钗寄将去。
钗留一股合一扇，钗擘黄金合分钿(54)。但教心似金钿坚，天上人间会相见。
临别殷勤重寄词(55)，词中有誓两心知(56)。七月七日长生殿(57)，夜半无人私语时。
在天愿作比翼鸟(58)，在地愿为连理枝(59)。天长地久有时尽，此恨绵绵(60)无绝期。

诗词解意

唐明皇偏好美色，当上皇帝后多年来一直在寻找美女，却都是一无所获。

杨家有个女儿刚刚长大，十分娇艳，养在深闺中，外人不知她美丽绝伦。

天生丽质、倾国倾城让她很难埋没世间，果然没多久便成为了唐明皇身边的一个妃嫔。

她回眸一笑时，千姿百态、娇媚横生；六宫妃嫔，一个个都黯然失色。

春寒料峭时，皇上赐她到华清池沐浴，温润的泉水洗涤着凝脂一般的肌肤。

侍女搀扶她，如出水芙蓉软弱娉婷，由此开始得到皇帝恩宠。

鬓发如云颜脸似花，头戴着金步摇。温暖的芙蓉帐里，与皇上共度春宵。

情深只恨春宵短，一觉睡到太阳高高升起。君王深恋儿女情温柔乡，从此再也不早朝。

承受君欢侍君饮，忙得没有闲暇。春日陪皇上一起出游，晚上夜夜侍寝。

后宫中妃嫔不下三千人，却只有她独享皇帝的恩宠。

金屋中梳妆打扮，夜夜撒娇不离君王；玉楼上酒酣宴罢，醉意更添几许风韵。

兄弟姐妹都因她列土封侯，杨家门楣光耀令人羡慕。

于是使得天下的父母都改变了心意，变成重女轻男。

骊山上华清宫内玉宇琼楼高耸入云，清风过处仙乐飘向四面八方。

轻歌曼舞多合拍，管弦旋律尽传神，君王终日观看，却百看不厌。

渔阳叛乱的战鼓震耳欲聋，宫中停奏霓裳羽衣曲。

九重宫殿霎时尘土飞扬，君王带着大批臣工美眷向西南逃亡。

车队走走停停，西出长安才百余里。

六军停滞不前，要求赐死杨玉环。君王无可奈何，只得在马嵬坡下缢杀杨玉环。

贵妃头上的饰品，抛撒满地无人收拾。翠翘金雀玉搔头，珍贵头饰一根根。

君王欲救不能，掩面而泣，回头看贵妃惨死的场景，血泪止不住地流。

秋风萧索扫落叶，黄土尘埃已消遁，回环曲折穿栈道，车队踏上了剑阁古道。

峨眉山下行人稀少，旌旗无色，日月无光。

蜀地山清水秀，引得君王相思情。行宫里望月满目凄然，雨夜听曲声声带悲。

叛乱平息后，君王重返长安，路过马嵬坡，睹物思人，徘徊不前。

萋萋马嵬坡下，荒凉黄冢中，佳人容颜再不见，唯有坟茔躺山间。

君臣相顾，泪湿衣衫，东望京都心伤悲，信马由缰归朝堂。

回来一看，池苑依旧，太液池边芙蓉仍在，未央宫中垂柳未改。

芙蓉开得像玉环的脸，柳叶儿好似她的眉，此情此景如何不心生悲戚？

春风吹开桃李花，物是人非不胜悲；秋雨滴落梧桐叶，场面寂寞更惨凄。

兴庆宫和甘露殿，处处萧条，秋草丛生。宫内落叶满台阶，长久不见有人扫。

戏子头已雪白，宫女红颜尽褪。晚上宫殿中流萤飞舞，孤灯油尽君王仍难以入睡。

细数迟迟钟鼓声，愈数愈觉夜漫长。遥望耿耿星河天，直到东方吐曙光。

鸳鸯瓦上霜花重生，冰冷的翡翠被里谁与君王同眠？

阴阳相隔已一年，为何你从未在我梦里来过？

临邛道士正客居长安，据说他能以法术招来贵妃魂魄。

君王思念贵妃的情意令他感动。他接受皇命，不敢怠慢，殷勤地寻找，八面御风。

驾驭云气入空中，横来直去如闪电，升天入地遍寻天堂地府，都毫无结果。

忽然听说海上有一座被白云围绕的仙山。

玲珑剔透楼台阁，五彩祥云承托起。天仙神女数之不尽，个个风姿绰约。

当中有一人字太真，肌肤如雪貌似花，好像就是君王要找的杨贵妃。

道士来到金阙西边，叩响玉石雕做的院门轻声呼唤，让小玉叫侍女双成去通报。

太真听说君王的使者到了，从帐中惊醒。穿上衣服推开枕头出了睡帐。逐次地打开屏风放下珠帘。

半梳着云鬟刚刚睡醒，来不及梳妆就走下坛来，还歪带着花冠。

轻柔的仙风吹拂着衣袖微微飘动，就像霓裳羽衣的舞姿，袅袅婷婷。寂寞忧愁颜，面上泪水长流，犹如春天带雨的梨花。

含情凝视天子使，托他深深谢君王。马嵬坡上长别后，音讯颜容两渺茫。

昭阳殿里的姻缘早已隔断，蓬莱宫中的孤寂，时间还很漫长。

回头俯视人间，长安已隐，只剩尘雾。

只有用当年的信物表达我的深情，钿盒金钗你带去给君王做纪念。

金钗留下一股，钿盒留下一半，金钗劈开黄金，钿盒分了宝钿。

但愿我们相爱的心，就像黄金宝钿一样忠贞坚硬，天上人间总有机会再见。

临别殷勤托方士，寄语君王表情思，语中誓言只有君王与我知。

当年七月七日长生殿中，夜半无人，我们共起山盟海誓。

在天愿为比翼双飞鸟，在地愿为并生连理枝。

即使是天长地久，也总会有尽头，但这生死遗恨，却永远没有尽期。

了解字词

① 汉皇：原指汉武帝刘彻。此处借指唐玄宗李隆基。唐人文学创作常以汉称唐。② 重色：爱好女色。倾国，绝色女子。汉代李延年对汉武帝唱了一首歌："北方有佳人，绝世而独立。一顾倾人城，再顾倾人国。宁不知倾国与倾城，佳人难再得。"后来，"倾国倾城"就成为美女的代称。③ 御宇：驾御宇内，即统治天下。④ 丽质：美丽的资质。⑤ 六宫粉黛：指宫中所有嫔妃。粉黛，粉黛本为女性化妆用品，粉以抹脸，黛以描眉。此代指六宫中的女性。无颜色，意谓相形之下，都失去了美好的姿容。⑥ 华清池：即华清池温泉，在今西安市临潼区南的骊山下。唐贞观十八年(644)建汤泉宫，咸亨二年(671年)改名温泉宫，天宝六载(747年)扩建后改名华清宫。唐玄宗每年冬、春季都到此居住。⑦ 凝脂：形容皮肤白嫩滋润，犹如凝固的脂肪。⑧ 新承恩泽：刚得到皇帝的宠幸。⑨ 云鬓：形容女子鬓发盛美如云。金步摇，一种金首饰，用金银丝盘成花之形状，上面缀着垂珠之类，插于发鬓，走路时摇曳生姿。⑩ 芙蓉帐：绣着莲花的帐子。形容帐之精美。⑪ 春宵：新婚之夜。⑫ 佳丽三千：据《旧唐书·宦官传》等记载，开元、天宝年间，长安大内、大明、兴庆三宫，皇子十宅院，皇孙百孙院，东都大内、上阳两宫，大率宫女四万人。⑬ 金屋：《汉武故事》记载，武帝幼时，他姑妈将他抱在膝上，问他要不要她的女儿阿娇作妻子。他笑着回答说："若得阿娇，当以金屋藏之。"⑭ 列土：分封土地。姊(zǐ)妹，姐姐。⑮ 可怜：可爱，值得羡慕。⑯ 骊宫：骊山华清宫。骊山在今陕西临潼。⑰ 凝丝竹：指弦乐器和管乐器伴奏出舒缓的旋律。⑱ 渔阳：郡名，辖今北京市平谷县和天津市的蓟县等地，当时属于平卢、范阳、河东三镇节度史安禄山的辖区。天宝十四载(755年)冬，安禄山在范阳起兵叛乱。鼙(pí)鼓，古代骑兵用的小鼓，此借指战争。⑲ 霓(ní)裳羽衣曲：舞曲名，据说为唐开元年间西凉节度使杨敬述所献，经唐玄宗润色并制作歌词，改用此名。乐曲着意表现虚无缥缈的仙境和仙女形象。⑳ 九重城阙：九重门的京城，此指长安。阙，意为古代宫殿门前两边的楼，泛指宫殿或帝王的住所。烟尘生，指发生战事。㉑ 宛转：形容美人临死前哀怨缠绵的样子。蛾眉：古代美女的代称，此指杨贵妃。㉒ 花钿(diàn)：用金翠珠宝等制成的花朵形首饰。委地：丢弃在地上。㉓ 翠翘：首饰，形如翡翠鸟尾。金雀，金雀钗，钗形似凤(古称朱雀)。玉搔头，玉簪(zān)。《西京杂记》卷二：武帝过李夫人，就取玉簪搔

头。自此后宫人搔头皆用玉。㉔ 云栈：高入云霄的栈道。萦纡(yíng yū)，萦回盘绕。剑阁，又称剑门关，在今四川剑阁县北，是由秦入蜀的要道。此地群山如剑，峭壁中断处，两山对峙如门。㉕ 夜雨闻铃：《明皇杂录·补遗》载："明皇既幸蜀，西南行。初入斜谷，霖雨涉旬，于栈道雨中闻铃音与山相应。上既悼念贵妃，采其声为《雨霖铃曲》以寄恨焉。"这里暗指此事。后《雨霖铃》成为宋词词牌名。㉖ 天旋地转：指时局好转。肃宗至德二载(757年)，郭子仪军收复长安。回龙驭，皇帝的车驾归来。㉗ 不见玉颜空死处：据《旧唐书·后妃传》载，玄宗自蜀还，令中使祭奠杨贵妃，密令改葬于他所。初瘗(yì)时，以紫褥裹之，肌肤已坏，而香囊仍在，内官以献，上皇视之凄惋，乃令图其形于别殿，朝夕视焉。㉘ 信马：意思是无心鞭马，任马前进。㉙ 太液：汉宫中有太液池。未央，汉有未央宫。此皆借指唐长安皇宫。㉚ 西宫南内：皇宫之内称为大内。西宫即西内太极宫，南内为兴庆宫。玄宗返京后，初居南内。上元元年(760年)，权宦李辅国假借肃宗名义，胁迫玄宗迁往西内，并流贬玄宗亲信高力士、陈玄礼等人。㉛ 梨园弟子：指玄宗当年训练的乐工舞女。梨园，据《新唐书·礼乐志》记载，唐玄宗时宫中教习音乐的机构，曾选"坐部伎"三百人教练歌舞，随时应诏表演，号称"皇帝梨园弟子"。㉜ 椒房：后妃居住之所，因以花椒和泥抹墙，故称。阿监，宫中的侍从女官。青娥，年轻的宫女。㉝ 孤灯挑尽：古时用油灯照明，为使灯火明亮，过了一会儿就要把浸在油中的灯草往前挑一点。挑尽，说明夜已深。按唐时宫廷夜间燃烛而不点油灯，此处旨在形容玄宗晚年生活环境的凄苦。㉞ 耿耿：微明的样子。欲曙天，长夜将晓之时。㉟ 鸳鸯瓦：屋顶上俯仰相对合在一起的瓦。霜华，霜花。㊱ 翡翠衾(qīn)：布面绣有翡翠鸟的被子。谁与共，与谁共。㊲ 临邛道士鸿都客：意谓有个从临邛来长安的道士。临邛，今四川邛崃县。鸿都，东汉都城洛阳的宫门名，这里借指长安。㊳ 致魂魄：招来杨贵妃的亡魂。㊴ 方士：有法术的人。这里指道士。殷勤，尽力。㊵ 排空驭气：即腾云驾雾。㊶ 穷：穷尽，找遍。碧落，即天空。黄泉，指地下。㊷ 玲珑：华美精巧。五云，五彩云霞。㊸ 绰约：体态轻盈柔美。㊹ 金阙：引《大洞玉经》，上清宫门中有两阙，左金阙，右玉阙。西厢，《尔雅·释宫》，室有东西厢曰庙。西厢在右。玉扃(jiōng)，玉门。㊺ 转教小玉报双成：意谓仙府庭院重重，须经辗转通报。小玉，吴王夫差女。双成，传说中西王母的侍女。这里皆借指杨贵妃在仙山的侍女。㊻ 九华帐：绣饰华美的帐子。九华：重重花饰的图案。㊼ 珠箔：珠帘。银屏，饰银的屏风。逦迤(lǐ yǐ)，接连不断地。㊽ 袂(mèi)：衣袖。㊾ 玉容寂寞：此指神色黯淡凄楚。阑干，纵横交错的样子。这里形容泪痕满面。㊿ 凝睇(dì)：凝视。51 昭阳殿：汉成帝宠妃赵飞燕的寝宫。此借指杨贵妃住过的宫殿。52 人寰(huán)：人间。53 旧物：指生前与玄宗定情的信物。54 合分钿：将钿盒上的图案分成两部分。55 重寄词：

贵妃在告别时又托他捎话。⑤ 两心知：只有玄宗、贵妃二人心里明白。⑤ 长生殿：在骊山华清宫内，天宝元年(742年)造。按"七月"以下六句为作者虚拟之词。陈寅恪在《元白诗笺证稿·长恨歌》中云："长生殿七夕私誓之为后来增饰之物语，并非当时真确之事实。""玄宗临幸温汤必在冬季、春初寒冷之时节。今详检两唐书玄宗记无一次于夏日炎暑时幸骊山。"而所谓长生殿者，亦非华清宫之长生殿，而是长安皇宫寝殿之习称。⑤ 比翼鸟：传说中的鸟名，据说只有一目一翼，雌雄并在一起才能飞。⑤ 连理枝：两株树木树干相抱。古人常用此二物比喻情侣相爱、永不分离。⑥ 恨：遗憾。绵绵，连绵不断。

品品滋味

结构上看，《长恨歌》全篇120句，其中30句叙写明皇与贵妃的欢情，28句描写大乱当前贵妃殉情，17句刻画明皇对贵妃的思念之情，44句细致叙述明皇遣道士寻贵妃、贵妃寄物表相思，最后两句饱蘸感情地总结全篇，点明主旨。

从"汉皇重色"到"魂魄不曾来入梦"是《长恨歌》的现实世界。此现实的世界主要是为唐明皇预设的。他是这个世界的主宰。这个世界的殿堂十分阔大，他容纳了唐明皇作为人间帝王最后辉煌时期的几乎全部的恋情。整个的叙述都是有条不紊地进行的，节奏与秩序都十分妥帖。诗一开始，并没有直接地叙写这位老人家如何具体操作他们的情感过程，而是先定下叙述的内在基调：重色。重色即爱美，爱美之心，人皆有之。虽说皇上也是人，重色也没什么不正常，但是皇上之爱与平民百姓的爱，其意义是有着很大的不同的。平民即使是爱得再不应该，爱得昏天黑地，也不过是指涉个人而已。皇上则就全然不一样了。

唐皇帝是不仅"重"了色，而且还用心地去"思"，用力地去"求"，甚至是"御宇多年"都在"求"。这里一写追求难度之大，一叙追求时间之长。时间长是因为难度大，难度大又是因为要求高。连君临天下的皇帝都处于苦苦追求的状态，可见倾国佳人之难得。诗人在这里以一重、一思、一求，而且是求之不得的颇有些渲染成分的叙写，其意则在突出佳人的非凡与难求。既然是如此的不凡、如此的难得，那么皇上再怎么宠怎么爱就怎么也不显过分了。

拥有三宫六院的明皇，后宫佳丽三千人，却独爱贵妃一个——"三千宠爱在一身"。唐明皇爱屋及乌，贵妃的"姊妹弟兄皆列土"——姐姐封号国夫人、秦国夫人等，兄长杨国忠被任命为宰相。失去爱妃后，明皇对月落泪伤怀、闻铃断肠谱曲、长夜孤枕难眠，可见明皇之专情与深情。贵妃马嵬殉情救君、仙界不忘情、旧物寄思念、誓言表心迹，自属多情之人。明皇与贵妃跨越年龄之限制，知音互赏，彼此相爱;跨越时空之界限,相知相念,不忘旧情,谱写了一曲可歌可泣、哀婉动人的长情歌,感动着世世代代的有情人。

　　明皇与贵妃是帝王爱情的代表,也是世间爱情的典范。在文学作品中,李、杨已脱去皇家外衣,成为与普通百姓无二的追求爱情、忠于爱情的情之守护者、践行者。尘世间的善男信女因为种种客观原因而无奈离别,但爱情之火从未熄灭,心中始终充满着希冀,期待与恋人重逢,盼望再续前缘。

　　《长恨歌》以李杨爱情为显性结构、以白居易、湘灵爱情为隐性结构,褒扬了坚守爱情的"长情人",歌颂了跨越分别、超越生死的不朽爱情,是一曲"长情"歌。悲剧的爱情让人心酸,却更让人荡气回肠。李杨之爱创造了爱情的神话,让相爱却离别着的有情人更加坚定地相信爱,相信爱能创造奇迹,相信有情人终能成眷属!

相关链接

王维《桃源行》、卢照邻《长安古意》、元稹《连昌宫词》、张若虚《春江花月夜》

名句推荐

回眸一笑百媚生,六宫粉黛无颜色。
春宵苦短日高起,从此君王不早朝。
遂令天下父母心,不重生男重生女。
芙蓉如面柳如眉,对此如何不泪垂。
上穷碧落下黄泉,两处茫茫皆不见。
七月七日长生殿,夜半无人私语时。
在天愿作比翼鸟,在地愿为连理枝。
天长地久有时尽,此恨绵绵无绝期。

51. 贾生

（唐）李商隐

宣室①求贤访逐臣，贾生②才调③更无伦。
可怜④夜半虚前席⑤，不问苍生⑥问鬼神⑦。

 **诗词解意**

汉文帝求贤，宣召被贬臣子。
贾谊才能，高明无人能及。
只是空谈半夜，令人扼腕叹息。
文帝尽问鬼神之事，只字不提国事民生。

了解字词

① 宣室：汉代长安城中未央宫前殿的正室。逐臣：被放逐之臣，指贾谊曾被贬谪。② 贾生：指贾谊（前200—前168），西汉著名的政论家、文学家，力主改革弊政，提出了许多重要政治主张，但却遭谗被贬，一生抑郁不得志。③ 才调：才华气质。④ 可怜：可惜，可叹。⑤前席：在坐席上移膝靠近对方。⑥ 苍生：百姓。⑦ 问鬼神：事见《史记·屈原贾生列传》。汉文帝接见贾谊，"问鬼神之本。贾生因具道所以然之状。至夜半，文帝前席"。

晚唐，是唐代政权乃至中国封建制度衰落的开始。封建制度灿烂的高峰已经过去了，唐统治集团一蹶不振，每况愈下。安史之乱，动摇了唐政权的统治，也动摇了文人的历史信念。

面对这样动荡不安的社会，文人们躁动不安的心态逐渐趋向于收敛与冷寂。他们的内心深处，产生了一种命运的衰亡感，使他们感到生无所寄；他们的心态也从昂扬奋进转化到颓唐消沉，他们虽然仍眷念朝廷，怀抱希望，但已经失去了信心；他们虽然仍关心朝政，有一定的抱负，但已经没有盛唐时期他们前辈那样的改革锐气。在对现实与历史的反观中，晚唐文人表现出共同的心理倾向，即对现实种种的怀疑与哲理性思辨。李商隐的诗歌中所表现出来的怀疑心态，以及由此产生的哲理性思辨不只属于他个人的，也属于他所处的整个晚唐社会，是晚唐文人群体意识的缩影。

《贾生》首句指宣宗即位，过去牛党之遭，窜逐者皆一一召回，武宗和李德裕所薄者、后来专以倾陷李德裕等为能事者，如马植之流，皆不次用之。第二句明誉贾生之才调绝伦，实嘲牛党之辅弼无方。这句与首句的"求贤"都是说的反话。最后两句揭示主题，对重兴僧寺、恢复旧制的作法，给以辛辣的讽刺。

古时文人寒窗十年、饱读诗书，是为金榜题名、登科入仕。不过这对于志存高远的文人而言，只是其实现自我价值的最初步骤，而非终极梦想。他们的最终目的事实上是《贾生》的关键词之一：问苍生——施行政论，兼济天下，实现抱负，造福苍生。李商隐其志气不泯，当遭逢"不问苍生问鬼神"之流的昏庸君主之时，才会为贾谊乃至从贾谊身上所观照到的自己的投影而倍感悲情以至于愤慨。

李商隐《春雨》、李白《玉阶怨》

可怜夜半虚前席，不问苍生问鬼神。

123

悦读时光

古典文学卷（下册）

52. 橡媪叹

（唐）皮日休

秋深橡子①熟，散落榛芜冈②。
伛偻③黄发④媪⑤，拾之践晨霜。
移时始盈掬⑥，尽日方满筐。
几曝⑦复几蒸，用作三冬粮。
山前有熟稻，紫穗袭人香⑧。
细获⑨又精舂⑩，粒粒如玉珰⑪。
持之纳于官，私室⑫无仓箱。
如何一石⑬馀，只作五斗量。
狡吏不畏刑，贪官不避赃⑭。
农时作私债⑮，农毕归官仓。
自冬及于春，橡实诳饥肠⑯。
吾闻田成子，诈仁⑰犹自王。
吁嗟⑱逢橡媪，不觉泪沾裳。

诗词解意

　　秋意深沉，橡树结的果子早已熟透，一颗一颗散落在荒芜的山冈上。

　　一个头发花白的驼背老婆婆，一大清早就踩着冷冷的秋霜，在山坡上捡橡子。

　　老人家行动不便，手脚很不利索，整整一天，不过捡了一小筐。

　　我问她："老妈妈，你捡这些橡子做什么用？"她回答："回去晒干，再蒸一蒸，拿来做过冬的粮食。"

　　老人一家在山前本来有几亩稻田，今年收成不错，沉甸甸的稻穗香气袭人！小心地收割、舂米，官家来收秋粮时，全部拿出来，一点也没有私留。

　　可是，为什么明明一石多的大米，官家的称量出来竟然只有五斗！

124

这些贪官污吏狡黠无耻,罪大恶极!他们拿官粮来放私债,等连本带利收回,又放到官家的粮仓里面。

一年又一年,他们就做着这样的无本生意!可怜老婆婆这样的人家还有多少?从冬天到来年,只有用难以下咽、毫无营养的橡子来欺骗自己的肚子。

我听说春秋时齐国有个虚伪的贵族,叫田成,他假装仁义,道貌岸然,最后还是当上了齐国的国王。

可是现在,有些人连这样的假仁假义也不愿意做了!看着老婆婆远去的消瘦的背影,不知不觉,眼泪流下来。

了解字词

① 橡子:橡树(又名栎树)的果实,苦涩难食。② 榛芜(zhēn wú)冈:草木丛杂的山冈。③ 伛偻(yǔ lǚ):驼背弯腰的样子。④ 黄发:指年老。⑤ 媪(ǎo):老妇人通称。⑥ 盈掬(jū):满一捧。掬:一捧。⑦ 曝(pù):晒。⑧ 袭人香:指稻香扑鼻。⑨ 细获:仔细地收割、拣选。⑩ 精舂(chōng):精心地用杵臼(chǔ jiù)捣去谷粒的皮壳。⑪ 玉珰(dāng):玉制的耳坠。这里用以比米粒的晶莹洁白。⑫ 私室:指农民自己家里。⑬ 石(dàn):容量单位,十斗为一石。⑭ 不避赃:公然贪赃。⑮ 作私债:指贪官狡吏把官仓的粮食放私债进行盘剥。⑯ 诳饥肠:哄哄饥肠辘辘的肚子。诳(kuáng):哄骗。⑰ 诈仁:假仁。⑱ 吁嗟(xū jiē):感叹声。

认识作者

皮日休(约828—883),字逸少,后改袭美。唐懿宗咸通八年(867年)他以榜末考中进士,历任苏州刺史崔璞的部从事、朝廷的著作郎、国子博士等职。唐僖宗广明元年(880年),他出任毗陵副使,在离长安南下途中参加了黄巢农民起义。黄巢入长安称帝,他做了翰林学士。后黄巢军被迫撤出长安时,因他参加了起义,被唐军处决。

皮日休是唐王朝衰败时期一位优秀的现实主义诗人。他深知民之疾苦,用生动的笔触塑造了许多饥寒交迫的人民形象。他痛恨当时的腐败朝政,义正词严地抨击了暴政,斥责了贪官污吏。皮日休很多作品贯穿着光辉的民主思想,至今仍能深深地震动人民的社会良心。

　　《橡媪叹》是皮日休"乐府诗"的代表作,它以简赅易懂的文字,朴素流畅的笔调,真实地写出了晚唐农民由于统治阶级的横征暴敛,贪官狡吏的残酷压榨,不得不把收获的全部稻米都缴给官府,而自己却只能拾橡子充饥的历史事实,深刻地反映了作者痛恨当时腐败的朝政,怒目贪官狡吏,同情劳动人民悲惨遭遇的思想情感。

　　《橡媪叹》这首诗是分四层、以层层深入的手法写的。一开始,作者用突兀的白描手法为我们展现了一幅"老媪拾橡图":"秋深橡子熟,散落棒芜岗。……几曝复几蒸,用作三冬粮。"寥寥数语,凄惨的景象已历历在目了。字里行间让我们看到:深秋的早晨,寒雾尚未散尽,枝头挂满霜露。一位腰弯背曲、步履蹒跚、黄发飘零的老太太已在艰难地拾橡子了。她颤抖的双手,好长时间才能拾满一捧,整整一天才能拾满一小筐。可怜的老太太为什么要拾橡子?原来她把这些橡子拿回家晒上几晒,蒸上几蒸,这就是她整整一个冬天依靠活命的口粮。

　　诗读到这里,我们的伤感之情不禁油然而生,同时心中也很想知道造成这种惨景的原因。这时作者笔锋一转把诗转向了第二层,"山前有熟稻,紫穗袭人香。……持之纳于官,私室无仓箱。"恍然明白,这是个丰收年,山前的熟稻飘散着阵阵醉人的清香。农民们细心地收获,精心地舂制,粒粒晶莹圆润的米粒。可是,这样好的稻米,劳动者是无权享受的。他们把稻米全部缴给了官府,家里颗粒不剩,还不知够不够缴完租税的。作者告诉我们,这就是老媪拾橡的原因之一。

　　写到这里,作者愤恨腐败时政的怒火已在熊熊燃烧。他又看到,贪官狡吏们在乘机敲骨吸髓,这更使他再也按捺不住。他拍案而起,径直质问这伙人面禽兽了:"如何一石馀,只作五斗量。……自冬至于春,橡实诳饥肠。"这是诗的第三层,作者直言不讳地指出,贪官狡吏明目张胆的贪赃枉法,小斗放出,大斗收进,更是致使老媪拾橡的原因之一。在贪官狡吏的敲榨勒索下,农民们农忙时只能靠借债度日,收获后偿还债务,交租纳税,弄的颗粒无收,自冬至春全靠橡子充饥。

　　写完了第三层,作者的心情由激愤转向了悲愁。面对这样的严酷现实,由于时代和阶级的局限,他觉得他没有一点办法去改变如此现状。但是,他不甘心默不作声,他要大声发表自已内心的感受,以引起人们的注意和思量:"吾闻田成子,诈仁犹自王。吁嗟逢橡媪,不觉泪沾裳。"诗人沉痛地向人们说道:春秋时,齐国的宰相田成子为了争夺政权,曾以大斗放出、小斗收进的方法收买人心。他所行的虽然是伪善,但因为当时多少对老百姓有些好处,所以老百姓曾感激、赞颂他,并且他的后代还能够自立为王。可是，如今残暴腐败的朝廷连起码的伪善也做不到。统治者"夺人口中食，剥人身上衣"，辛勤劳动一年的农民到头来只能落个"橡实诳饥肠"的下场。像这样的暴政、苛政、它能长久吗？诗人无形中向人们提出了这样的问题。诗人看到老妪拾橡的悲惨景象，心酸得流下了眼泪，而制造这种惨景的统治者，却心安理得，醉生梦死。诗人在这里把自己激愤的眼泪当作钢鞭，狠狠抽向那伙害人的豺狼。

《橡媪叹》艺术特色大致有三点：一是语言浅显平易，通俗流畅，村夫妇媪皆可传诵。以诗的开头两句为例，"秋深橡子熟，散落榛芜岗。伛偻黄发媪，拾之践晨霜"。诗句几乎同于口语，读之即懂，毫无僻涩之感。二是音律谐美，感情真朴，读起来朗朗上口，体味起来情真意切。以诗的第三层前两句为例，"如何一石馀，只作五斗量。狡吏不畏刑，贪官不避赃"。诗句读起来铿锵有力，十分上口；体味起来，激情溢出字表，毫无造作之态。三是时而叙述，描绘动人形象，时而议论，抒发肺腑之情，挥洒自如，详略得当。诗的一、二层是叙述，三层是议论加叙述，四层是议论。作者在如此小的诗章中，容纳了那样多的思想内容，而且有条有理，毫不凌乱、啰嗦，确是颇具功力，颇具匠心的。

相关链接

《国风·魏风·硕鼠》、白居易《观刈麦》

名句推荐

吾闻田成子，诈仁犹自王。吁嗟逢橡媪，不觉泪沾裳。

53. 祭亡妻程氏文

（宋）苏洵

呜呼！与子相好，相期百年①。不知中道，弃我而先②。我徂京师，不远当还③。嗟子之去，曾不须臾④。子去不返，我怀永哀⑤。反复求思，意子复回⑥。人亦有言，死生短长⑦。苟皆不欲，尔避谁当？我独悲子，生逢百殃⑧。

有子六人，今谁在堂？唯轼与辙，仅存不亡⑨。咻呴抚摩，既冠而长⑩。教以学问，畏其无闻⑪。昼夜孜孜，孰知子勤⑫？提携东去，出门迟迟⑬。今往不捷，后何以归⑭？二子告我，母氏劳劳⑮。今不汲汲，奈后将悔⑯！大寒苦热，崎岖在外。亦既荐名，试于南宫⑰。文字炜炜，叹惊群公⑱。二子喜跃⑲，我知母心。非官寔好，要以文称⑳。我今西归㉑，有以借口。故乡千里，期母寿考㉒。归来空堂，哭不见人㉓。伤心故物，感涕殷勤㉔。嗟予老矣，四海一身㉕。自君之逝，内失良朋㉖。孤居终日，有过谁箴㉗？昔予少年，游荡不学㉘，子虽不言，耿耿不乐㉙。我知子心，忧我泯没㉚。感叹折节㉛，以至今日。

呜呼死矣，为可再得㉜。安镇故乡，里名可龙㉝。隶武阳县，在州北东㉞，有蟠其丘㉟，惟子之坟。凿为二室㊱，期与子同，骨肉归土，魂无不至㊲。我归旧庐㊳，无有改移，魂兮未泯㊴，不日来归。

 诗词解意

哎呀呀！与你相爱，曾约定百年之好，未料到你中途遭疾，弃我而去。我到京师候秋闱大选，不应该因为路远而耽搁回还。哀叹你走得如此急啊，连一点时日也不肯迁延。你这一去不复回还，让我永怀伤感。我反复地追悔啊，试图让你再回到人间。但古人曾经说过，"生老病死乃命中注定"，假如人人都不想死去，自己躲避了又有谁来顶替？独自为你而悲伤，是因为我，让你遭受了无数苦难。

你生有六个子女，如今有谁在堂？唯有苏轼、苏辙没有夭亡。你及时地爱抚、引导，又怕他们不能出人头地，便用系统的知识来哺育培养。你孜孜不倦、不舍昼

夜,谁能理解你的勤勉?当我决定携子赶考的时候,心情沉重地迟迟不敢出门,若此去不能金榜题名,日后凭何面目回来见你?两个儿子向我学说你的谆谆告诫:"现在博取功名的心情若不迫切,将后必悔!"在那坎坷不平的赶考征途上,我们经受了春寒夏热。到京后得到欧公的引荐谒见了富公,才取得了在南宫考试的资格。孩子们出类拔萃的答卷,使主考的官员为之惊叹。当两儿欢喜跳跃的时候,我才真正理解了你的苦心,博取功名并非易事,凭借上好的文章才能一举成名。现在我回归老家,才有了还乡的借口。在远离故乡之外的京师,两个儿子都期盼母亲高寿;归来后人去堂空,他们哭着、喊着也见不到你的遗容。看到你用过的物品就伤心万分,感念的泪水犹如泉涌;慨叹我老了老了,还落得个四海为家、孤身一人的结局;自你去世后,我才感觉到失去你就像失去了好友。孤独的我终日在家,有了过错有谁为我纠正?在我年轻的时候,放荡而不思进取,你虽嘴上不说,却憋在心里闷闷不乐。我懂得你的心思,是担心我从此堕落。感叹昔日的折节行为啊,至今也不能原谅自己。

哎呀呀!人死了不能复生。隶属武阳县的安镇可龙里在眉州东北部,那里有一个蟠龙般的小山丘,山上有你的坟茔。打穴时辟为双墓穴,我期望今后与你同穴,尸骨埋入地下,灵魂随之而至,我死后归入老坟的愿望是不会改变的,你不灭的灵魂,请等待日后和我相聚。

了解字词

① 子:对亡妻的尊称。好,友好;相爱。相期百年,相互约定结百年之好。期,约定。② 中道:半途;半道。先,先死。③ 徂(cú):到。京师,开封。当时开封是北宋的首都。嘉祐二年五月,苏洵抵开封秋闱大选。当,应该。④ 嗟:感叹词,放在句首,可不译。曾,副词,用来加强语气,可译为"连……都……"。迁延,苟延。⑤ 我怀永哀:让我长久地怀念哀伤。⑥ 求思:当"忏悔"讲。意,意图。⑦ 死生短长:生老病死不以人的意志为转移。短长,意外的变故。⑧ 苟:假如。不欲,不想这样。尔避谁当,你躲避了又有谁去抵挡。殃,灾难和祸害。⑨ 子:子息,包括儿子和女儿。⑩ 咻呴(xiū hǒu)抚摩:指引导和爱抚。咻呴,用温和的语言开导。既冠而长,即"既长而冠"。意为"直到年二十行冠礼"。既,同"及",到。⑪ 教:培养。学问,系统的知识。畏,怕。无闻,不出名。⑫ 孜孜:形容勤勉而不懈怠。孰,谁。勤,勤勉。⑬ 提携东去:指苏洵带二子去京师。提携,带领。出门迟迟,心情沉重、不敢上路的样子。⑭ 往:去。捷,成功。这里指金榜题名。何以归,即"以何归",凭何面目归来。⑮ 劳劳:本指"劳劳亭(古代送别之所)",这里指离别时的谆

谆告诫。⑯ 汲汲：心情迫切。奈后，将后。⑰ 崎岖在外：在高低不平的山路上行走。崎岖，高低不平的山路。荐名，荐举功名，这里指得到欧阳修的举荐。南宫，宋代皇室子弟的学塾，这里指廷试的场所。⑱ 炜炜：光彩炫耀。叹惊，惊奇赞叹。群公，指欧阳修、韩琦等主考大员。⑲ 喜跃：欢喜跳跃。⑳ 非官寔好：并非做官很容易。寔，"实"的异体字，真，好，容易。要，关键。称，同"成"。㉑ 西归：指荣归故里。㉒ 期：期盼。寿考，犹言高寿。㉓ 空堂：即堂空，言程氏已被埋葬。不见人，见不到遗容。㉔ 故物：指遗物。殷勤，本指情意恳切深厚，这里指泪水充盈。㉕ 予：苏洵自谓。四海一身，指走到哪里也孤身一人。㉖ 良朋：好友。㉗ 过：错失。箴（zhēn），劝诫；纠正。㉘ 游荡不学：指苏洵闭门攻书之前的一段贫穷而又放荡的经历。不学，指不思进取。㉙ 耿耿不乐：形容心胸长期压抑而闷闷不乐。㉚ 泯没：丧失气节而没落。泯，丧失。㉛ 折节：改变平日的志向。㉜ 再得：即再生。㉝ 安镇：古地名，隶眉州武阳县。里名可龙，即安镇可龙里。㉞ 隶：隶属。武阳县，唐宋时期的县名。州，指眉州。㉟ 有蟠其丘：有一座蟠龙一样的小山丘。㊱ 凿：开掘。两室，能盛放两副棺材的墓室。㊲ 骨肉：这里指尸骨。至，到。㊳ 旧庐：本指老宅子，这里指老坟。㊴ 泯：灭。

认识作者

　　苏洵（1009—1066），字明允，号老泉。北宋散文集。少时放荡不羁，十九岁娶妻程氏，数度举进士、应制科不第；二十七岁始"自托学术"、闭门攻书，得以精六经、通百家。嘉祐初，以文章谒见欧阳修，得到欧阳修、韩琦的称许，从此"名动天下，士争传诵其文"。后历任秘书省校书郎、霸州文安县主簿等职。文章以策论见长，且最具特色。其文格调高古、笔力雄健、逻辑严密、穷尽事理。后世将他与其子苏轼、苏辙合称"三苏"，俱为"唐宋八大家"之列。传世之作有《嘉祐集》。

　　《祭亡妻程氏文》作于宋仁宗嘉祐二年（1057年）。程氏于天圣二年（1027年）为苏洵妻，生三男三女，苏轼、苏辙为最小者，其他未成年而夭。程氏生于文人世家，从小受到良好的文化熏陶，生性善良。由于苏洵成家后仍放荡不羁、不理家业；二十七岁始发奋读书，又无暇顾及养育儿女。所以在苏轼、苏辙出生后，抚育培养儿子的责任全由程氏承担，因此苏洵始终无法面对这个善良、贤淑的妻子。嘉祐元年三月，苏洵携二子离家赴京，候秋闱大选，五月到达京师。翌年四月，当两个儿子进士及第，沉浸在喜悦之中的他滞留在京师时，闻妻病故，便率二子仓促返蜀。到家后，程氏已被葬于眉州东北的武阳县安镇乡可龙里老翁泉上，于是，他怀着内疚、悲伤、自责的心情，挥洒写下了这篇感人肺腑的文章。

全文共分三部分。第一部分总写对程氏的眷念与怀念。"与之相好，相期百年"句，将岁月推到他们结为秦晋之好的当年，把当年那种缠绵恩爱、卿卿我我的情感合盘端出。不仅为后文中内疚、自责的心理埋下伏笔，还顺理成章地推出"不知中道，弃我而先"的现实。一句"嗟子之去，曾不须史"，道出了程氏的离去出乎作者的预料，于是就有"我怀永伤""我独悲子"的由衷悲伤。

程氏共生三女三男，前四位均未成年而夭，待苏轼出生之日，正值苏洵浪子回头、发奋读书之时，两子的抚育、训养全赖程氏一人。"咻呴抚摩，既冠而长""教以学问""昼夜孜孜"，便是苏洵对程氏不失时机的地谆谆告诫二子："今不汲汲，奈后将悔"，就是这样一位贤淑、善良的妻子，才使临行的丈夫"出门迟迟"，产生了"今往不捷，后何以归"的心理压力。嘉祐元年三月，苏洵携子离开家乡去成都，历时三月之余到达京师汴梁。这段艰难的旅程，苏洵仅用"大寒苦热，崎岖在外"八字一笔带过。然后用"亦既荐名，试于南宫。文字炜炜，叹惊群公"十六字，将作者拜访欧阳修、经欧阳修引荐谒见福弼、两儿参加南宫廷试、答卷惊叹群公等细节囊括进去。文字洗练，语言简洁。

是年秋，二十一岁的苏轼，十八岁的苏辙在开封会试中双双中举；次年春，苏轼中进士第二，苏辙进士及第中进士五甲。当二子欢喜、跳跃之时，苏洵才懂得妻子"非官寔好，要以文称"的苦心；两子高中，才使作者归乡"有以借口"。就在苏氏父子滞留京师等官，同时也期盼程氏高寿以待封赠的日子里，他们得到的却是程氏去世的消息。嘉祐二年四月，苏洵率两子回蜀奔丧，于是就有"归来空堂，哭不见人；伤心故物，感涕殷勤"的悲伤和"内失良朋""有过谁箴""感叹折节，以至今日"的追悔。这段文字以细腻的笔法，将作者的伤感、内疚、自责等复杂情感诉诸笔端，写得凄恻感人、催人泪下。与作者格调高古、笔力雄健的策论迥异，但透过婉转曲折的笔法，我们仍然能窥视到苏洵"穷尽事理"的行文风格。

第三部分在交代程氏所葬的具体方位后，重点抒发了作者"生不同时死同穴"的迫切愿望，可谓情深意长。《祭亡妻程氏文》这篇悼文韵律齐整、结构严谨；先总后分、详略有致；语言精练、感情缠绵，收到了凄恻感人的艺术效果。

元稹《离思·其四》、李商隐《悼伤后赴东蜀辟至散关遇雪》、纳兰性德《沁园春》

昔予少年，游荡不学，子虽不言，耿耿不乐。我知子心，忧我泯没。感叹折节，以至今日。

我归旧庐，无有改移，魂兮未泯，不日来归。

阅读与欣赏

54. 祭欧阳文忠公文

（宋）王安石

夫事有人力之可致①，犹不可期②，况乎天理之溟漠③，又安可得而推④？

惟公生有闻⑤于当时，死有传⑥于后世，苟能如此足矣，而亦又何悲！如公器质之深厚⑦，智识之高远，而辅学术之精微⑧，故充于文章⑨，见⑩于议论，豪健俊伟，怪巧瑰琦⑪。其积于中者⑫，浩⑬如江河之停蓄；其发于外者⑭，烂⑮如日月之光辉。其清音幽韵⑯，凄如飘风⑰急雨之骤至；其雄辞闳⑱辩，快如轻车骏马之奔驰。世之学者，无问乎识与不识⑲，而读其文则其人可知⑳。

呜呼！自公仕宦四十年㉑，上下往复㉒，感世路㉓之崎岖；虽屯邅困踬㉔，窜斥流离而终不可掩者㉕，以其公议之是非㉖。既压复起，遂显于世㉗，果敢之气，刚正之节，至晚而不衰㉘。

方仁宗皇帝临朝之末年，顾念后事㉙，谓如公者可寄以社稷之安危。及夫发谋决策㉚，从容指顾，立定大计㉛，谓千载而一时㉜。功名成就，不居而去㉝，其出处进退㉞，又庶乎㉟英魄灵气，不随异物㊱腐散，而长在乎箕山之侧与颍水之湄㊲。然天下之无贤不肖㊳，且犹为涕泣而歔欷㊴。而况朝士大夫㊵，平昔游从㊶，又予心之所向慕而瞻依㊷？

呜呼！盛衰兴废之理自古如此，而临风想望不能忘情者，念公之不可复见，而其谁与归㊸！

诗词解意

人有能力可以做到的事情，还不一定会做成，何况天理渺茫无法揣摩，又怎么能将它推测知晓呢？

先生活着的时候就闻名于当代，先生逝去后也有著作流传后世。具备这样的成就已经足够了，我们还有什么可悲哀的呢？先生的器质如此深厚，见识如此高远，学术功底如此精微，所以用在作文章和发议论上，都是豪放、强健，英俊、雄伟，奇妙、灵巧、瑰丽、美好的。他胸中的才华，浩大得如同江水的蓄积；体现在文章里，耀眼得如同日月的光芒。清亮的声音幽雅的韵调，凄切而至，就像疾风迅雨；雄浑广阔的文辞，轻快敏捷得就像车马的奔驰。世上的读书人，不论他是否认识先生，只要读到他的著述，就能了解到他的为人。

唉！先生进入仕途四十年来，起起落落，出京入京，让人感到这世上道路的坎坷。虽然处境困窘艰辛，被流放到边远州郡，但他终究不会被埋没，因为是非曲直自有公论。他被压抑后复被起用，就名闻天下了。先生那果敢的气质、刚正的节操，到晚年依然没有衰退。

仁宗皇帝治政的最后几年，考虑到他死后继承人的事，曾经说过，如先生这样的大才，可以委托以国家的安危。后来，先生出主意做决断，从容指挥，立刻辅助英宗即位，真可以说是千载难逢的大事，一下子就得以决断了。在功成名就之后，先生不居功而请求辞官归隐。他从任官到居家，这样的英灵，不会随着尸骨的腐败而消失，会长留在箕山之旁的颍水之滨。然而天下人不管好坏，都为先生的去世而嘘唏流泪，何况是和先生一同上朝、交游往来的士大夫呢？更何况我一向都仰慕亲近他呢？

唉！事物盛衰兴废的道理，自古以来就是这样，我迎风伫立着怀念他，在情感上不能忘记，就是因为我想到再也见不到他，那么谁能和我同道呢？

了解字词

① 夫：助词，无意，引起议论。致，招致，实现做到。② 期：期望，从此实现、成功。③ 天理之溟（míng）漠：天道不可揣度。天理，天道。溟漠，幽晦，阴暗难明。④ 推：推知，揣度，捉摸。⑤ 闻：声名，名望。⑥ 传：流传，指道德学问流传不朽。⑦ 器：才能。质，品质，品德。⑧ 而辅学术之精微：来辅助学问的精粹深邃。而，来。辅，辅助，这里意思是以欧阳修的才能、品德、见识辅助他的学问，不是以他的

记事篇

133

学问辅助其才能、品德、见识。⑨ 充于文章：充实在文章里，也就是表现在文章里。充，充实。⑩ 见：通"现"。见于议论，即表现于议论。⑪ 瑰(guī)琦：美好，奇特。⑫ 其积于中者：蕴蓄在胸中的。上文所说的"器质之深厚，智识之高远，而辅学术之精微"，就是积于中者。⑬ 浩：浩然，广大的样子。⑭ 其发于外者：发挥表现在文章方面的。上文所说的"充于文章，见于议论，豪健俊伟，怪巧瑰奇"，就是发于外者。⑮ 烂：灿烂，光彩四射。⑯ 幽韵：幽雅的韵调。⑰ 飘风：疾风。⑱ 闳(hóng)宏大。⑲ 无问乎识与不识：不论认识他的或不认识他的。无问，不必问。乎，于，介词，介宾语"知与不知"。⑳ 读其文则其人可知：读了他的文章就可以知道他的为人。则，就，连词。㉑ 仕宦：做官。欧阳修于天圣八年(1030年)中进士为官，到熙宁四年(1071年)告老退休，中间共四十年。㉒ 上：升官。下，降职。往复，指一次贬官外调和召回朝中。㉓ 世路：社会上的道路，此指世间人情。㉔屯邅(zhūn zhān)困踬(zhì)：屯，处境困难，不敢前进。语本《易经·屯卦》"屯如邅如，乘马班如"，愿意是时世艰难，乘马盘旋不进。困踬，困顿。踬，顿，阻碍不顺利。㉕ 终不可掩者：终究不能压制住的原因。㉖ 以其公议之是非：因为那是有公论的是非。这是指范仲淹曾上《百官图》，论吕夷简用人有私；后讨论建都洛阳还是开封一事与吕再生争执，仁宗贬范至饶州(今江西波阳)。当时朝臣多方论救，独高若讷以为当贬，欧阳修痛斥其"不知人间有羞耻事"。仁宗再贬欧阳修至夷陵(今湖北宜昌市)，为此蔡襄作《四贤诗》颂扬欧阳修等人，"京都人士争相传写，鬻(yù)书者市之，得厚利"。可见当时社会舆论普遍认为欧阳修、范仲淹是正人。㉗ 既压复起，遂显于世：欧阳修被贬后，又经过几次迁调，到仁宗时召回朝中，以后逐渐显达，受皇帝的信任成为宰辅。压，压抑。起，起用。㉘ 衰：减少。㉙ 后事：死后的事，此指皇位继承的事。仁宗无子，臣下争先恐后上书立皇嗣。欧阳修于仁宗嘉祐六年(1061年)为参知政事(副宰相)奏请仁宗立其侄曙为皇子，即后来的英宗。㉚ 及夫发谋决策：到发动计谋、决定策略的时候。夫，助词。史载，仁宗忽然驾崩，欧阳修当机立断，率群臣入宫迎立新君，从而稳定了局面。㉛ 从容指顾，立定大计：言其从容而迅速地指挥，迎立英宗为皇帝。从容，沉着不慌乱。指顾，手指眼看。㉜ 谓千载而一时：千年才遇到一次，形容难得。一时，意思是极少的机会。㉝ 功名成就，不居而去：欧阳修在英宗朝极受尊重。神宗即位后，则屡次称病，上表辞官，朝廷这才允许了他。不居而去，不自居有功而请求退职。㉞ 出处：和"进退"意思相同。出，出来作官；处，在家隐居。㉟ 庶乎：庶几乎，大概可以说。㊱ 异物：人以外的东西，指草木之类。㊲ 箕(jī)山之侧与颍水之湄：指隐士居住的地方。箕山，在现在河南省登封县东南。颍水，流经颍州入淮河。尧时隐士许由曾在箕山、颍水之间隐居，后人因称箕、颍为隐士所居的地方。湄，河岸，水滨。㊳ 无贤不肖：无论贤人和不贤的人。不肖，不贤（这里是指不如贤人的人，不是指坏人）。㊴ 歔欷(xū xī)：叹气，抽泣。㊵ 朝士大夫：朝中的士大夫同僚们。㊶ 平昔游从：从前交游往来的人。平昔，往日。㊷ 瞻依：瞻仰，爱慕。依，爱慕。以上"而况朝士大夫……"三语，大意是，更何况朝中的士大夫，平日交游往来如我者，对于欧公，又为衷心向慕而瞻依的人呢？㊸ 其谁与归：将归向谁。其，将，副词。与，于，向，介词。

品品滋味

自古以来，我国知识分子最大的追求就是个"名"字。

圣人孔子就孜孜求名，担心死后无名，不被人称道，所谓"君子疾没世而名不称焉"。同时，人们又把这个名和封建家族兴衰连在一起，显亲扬名，这就成了最大的孝。即便避世隐居，也要博得一个清名。同样孔圣人说："后生可畏"，他怕后生超过他去，但他又放心地说："四十、五十而无闻焉，斯亦不足畏也已"，四十、五十还没名，孔子就不怕他了。可见连圣人对名都感到这样大的压力。所以，司马迁就是受了腐刑之辱后，他还"隐忍苟活"，就是怕"没世而文采不表于后也"，就是怕死后无名，他看到了"古者富贵而名磨灭，不可胜记"（《汉书·司马迁传》），就是怕自己飘零凋落，与草木共朽。所以司马迁说得更加明确："立名者，行之极也。"他要忍辱著《史记》，叫它"藏之名山，传之其人"，流传百世而不朽。就是根于这个传统思想，王安石在本文开篇就将欧阳修的名立起来了："生有闻于当时，死有传于后世"，死而无憾，足以告慰死者在天之灵了。

接着，本文如何给欧阳修立名？我国几千年来，形成了颠扑不破的"三不朽"，即太上有立德，其次有立功，其次有立言，虽久不废，此之谓三不朽（《左传》）。而文章第二节就阐述欧阳修的立言，极言欧阳修的文章是"怪巧瑰奇，灿如星月""世之学者，无问乎识与不识"，无不知其人。欧阳修确是有宋一代文学宗师，唐宋八大家和宋代六家中，苏洵、苏轼、苏辙、曾巩和王安石自己都是欧阳修提拔的后进弟子，确乎是领袖群伦，于"言"，是立了最高、最大的名。

第三节中，阐述欧阳修的立德。欧阳修仕宦四十年，虽世路崎岖坎坷，但他仗义执言，虽九死亦不悔。为范仲淹抗争，虽一贬也不辞。连皇帝也说："如欧阳修者，何处得来？"也不能不叹息欧阳修是难得的正人君子！所以蔡襄歌颂欧阳修的《四贤诗》一出来，"京都人士争相传写，鬻书者市之，得厚利"（《宋史·蔡襄传》），是非自有公论，欧阳修德高望重，名垂宇宙。这在德上又立了最高、最大的名。

紧接着第四节，赞扬欧阳修的丰功伟绩，那就是对英宗皇帝拥戴决策之功。在封建社会里，还有比拥立皇帝之功更大的吗？这是把国家社稷稳置于磐石之安的

135

头等大事。在国家千钧一发之时，欧阳修与韩琦指挥若定，从容不迫，指顾之间，就把国家社稷稳定住了，这又是天大的功、天大的名。

言、德、功欧阳修都博得了最大、最高的名，欧阳修不只博得了大名，并且做到了大"达"。孔圣人和弟子讨论过"在邦必闻，在家必闻""在邦必达、在家必达"（《论语·颜渊》），欧阳修仕宦四十年，坎坎坷坷，终能立身庙堂，大建定策拥立之功，能说不是达吗？然则，欧阳修拥立了英宗，功成不居，退居山林，长在箕山之侧、颍水之湄，这又博得隐居清高之名，与巢父、许由争辉。人生三达德大名，能有其一就很不容易。可入世的、出世的大名，欧阳修都占全了，是不会再有与草木同朽之悲了。

文章至此，将欧阳修的丰功伟绩说得淋漓尽致了。可本文是灵堂上宣读的祭文，祭文是要悲悼的，何况欧阳修影响如此巨大，而王安石于欧阳修更有知遇之恩，怎能不悲？于是作者悲痛道，"你死了，我还去找谁"，这个结尾照应了文章开篇的不必悲。

文章开篇说不悲，而结尾却说悲得很，相反相成，相映相趣，一开一合，一起一伏，跌宕起伏。古文中，常见的祭文都是以抒发悲凉之意，因此往往开篇总是些"呜呼哀哉"的连篇累牍，而王安石一反常例，开头就说欧阳修成名就不必悲痛了，可说来说去，欧阳修功业之高，影响之大，王安石又受知遇之恩，不知不觉就放了悲声"那么谁能和我同道呢"，一转笔调，这既抒发了祭文的悲悼之情，又紧扣住开篇不必悲的悲中之悲，作者蓄积已久的悲痛之情磅礴涌出，使文章的感情基调到达高潮。

综观全篇，王安石对亡者的评价公正公允，既没有阿谀之词，也没有淡化其功，真正做到了"以其公议之是非"。王安石与欧阳修之间关系复杂，可谓是恩怨纠葛。欧阳修虽对王安石有提携之恩，但也曾反对过他的变法举措。但是，本文中，王安石客观地评价了欧阳修的功德业绩，同时难抑内心之悲。可见，二人虽政见不同，但皆无愧于"君子"之称。

相关链接

贾谊《吊屈原赋》、韩愈《祭十二郎文》、苏轼《潮州韩文公庙碑》

名句推荐

其积于中者，浩如江河之停蓄；其发于外者，烂如日月之光辉。其清音幽韵，凄如飘风急雨之骤至；其雄辞闳辩，快如轻车骏马之奔驰。

及夫发谋决策，从容指顾，立定大计，谓千载而一时。功名成就，不居而去，其出处进退，又庶乎英魄灵气，不随异物腐散，而长在乎箕山之侧与颍水之湄。

阅读与欣赏

55. 江城子·乙卯正月二十日夜记梦

（宋）苏轼

十年①生死两茫茫，不思量②，自难忘。千里③孤坟，无处话凄凉。纵使相逢应不识，尘满面，鬓如霜。

夜来幽梦④忽还乡，小轩窗⑤，正梳妆。相顾⑥无言，惟有泪千行。料得年年肠断处，明月夜，短松冈。

诗词解意

两人一生一死，相隔十年，相互思念却很茫然，无法相见。不想让自己去思念，自己却难以忘怀。妻子的孤坟远在千里，没有地方跟她诉说心中的凄凉悲伤。即使相逢也应该不会认识，因为我四处奔波，灰尘满面，鬓发如霜。

晚上忽然在隐约的梦境中回到了家乡，只见妻子正在小窗前对镜梳妆。两人互相望着，千言万语不知从何说起，只有相对无言泪落千行。料想那明月照耀着、长着小松树的坟山，就是与妻子思念年年痛欲断肠的地方。

了解字词

① 十年：指结发妻子王弗去世已十年。② 思量：想念。量，按格律应念平声，应读liáng。③ 千里：王弗葬地四川眉山与苏轼任所山东密州，相隔遥远，故称"千里"。④ 幽梦：梦境隐约，故云幽梦。⑤ 小轩窗：指小室的窗前，轩：门窗。⑥ 顾：看。

《江城子·乙卯正月二十日夜记梦》第一句从夫妻双方十载生死相隔、音容渺茫写起，正所谓开篇顿入正意。"两茫茫"是说自己和亡妻十年来互相遥念却又各无消息，"两"字一笔双写，"茫茫"叙述双方实际，表现出自己无边怅惘、无限空虚的情怀。全词开篇兼叙事及言情，并为全篇定下伤悼的感情基调。作者本在时时思念亡妻，但偏用"不思量"逆接首句，再反跌出"自难忘"三字，笔势摇曳跌宕。即使不去思量，亡妻的影像也时留脑际，愈见感情深挚。

如若说上面是写生死相隔时间之久，那么下面则是说分处两地，相距之遥。作者时在山东密州，妻子葬于故乡四川，所以说"千里"。亡妻孑然埋于祖茔，所以说"孤"。既遥远又孤单，满腔凄苦情景无由向亲人倾诉，故接着以"无处话凄凉"。夫妻不能共话，不仅由于地域遥远，更在于生死分隔无法超越。接下来作者笔锋一转，即使生死可以沟通，夫妇可以相逢，又能如何？作者以"纵使相逢应不识，尘满面，鬓如霜"。作者用假设之笔再进一步，说纵使相逢，妻子大概也认不出我来了。十年来，妻子不在身边的日子，由于作者政治上与变法派政见不合，从权开封府推官乞外任通判杭州，再降至密州知州，仕途的失意与生活的颠簸使作者过早地容颜衰老。"尘满面，鬓如霜"，这是诗人对自己如今外貌简括而有特征的勾勒，渗入了无限的身世之感。

上阕写梦前，几经分合辗转，抒发了对亡妻无限的眷念之情和思念不已的一片真情。下阕笔锋急转，转入记梦，换头中"忽"字写出了梦境的迷离恍惚。"小轩窗，正梳妆"是说梦中见到妻子还同往常一样在窗前梳妆。词写到这里，作者再现了青年时代夫妻生活的实际情形，虚中带实。相别已久的夫妇一旦相见，定有千言万语要倾吐，然而，思绪如麻，又该从何处说起？"相顾无言，惟有泪千行"，这个无声有泪的细节特写，既符合生活的真实，又有"此时无声胜有声"的艺术效果。以上写梦中，结尾三句写梦醒后的感慨。作者想象在千里之外的荒郊月夜，那长着小松林的冈上，妻子定会年复一年日复一日地为思念丈夫而悲伤。这里写亡妻为怀念自己柔肠寸断，也正表现了作者对亡妻的无限悼念，以景衬情，余音袅袅。

苏轼首创用词写悼亡，由此可见作者扩大词境的开拓精神。这首悼亡词运用虚实结合以及叙述白描等多种艺术方法，来表达怀念亡妻的感情，语言平易质朴，在对亡妻的哀思中又糅进自己的身世感慨，因而能将夫妻之间的感情表达得深婉而执着，感人至深。

相关链接

苏轼《定风波·南海归赠王定国侍人寓娘》、辛弃疾《贺新郎·别茂嘉十二弟》

名句推荐

十年生死两茫茫，不思量，自难忘。

相顾无言，惟有泪千行。

阅读与欣赏

56. 沈园（其一）

（宋）陆游

城上斜阳①画角②哀，沈园非复旧池台。

伤心桥下春波绿，曾是惊鸿③照影来。

诗词解意

城墙上的角声仿佛也在哀痛，沈园已经不是原来的亭台池阁。

那座令人伤心的桥下，春水依然碧绿如初，当年在这里我曾见过她惊鸿一现的美丽倩影啊。

了解字词

① 斜阳：偏西的太阳。② 画角：涂有色彩的军乐器，发声凄厉哀怨。③ 惊鸿：语出三国曹植《洛神赋》句"翩若惊鸿"，以喻美人体态之轻盈。这里指唐琬。

陆游(1125—1210)，字务观，号放翁，南宋著名诗人。少时受家庭爱国思想熏陶，高宗时应礼部试，为秦桧所黜。孝宗时赐进士出身。中年入蜀，投身军旅生活，官至宝章阁待制，晚年退居家乡。创作诗歌今存九千多首，内容极为丰富。著有《剑南诗稿》《渭南文集》《南唐书》《老学庵笔记》等。

《沈园》是陆游的组诗作品。这是作者在七十五岁重游沈园时为怀念其原配夫人唐氏而创作的两首悼亡诗。本文选择的是第一首诗，写触景生情之悲。首句写斜阳黯淡，画角哀鸣，是通过写景渲染悲凉的气氛。后三句写物是人非之悲，用反衬手法。第二首诗写诗人情感的专一，也用反衬手法：以草木无情反衬人物的深情。全诗体现了诗人忠实、笃厚、纯洁、坚贞的品格。这组诗写得深沉哀婉，含蓄蕴藉，但仍保持其语言朴素自然的一贯特色。

品品滋味

南宋周密撰《齐东野语·放翁钟情前室》所记：陆游二十岁时和舅表妹唐琬结婚，由于两人自小青梅竹马，婚后更是伉俪情深，恩爱非常。但陆游母亲却对这个亲侄女百般挑剔，不能见容，逼迫休妻另娶。于是陆游和唐琬忍痛分手了。唐琬改嫁同郡宗室子赵士程。十年后的一个春天，陆游信步来到绍兴城南的沈家花园游春，此时，赵士程携唐琬也在游园。故人重逢，两情依依，纵有千言万语，惟觉欲说还休。唐琬遣人给陆游送去酒肴果馔。

陆游举杯，未饮心如醉，眼中流泪，心里成灰，酒入愁肠，其情何堪。一时之间，昔日的恩爱，十年的别离，今天的重逢，搅动了诗人心灵深处的感情波澜，于是，他挥泪奋笔，一口气在沈园粉墙上写下了一首令人肝肠寸断的《钗头凤》词：

红酥手，黄縢酒，满城春色宫墙柳。东风恶，欢情薄。一怀愁绪，几年离索。错、错、错。

春如旧，人空瘦，泪痕红浥鲛绡透。桃花落，闲池阁。山盟虽在，锦书难托。莫、莫、莫！

唐婉另作一首《钗头凤》，以词相答：

世情薄，人情恶，雨送黄昏花易落。晓风干，泪痕残。欲笺心事，独语斜阑。难，难，难！

人成各，今非昨，病魂常似秋千索。角声寒，夜阑珊。怕人寻问，咽泪装欢。

瞒,瞒,瞒!

沈园重逢之后,唐琬便沉于旧情,忧思抑郁,几成心病,不久便与世长辞。一个年轻的生命就在封建势力的摧残下如一根蜡烛一样熄灭了。然而这一切留给陆游的创痛毕竟太重太深了,终其一生,未能平复愈合,往事不时爬上他的心头,纵然世事沉浮,戎马倥偬,依旧魂牵梦萦,不能释怀。尤其到了晚年,每隔几年,陆游便凭吊故地,形诸笔端,寄托思念。

在《沈园》中,我们能真切地体会到作者对于岁月飘然流逝的无奈,也能真切地感受到他对于往昔爱情时光的无比怀念,这就是生命的矛盾所在。沈园的一切对于诗人而言,已经无比的熟悉,但这里的一切又仿佛如此的遥远而陌生,昔日记忆里的沈园在空间的呈现上已然恍如隔世,因此与其说陆游行走于现实的沈园之内,不如说他行走在自己心灵深处所记忆的那个沈园。沈园的一切都变了,也许,是诗人的世界变了,他眼中的一切不复过去。

《沈园》昔日是诗人熟悉的家,他生活在其中,一切的池台都会让他感到亲切、温暖,更重要的是,这里曾经还是诗人和妻子相依相恋、共同厮守的爱巢。行走在沈园之中,诗人眼中可以浮现出那充满情意、温馨的池台,每一处都有着他与妻子的身影,正是因为这些遗踪,沈园的"池台"如同获得了精魂,变得那么具有生命的气息,那么让诗人留恋不舍、魂牵梦绕。而如今,"沈园非复旧池台",陆游仍像往日那样缓行于故园曲折的小径之上,可触目所及的池台却已是旧的了,这"旧"的难道只是池台本身的建筑?在诗人心中"旧"的并非仅仅是池台的外在形貌,之所以"旧",更重要的是,一切池台中的精魂已经烟消云散,杳如黄鹤了,而这精魂便是诗人和妻子曾经珍视的爱情。随着恋人的香消,陆游在沈园的池台中所感受的只能是那次次梦断后的凄冷与落寞。

沈园是诗意的,因诗人陆游心中珍藏着妻子那美丽的身影,这影是翩若惊鸿的身姿,它已经深深地镌刻在诗人的心灵之上。沈园在一般人眼中也许只是普通的建筑、平常的住宅,但是在陆游心中,这是自己和妻子相恋相爱、相依相守的家园,在这园中所有地方都留下了诗人难以忘怀的遗踪,妻子美丽的身影更是与那小桥之下荡漾的碧水为伴,等待着诗人的归来。

陆游对妻子的爱情是深沉的、真挚的,他对妻子和自己的每一份共同的记忆都是那么的铭心刻骨,在他的心中妻子美丽的"影"总是荡漾其间,也总是激起他想象的无穷涟漪。在这种凄美的爱情幻境之中,陆游作为诗人终于实现了自己最大的梦想:永远和妻子在一起,再也不分开!"影"是诗意的沈园不可缺少的组成,因为它寄托着诗人心中的爱情之种,没有了唐琬的"影",也就没有了陆游的"种",而沈园的诗意也会烟云一般的消散了。

141

相关链接

柳永《定风波·自春来》、白居易《李白墓》

名句推荐

伤心桥下春波绿，曾是惊鸿照影来。

理趣篇

阅读与欣赏

57. 鹤鸣

《诗经·小雅》

鹤鸣于九皋①,声闻于野②。

鱼潜在渊,或在于渚③。

乐彼之园,爰有树檀④,其下维萚⑤。

他山之石,可以为错⑥。

鹤鸣于九皋,声闻于天。

鱼在于渚,或潜在渊。

乐彼之园,爰有树檀,其下维榖⑦。

他山之石,可以攻玉⑧。

诗词解意

幽幽沼泽仙鹤鸣,声音嘹亮四野闻。

鱼儿深渊里潜水,有的游到水滩停。

在那园中真快乐,香檀高高成树荫,下有灌木丛林生。

别的山上有美石,可以用来磨玉器。

幽幽沼泽仙鹤唳,鸣声响亮上云天。

鱼儿游荡浅水滩,有的潜藏在深渊。

在那园中真快乐,檀树高高枝叶密,下有楮树矮又细。

别的山上有美石,可以琢玉显璀璨。

了解字词

145

① 九皋:皋,沼泽地。九:虚数,言沼泽之多。② 野:四野,言天地之大之空旷。③ 渚:水中小洲,此处当指水滩。④ 爰:于是。⑤ 萚(tuò):酸枣一类的灌

木。⑥ 错:同"厝",厝石。可以打磨玉器。⑦ 穀(gǔ):一名楮树,恶木。⑧ 攻玉:谓将玉石琢磨成器。攻,加工,雕刻。

本篇选自《诗经·小雅》。《雅》诗共105篇,分《大雅》《小雅》两部分,都是朝廷乐歌。所不同的是,首先,两者风格不同。"《大雅》则宏远而疏朗,《小雅》则躁急而局促。"(孔颖达《正义》)其次,两者成书年代不同。《大雅》大部分是西周前期诗歌,小部分是西周后期诗歌。《小雅》74篇均为西周后期诗歌。特别值得注意的是,《雅》诗中已有中国"大一统"的思想。如《小雅·北山》中所写"溥天之下,莫非王土,率土之滨,莫非王臣"。这比秦始皇统一中国的现实要早大约400年时间。

 品品滋味

《鹤鸣》为启迪胸怀的哲理诗。《毛传》说:"鹤鸣,诲宣王也。"是说这是一首大臣教诲年轻的周宣王要有宽阔胸怀的诗篇。周宣王是西周晚期的王,所以诗篇应为西周晚期作品,其创作动机是开拓听者的心胸。本诗亮点在于其表现哲理的手法之妙。九皋之薮泽园林之中,鱼儿可以任意遨游,鹤鸣之声可以传遍旷野和天空。这里乔木高大,乔木之下,还丛生着各种茂密的灌木,真可谓兼容并蓄,丰富异常。然而,任何事物,只要有范围,便有局限,便需要从更广大的世界中汲取有用之物为我所用。这是"他山之石,可以为错""他山之石,可以攻玉"两句的真谛。这两句像开导,又像棒喝,警醒的是自满的心态,启迪的是超旷的心胸,激发的是人应当着眼于更大世界的志向。

在善言哲理之外,诗篇又善于营造境界。每章开首的"鹤鸣于九皋"的句子,展现的是阔大而曲折无尽的山林薮泽,回荡的是上达于九天的声声鹤鸣,意境是何等的幽深迥远,颇带几分神秘;继而鱼鸟、林木,排叠而出,原来"乐彼之园"就是活生生的大千世界。然而,大千世界要永葆其活力,永葆其无限丰富,就需要永远的兼容,有如此心态,"他山之石"方能为我所用,方可得天地的全美。

 相关链接

《诗经·大雅·桑柔》《诗经·大雅·抑》

他山之石，可以攻玉。

阅读与欣赏

理趣篇

58. 赠从弟（其二）

（三国）刘桢

亭亭山上松，瑟瑟①谷中风。
风声一何②盛，松枝一何劲。
冰霜正惨凄③，终岁常端正。
岂不罹④凝寒，松柏有本性。

诗词解意

山上青松挺立，谷中寒风阵阵。
风声凶猛异常，青松多么笔挺。
漫天冰霜凛冽，终年端正不屈。
难道不知严寒？天生耐寒本性。

了解字词

① 瑟瑟：形容轻微的声音或风声。② 一何：多么，何其。③ 惨凄：凛冽、严酷。④ 罹(lí)：遭受，感受。

147

认识作者

　　刘桢(186—217),"建安七子"之一。东平人。(今山东宁阳县)。童年时期就显示出惊人的才华,被当地人誉为神童。后因避乱结识了曹植被引荐进入丞相府。当时东汉末年政治极为黑暗,以王粲、徐干、刘桢为代表的一批有识之士纷纷从四面八方投奔曹操,形成了描述治国豪情壮志、慷慨悲凉的文学现象——建安风骨,对后世文学影响深远。然刘桢生性桀骜不驯,不拘礼法。后因对曹丕不敬之罪罚为苦役,终身再未受重用。公元217年,北方瘟疫流行,刘桢染病去世。他的诗歌气势激荡起伏,不假雕琢而格调颇高,后世把他与曹植合称为"曹刘"。他的赋清新自然,一改汉赋华丽宫廷的内容,实现了由帝王转向平民的转变,篇幅也由长篇大赋转为短歌小赋,为以后的文学小赋发展开创了先河。

品品滋味

　　本诗为刘桢赠从弟的第二首诗,也是艺术成就最高的一首。诗歌题目是"赠从弟",是对家人的谆谆教导,其中蕴含了刘桢对精神操守问题的哲学思考。猛烈迅疾的风也改变不了松柏的刚劲挺拔;冬天的冰雪严霜也不能使松柏弯曲,在风雪中端正挺直是它固有的姿态,也是刘桢的人生态度与信条。

　　三国魏晋时期的中国政局动荡不安,朝代更迭频繁,人们都失去了对固有道德的坚守和信仰,儒家伦理道德面临着前所未有的怀疑和颠覆。而刘桢仍然教育他的家人要如青松一样不因为外部环境的好坏改变故我的本心。在他看来,外因只是变化的条件,同样的环境,寒冬的摧残可以使花草尽数凋零,却不能改变亭亭直立的青松一丝一毫。人亦是如此。面临相同的困境,只要能固守原则,不屈不折,依然能出于泥而不染。

　　本诗放在时下仍有很强的指导意义,每个人不论身处怎样的环境都不能放弃对自身的约束与自我的提升,不要将任何退步归咎于环境与外力。这也许是这首诗对我们现代人最大的启示吧!

相关链接

　　李白《古风其十二》、苏辙《服茯苓赋叙》、刘向《说苑·谈丛》

悦读时光

古典文学卷(下册)

名句推荐

风声一何盛,松枝一何劲。

59. 咏怀诗(其五)

(三国)阮籍

天马①出西北,由来从东道②。
春秋③非所托,富贵焉常保。
清露被皋兰④,凝霜沾野草。
朝为媚少年,夕暮成丑老。
自非王子晋⑤,谁能常美好。

诗词解意

西北的汗血宝马,却来到东方中原。
人生变幻真难测,富贵又怎能常保。
水边含露的幽兰,严霜覆盖的野草。
好似清晨娇美少年,晚上就又丑又老。
本不是仙人王子晋,谁又能永葆美好?

了解字词

149

① 天马:汗血宝马。汉武帝元鼎四年,汉武帝得自西域,并为其作《天马歌》。
② 东道:向东的道路。③ 春秋:指人的寿命。④ 皋兰:皋,水岸。即水岸边的兰

草,用以比喻贤人或者贤德才能。⑤ 王子晋:古代神话人物,即王子乔,周灵王的儿子。传说其游于伊水和洛水之间,遇到道士浮丘公,随之上嵩山修道成仙。

 **认识作者**

　　阮籍(210—263),三国时期魏诗人。字嗣宗。陈留(今属河南)尉氏人。竹林七贤之一。阮籍早年受儒家思想影响,以曹魏为正统宗室,愿意完成"治国、平天下"的理想;但司马氏取代曹魏后的黑暗现实让他心灰意冷,由于对现实的失望和深感生命无常,因此采取灭弃礼法名教的愤激态度,转到以隐世为旨趣的道家思想轨道上来。因此他在文学史上也留下"青白眼""醉酒避亲""丧母吃肉"等另类的故事。他的诗文也深刻反映了他的思想矛盾与痛苦。代表作有《咏怀》组诗、《大人先生传》。他是建安以来第一个全力创作五言诗的人。其82首《咏怀》诗形成一组庞大的组诗,塑造了一个悲愤的诗人形象,为后世作家如鲍照、陈子昂、李白等都产生了深远的影响。

品品滋味

　　此诗是阮籍82首《咏怀诗》其中一首,哲理意味隽永。诗的开头用了"汉武帝得天马"的典故。"天马"即我们今天所熟知的汗血宝马,它产自西北大漠,传入中原能被人熟知是依靠着向东不断延续的丝绸之路。这说明事物之间存在着普遍联系的一面。同时事物之间也存在着相互对立的情况,就如人的寿命有短有长,人的富贵可能瞬息万变。人的贤愚好坏也难与其命运的优劣画上等号,就如霜露可能同时沾上皋兰和杂草一样。因此,作者不禁感叹自己不是仙人王子乔,不能永葆青春与逍遥。这也是诗歌所阐明的最为重要的哲理:人是不可能逃脱客观规律的束缚,人可以利用客观规律,但无法改变它。

　　阮籍处在司马氏与曹氏激烈斗争的政治漩涡中。政治形势险恶,为了保全自己,他小心翼翼,虚与周旋。他常以醉酒的方法在当时复杂的政治斗争中保全自己。如他大醉两个月拒绝司马氏的求婚。他的《咏怀诗》正是以"忧思都伤心"为主要基调。这首诗有对时局的失望,有对司马氏政权不久长的讽刺,也有心灰意冷想逃往老庄的出世思想。但跳出创作背景,单纯以哲理诗的角度品评,它也是一首优秀的哲理诗歌。其中,事物之间存在普遍联系,事物之间相互转化的关系也体现了朴素的唯物主义思想。

陶渊明《形影神》、陆机《秋胡行》

 名句推荐

天马出西北,由来从东道。

 阅读与欣赏

60. 日出行

（唐）李白

日出东方隈①,似从地底来。
历天又复入西海,六龙②所舍安在哉?
其始与终古不息,人非元气③,安得与之久徘徊?
草不谢荣于春风,木不怨落于秋天。
谁挥鞭策驱四运④? 万物兴歇皆自然。
羲和⑤! 羲和! 汝奚汩没⑥于荒淫之波⑦。
鲁阳⑧何德,驻景挥戈?
逆道违天,矫诬⑨实多。
吾将囊括大块⑩,浩然与溟涬⑪同科!

 诗词解意

151

太阳从东方升起,似从地底喷薄而出;
它年复一年,日复一日,穿过天空,没入西海。传说中日神的六龙又在哪里呢?

它从始至终,亘古未变,人不是混沌之气,怎能与太阳一样天长地久?

花草不因春风爱抚而生谢意,树木不因秋日凋零而感怨愤。

哪里有谁挥鞭驱赶着四时运转呢? 其实万物的兴衰皆由自然。

羲和啊羲和,你怎么会沉没在浩瀚无边的大海波涛中去呢?

鲁阳公呵鲁阳公,你又有什么能耐挥戈叫太阳停下来?

这简直是逆道违天,实在荒谬绝伦!

我将要与天地合而为一,浩然与元气融为一体。

了解字词

① 隈(wēi):山的曲处。② 六龙:指太阳。神话传说日神乘车,驾以六龙,羲和为御者。③ 元气:中国古代哲学家常用术语,指天地未分前的混沌之气,被认为是最原始、最本质的因素。④ 四运:即春夏秋冬四时。⑤ 羲和:古代神话传说中的人物,驾御日车的神。⑥ 汩(gǔ)没(mò):隐没。⑦ 荒淫之波:指大海。荒淫,浩瀚无际貌。⑧ 鲁阳:传说中的人物。《淮南子·冥览训》说鲁阳公与韩酣战,时已黄昏,鲁援戈一挥,太阳退三舍(一舍三十里)。⑨ 矫(jiǎo)诬(wū):谓假借名义以行诬罔;虚妄。⑩ 大块:指自然天地。⑪ 溟(mǐng)涬(xìng):天地未形成前的浑然元气。

品品滋味

汉代乐府中也有《日出入》篇,它咏叹的是太阳出入无穷,而人的生命有限,于是幻想骑上六龙成仙上天。李白的这首拟作一反其意,认为日出日落、四时变化,都是自然规律的表现,而人是不能违背和超脱自然规律的,只有委顺它、适应它,同自然融为一体,这才符合天理人情。这种思想表现出一种朴素的唯物主义光彩。

全诗借六龙驱日的神话说起,却又从深处否定了神话传说。作者认为,太阳的升起落下都是依靠自然规律,所谓的六龙和羲和都是荒诞不可信的。末尾浪漫的诗人还运用了屈原"天问"式的笔法。在这里李白比屈原更胜一筹,他不单单是提出问题,更重要的是在回答问题。既然宇宙万物都有自己的规律,那么硬要违背这种自然规律("逆道违天"),就必然是不真实的,不可能的,而且是自欺欺人的("矫诬实多")。照李白看来,正确的态度应该是,顺应自然规律,同自然(即"元气",亦即"溟涬")融为一体,混而为一。

本诗也反映了诗人矛盾的心理。因为李白深受老庄文化影响,更是"求仙"一派的忠实维护者。他曾一度曾潜心学道,梦想羽化登仙,享受长生之乐。但从这首诗看,他对这种"逆道违天"的思想和行动,是怀疑和否定的。他实际上用自己的诗篇否定了自己的行动。人们可以从中体会到作者情感思想的挣扎与纠结。

 相关链接

李白《把酒问月》《箜篌谣》

 名句推荐

谁挥鞭策驱四运? 万物兴歇皆自然。

 阅读与欣赏

61. 审交

(唐)孟郊

种树须择地,恶土变木根。
结交若失人,中道生谤言[①]。
君子芳桂性[②],春荣冬更繁。
小人槿花[③]心,朝在夕不存。
莫蹑[④]冬冰坚,中有潜浪翻。
唯当金石交[⑤],可以贤达论。

 诗词解意

择选好地种树木,若种恶土变木根。
结交朋友如不慎,诽谤非难中途生。

君子本性如芳桂,春日繁茂冬更胜。

小人心性如槿花,清晨开放晚不存。

莫踩寒冰以为坚,随时随地坠深渊。

只有友情似金石,才是君子达人求。

认识作者

孟郊(751—814),字东野,因其诗作多写世态炎凉,民间苦难,故有"诗囚之称",与贾岛齐名"郊寒岛瘦"。生性孤僻,早年游荡,行踪不定;中年历经磨难,终于走上仕途却又在晚年遭遇丧子之痛。在诗歌形式上,孟郊所做的多为句式短小的五言古体诗,但语言不走华丽文风而以奇特古朴见长。他的诗风更接近有魏晋风骨的诗歌。在诗歌内容上,他一改大历诗风的狭窄范畴,而以为中下层文士鸣不平为主旋律。他的诗风固然与其不幸遭遇有关,但他常常能跳出个人命运反映更广阔的社会生活,揭露针砭社会丑恶与不平等。可以说他是继杜甫后又一位用诗歌深入揭露社会贫富不均、苦乐悬殊矛盾的诗人。代表作有《游子吟》《夜感自遣》《寒地百姓吟》《织妇辞》等。

了解字词

① 谤言:诽谤非难的谗言。② 芳桂性:品性如芳桂一样。③ 槿花:木槿或者紫槿的花,颜色鲜艳,朝开夕落。④ 蹋:踩,踏。⑤ 金石交:如金石般坚不可摧的友情。典故出自《汉书·韩彭英卢吴传》:"今足下虽自以为与汉王为金石交。"

品品滋味

这首诗是诗人对交友问题的哲学思考。诗歌的开篇就使用了类比的表现手法,阐述了交友如同栽种植物一样,需要选择好的土地。因为"恶土"影响树木的生长。这就如同交友不慎,一旦遇到中途翻脸的情况,诽谤非难就会随之而来。作者使用了一组对比来阐释君子、小人在对待友情上的不同态度。用"芳桂"和"槿花"分别比喻不变的君子和多变的小人。诗歌结尾,作者依然巧妙运用比喻告诫读者。也是再一次点名主题:交友一定要慎重,否则就如同在暗流涌动的冰层行走一样,随时随地都有坠入深渊的危险。全篇以比喻开始比喻结束,对金石般的友谊充满歌颂与渴望。这也正是生性孤僻的孟郊一生追求的。所以他的朋友虽少,却都是"金石之交",也正印证了此诗作者的观点。

相关链接

孟郊《择友》、陆次云《志感》、张谓《题长安壁主人》

名句推荐

君子芳桂性,春荣冬更繁。

阅读与欣赏

62. 放言五首（其一）

(唐)白居易

朝真暮伪何人辨,古往今来底事①无。
但爱臧生②能诈圣,可知宁子③解佯愚。
草萤有耀终非火,荷露虽团岂是珠。
不取燔柴④兼照乘⑤,可怜光彩亦何殊。

诗词解意

早晨还装得俨乎其然,到晚上却揭穿了是假的,古往今来,什么样的怪事没出现过?

世人只爱臧武仲式的假圣人,却不晓得还有宁武子般大智若愚。

草丛间的萤虫,虽有光亮,终究不是火;荷叶上的露水,虽呈球状,难道就是珍珠?

不用大火和可以照亮车辆的珠宝的光芒作比较,又何从判定它们不同的光彩呢?

155

① 底事:何事,这里指的是朝真暮伪的事。② 臧生:即春秋时的臧武仲,当时的人称他为圣人,孔子却一针见血地斥之为以实力要挟君主的奸诈之徒。③ 宁子:即宁武子,孔子十分称道他在乱世中大智若愚的韬晦本领。④ 燔柴:语出《礼记·祭法》:"燔柴于泰坛。"这里用作名词,意为大火。⑤ 照乘(shèng):指光亮能照明车辆的宝珠。语出《史记·田敬仲完世家》"尚有径寸之珠照车前后各十二乘者十枚"。

 品品滋味

本诗是公元815年(唐宪宗元和十年)诗人被贬赴江州途中所作。当年六月,诗人因上疏急请追捕刺杀宰相武元衡的凶手,遭当权者忌恨,被贬为江州司马。诗题"放言",就是无所顾忌,畅所欲言。组诗就社会人生的真伪、祸福、贵贱、贫富、生死诸问题纵抒作者的己见,宣泄了对当时朝政的不满和对作者自身遭遇的忿忿不平。此诗为第一首,放言政治上的辨伪——略同于近世所谓识别"两面派"的问题。

作者在诗中毫不客气地以反问句式概括指出:作伪者古今皆有,人莫能辨。颔联两句用了臧生和宁武子的典故。臧生是大奸之人,人们却参不透;宁武子是大智之人,人们也看不懂。紧接着以草丛中的萤火虫和荷叶上的露水做比喻。因为它们都以闪光、晶莹的外表做迷惑,人们又常常被假象蒙蔽了眼睛。尾联继续用比喻,又紧承颈联萤火露珠的比喻,明示辨伪的方法。当然,作者也指出,如果昏暗到连燔柴之火、照乘之珠都茫然不识,比照也就失掉了依据。所以,最后诗人才有"不取""可怜"的感叹。

这首诗通篇议论说理,却不使读者感到乏味。诗人借助形象,运用比喻,阐明哲理,把抽象的议论,表现为具体的艺术形象了。从头至尾,采用了连珠式的运用疑问、反诘、限制、否定等字眼,起伏跌宕,通篇跳荡着不可遏制的激情,给读者以骨鲠在喉、一吐为快的感觉。诗人的冤案是由于直言取祸,他的辨伪之说并非泛泛而发的宏论,而是对当时黑暗政治的针砭,是为抒发内心忧愤而做的《离骚》式的呐喊。

相关链接

白居易《放言五首》(其三)、元稹《放言诗五首》

悦读时光

古典文学卷(下册)

草萤有耀终非火,荷露虽团岂是珠。

 阅读与欣赏

63. 琴诗

（宋）苏轼

若①言琴上有琴声，
放在匣中何不鸣②？
若言声在指头上，
何③不于君指上听？

诗词解意

如果说琴声发自琴上，
为什么放在盒中不响？
如果说琴声发自指上，
为什么不在您指上听？

了解字词

① 若：如果。② 鸣：指琴声发出响声。③ 何：为什么？

品品滋味

　　这首诗简单明了、言简意赅,反映了宋代哲理诗的主要特点。苏轼表面上是在回答琴声自何处而来这一问题,实际上是在阐发艺术美产生过程中的主客体关系以及事物之间相互联系这一朴素的哲学原理。琴为客体,它是演奏者思想、技艺外化的工具,但它本身并不产生美妙的旋律,需要人的弹奏方能发声。而演奏者作为表演的主体也需要借助琴这样的工具,才能表达内心的想法。任何事物都是由不同元素构成的,各种元素相辅相成,事物才能得以存在。《楞严经》云:"譬如琴瑟、箜篌、琵琶,虽有妙音,若无妙指,终不能发。"佛家之意在于,一切事物皆是因缘际会的产物,事物之间的联系是其存在的根本。苏轼此诗也正是这一佛理的诗意阐发。

相关链接

　　苏轼《题西林壁》、王安石《登飞来峰》、苏舜钦《题花山寺壁》

名句推荐

　　若言琴上有琴声,放在匣中何不鸣?

阅读与欣赏

64. 秋日偶成

(宋)程颢

闲来无事不从容①,睡觉东窗日已红。
万物静观②皆自得,四时③佳兴④与人同。
道⑤通天地有形外,思入风云变态⑥中。
富贵不淫⑦贫贱乐,男儿到此是豪雄⑧。

诗词解意

心情闲适,做事不慌。一觉醒来,日已东窗。
静观万物,自得乐趣。春夏秋冬,兴致皆同。
道理通透,有形无形;思想浸入,风云变幻。
富不骄奢,贫而乐享,有此男儿,方为英雄。

了解字词

① 从容:不慌不忙。② 静观:仔细观察。③ 四时:指一年四季。④ 佳兴:指欣赏美景的兴致。⑤ 道:指充斥在天地万物中的大道、道法。⑥ 变态:指风云变幻的万物。⑦ 淫:放纵。⑧ 豪雄:英雄。

认识作者

程颢(hào),字伯淳,学者称明道先生。世居中山(今保定定州),后从开封徙河南(今河南洛阳市)。北宋哲学家、教育家、诗人,理学的奠基者,"洛学"代表人物。宋神宗在位期间,因反对王安石新政不受其重用,遂潜心研究学术,与其弟开创"洛学",奠定了宋代理学的基础。宋哲宗时期旧党执政,召其为宗正丞,未上任即卒,年54岁。程颢曾和其弟程颐学于周敦颐,世称"二程",同为北宋理学的奠基者,其学说在理学发展史上占有重要地位,后来为朱熹所继承和发展,世称"程朱学派"。后人将其著作编为《河南程氏遗书》《河南程氏外书》《明道先生文集》等。

品品滋味

这首诗是作者反对王安石变法后、被贬谪回到洛阳所作。作为一名道德修养已经达到炉火纯青境界的理学家,作者所思考的并不是个人的得失与荣辱。他的安闲来自于内心的强大以及对天道至理的准确把握与思考。

起句写得舒缓随意,也是作者真实心境的流露。间接表露出仕途的起落沉浮并不影响作者内心深处的宁静。领联是全诗的名句,转入对理趣的揭示。作者之所以能够宠辱不惊,源于他内心深处包罗万物。以虚静空明的心观照大千世界,才能发现天地自然包括人自身在内一切事物的根本及其运动变化的规律,也即"道"

和"仁"的深意所在。

　　"道"是充斥万物之中，却又超越具体事物的"大道"，大道是无影无踪却又有迹可循的。人与自然的相互融合是体道的方式，而自我心游万仞的意气风发是因为理解了"道"的真谛，所以显得圆融自然。诗人静观万物，妙悟自然，所以能写出这样通透旷达的诗句来。

相关链接

陈师道《湖陵与刘生别》、陆游《题庐陵萧彦毓秀才诗卷后》

名句推荐

万物静观皆自得，四时佳兴与人同。

阅读与欣赏

65. 寄黄几复①

（宋）黄庭坚

我居北海君南海②，
寄雁③传书谢不能。
桃李春风一杯酒，
江湖夜雨十年灯。
持家但有四立壁④，
治病不蕲⑤三折肱⑥。
想得读书头已白，
隔溪猿哭瘴⑦烟藤。

 诗词解意

我住北方海滨,你居南方海岸;
欲托鸿雁传书,奈何难飞衡阳。
当年桃李笑春风,共饮美酒醉一杯。
而今江湖困落魄,孤灯夜雨忆思君。
君为生计何艰难,家徒四壁无以立。
古三折肱成良医,愿君跳出此藩篱。
思忆君当勤读书,清贫自守发已白。
山溪相隔瘴气漫,猿猴哀鸣攀青藤。

了解字词

① 黄几复:即黄介,字几复,南昌人,是黄庭坚少年时的好友。② "我居"句:《左传·僖公四年》:"君处北海,寡人处南海,惟是风马牛不相及也。"作者在"跋"中说:"几复在广州四会,予在德州德平镇,皆海滨也。"③ 寄雁:传说雁南飞时不过衡阳回雁峰,更不用说岭南了。④ 四立壁:《史记·司马相如传》:"文君夜奔相如,相如驰归成都,家徒四壁立。"此处化用典故形容黄几复家中清贫。⑤ 蕲(qí):祈求。⑥ 三折肱:肱,上臂,手臂由肘到肩的部分,《左传·定公十三年》记载的一句古代成语:"三折肱,知为良医。"意思是,一个人如果三次跌断胳膊,就可以断定他是个好医生,因为他必然积累了治疗和护理的丰富经验。⑦ 瘴(zhàng)溪:旧传岭南边远之地多瘴气。瘴溪即充满瘴气的溪水,作者以此形容友人所在的环境。

认识作者

黄庭坚(1045—1105),字鲁直,号山谷道人,晚号涪翁,洪州分宁(今江西省九江市修水县)人,北宋著名文学家、书法家。幼时聪颖过人,22岁考中进士,任职京师,深受苏轼喜爱。后因为参与编修《神宗实录》实话实说,秉笔直书"用铁龙爪治河,有同儿戏",被当政者认为是诋毁之辞,因此被贬为涪州别驾、黔州安置,后移至戎州。暮年时曾被宋徽宗启用,但仅仅短短九日就又一次被贬。后在河北得罪赵挺之被其上书,以幸灾谤国之罪除名羁管宜州。60岁客死在广西宜州。黄庭坚是江西诗派的开宗之师。他与陈师道、陈与义都以杜甫为宗,在文学史上并称为"一

宗三祖"。该派以杜甫为学习对象,奉行"点铁成金"和"夺胎换骨"的文学理论,注重对字词的锤炼,对后世文学产生深远的影响。代表作有诗歌《题王居士所藏王友画桃杏花二首》《寄黄几复》《晚楼闲坐》《清明》《春近四绝句》等;散文《书幽芳亭》《答洪驹父书》《赠高子勉》《苦笋赋》。其在书法上也有很高的造诣。

这首诗作于宋神宗元丰八年(1085年),此时黄庭坚监德州(今属山东)德平镇。此时黄几复知四会县(今广东四会县)。当时两人分处天南海北,黄庭坚遥想友人,写下了这首诗。

"我居北海君南海",起势突兀。写彼此所居之地一北一南,已露怀念友人、望而不见之意。第二句可谓黄庭坚"点铁成金"之句。"鸿雁传书"在古代诗歌中是书信往来的惯用词汇,可谓已经毫无新意,可诗人在这里却化腐朽为神奇。他说,我想让鸿雁替我传书,可是鸿雁却拒绝了。因为相传大雁传书,至衡阳而止,便很巧妙地再次说出两人相隔万水千山的事实。颔联两句写两人曾经相聚和如今难聚的思念之情。"桃李春风"中饮酒高谈阔论,这种情形是何等愉快。而此时诗人却只能独自面对"江湖夜雨",倍感孤寂。此句也充满了哲理意味。以往日的盛景来衬托今日的苦闷,两相对比中使人产生时光易逝、佳期难再的感叹。颈联两句化用了《史记》和《左传》中的典故,既是赞叹友人为官清廉,为政清明,又是对当政者的一种责问与不满,更有一种深层次的哲学意义蕴含其中:不折肱也可以为良医,这是辩证法的思维方式。尾联以"想见"领起,与首句"我居北海君南海"相照应。在作者的想象里,十年前在京城的"桃里春风"中把酒畅谈理想的朋友,如今已白发萧萧,却仍然像从前那样好学不倦。他"读书头已白",还只在海滨做一个县令。其读书声是否还像从前那样欢快悦耳,没有明写,而以"隔溪猿哭瘴溪藤"作映衬,就给整个图景带来凄凉的氛围;不平之鸣、怜才之意,也都蕴含其中。全诗用典考究,辩理明晰,为黄诗中广为流传的名篇。

黄庭坚《戏呈孔毅父》、陈与义《秋夜》

悦读时光

古典文学卷(下册)

桃李春风一杯酒,江湖夜雨十年灯。

 阅读与欣赏

66. 吴山高

（南宋）朱熹

行尽吴山①过越山②，
白云犹是几重关③。
若寻汗漫④相期处，
更在孤鸿灭没间。

诗词解意

走遍吴山又翻过越山，
白云深处依旧路茫茫。
要寻与仙人相约之处，
就在孤雁隐现的地方！

了解字词

① 吴山：今浙江境内，又因此山上又伍子胥祠，又称胥山。② 越山：今浙江省诸暨市境内。③ 重关：险要的关塞。这里暗指山长水远，路途阻隔重重。④ 汗漫：广大，漫无边际，渺茫不可知之境。亦作仙人的别名。

163

 认识作者

　　朱熹（1130—1200），字元晦，又字仲晦，世称朱文公。宋朝著名的理学家、思想家、哲学家、教育家。19岁中进士。32岁时宋孝宗招求臣民意见，朱熹应诏上封事，力陈反和主战、反佛崇儒的主张，详陈讲学明理、定计恢复、任贤修政的意见。但当时汤思退为相，主张和议。朱熹的抗金主张没有被采纳。十一月，朝廷任朱熹为国子监武学博士。朱熹辞职不就，请辞归崇安。49岁时修复白鹿洞书院，并制定了著名的《白鹿洞书院教规》。《白鹿洞书院教规》是世界教育史上最早的教育规章制度之一，它不仅成为后续中国封建社会700年书院办学的模式，而且成为国内外教育家研究教育制度的重要课题。52岁朱熹将《大学章句》《中庸章句》《论语集注》《孟子集注》四书合刊，经学史上的"四书"之名才第一次出现，《四书》构成了朱熹的一个完整的理学思想体系。在宋朝，学术上造诣最深、影响最大的是朱熹，其思想被尊奉为官学，而其本身则与孔子圣人并提，称为"朱子"。在文学上朱熹的诗歌善用各种修辞手法，此外他还有一些颇有哲理的小诗，代表作有《春日》《观书有感》。

品品滋味

　　朱熹是个大学问家，他知识渊博，融会贯通，见解独到。他又喜爱外游，游览名山大川。每遇胜景，欣然忘怀。题咏之时，常将治学之道和风光特色融为一体，形成亦此亦彼、亦虚亦实、亦景亦理的深邃意境。此诗作于绍兴21年，诗人进京参加考试后授泉州同安县主簿，乃从吴山经越山归闽。此诗表面上写游山感触，言山外有山，山巅之上尚有重重白云，想为仙人所居之地，难得一览。其实是劝年轻人为学要拓展视野，戒除自满，锲而不舍，立志攀登。

相关链接

　　朱熹《春日》、陆游《游山西村》

名句推荐

　　若寻汗漫相期处，更在孤鸿灭没间。

67. 得古梅两枝

（南宋）戴复古

老干百年久，从教花事①迟。
似枯元②不死，因病反成奇。
玉破③稀疏蕊，苔封④古怪枝。
谁能知我意，相对岁寒⑤时。

理
趣
篇

诗词解意

老树历经百年久，今朝开花真为迟。
好似枯萎却未死，病态绽放反称奇。
雪花玉蕊稀疏点，青苔长满古树枝。
谁能知我心中意，在这寒冬凛冽时。

了解字词

① 花事：指老树开花。② 元：通"原"，原来，原本。③ 玉破：指雪花。④ 苔封：指青苔长满的样子。⑤ 岁寒：指冬天。

认识作者

戴复古（1167—1248），南宋著名江湖诗派诗人。一生耿介清高，在南宋小王朝偏安一隅、苟且求存的时代，戴复古始终不肯委曲求全，宁愿终身不仕，做布衣贫民，也不出卖自己灵魂换取富贵。他曾拜当时著名的爱国主义诗人陆游为师，并在其指导下"诗益进"，达到了"自有清远之致"的境界。在文学上以五言律诗成就最高。他的律诗多写人情世故，文笔清隽，格调高朗，代表作有《寄韩仲止》《庚子荐饥》《梦中亦役役》。作品继承了杜甫、陆游的现实主义诗风。以关心民生疾苦,抨击黑暗现实为主要内容。其词语言清丽自然,其中尤以《柳梢青·岳阳楼》和《洞仙歌·卖花担上》两首流传最广。

品品滋味

　　诗歌的首联描绘了百年古梅的形象,老而不朽,似枯未死。这种病态反倒成为一种奇特的审美,那么这种奇特具体体现在哪里呢?"玉破稀疏蕊,苔封古怪枝",严寒之中,百年老梅树虽然不是繁花满枝头,却也有雪花玉蕊稀稀疏疏点缀在长满青苔的遒劲枝条上。这种显示出返老还童、暮年生机的奇景,令人感觉到"生生不息"一词的真谛。诗人描绘古梅,是为了抒发自己的胸臆,诗歌的尾联正是诗人内心的直接表达。作者暮年多病,生活困顿,但是并不因此而改变个人的志向,颇有"老骥伏枥,志在千里。烈士暮年,壮心不已"的意味。

　　此诗意境深邃,寄托深远,表达作者老有所为、壮志不休的决心,给人以奋发向上的感受。

相关链接

　　曾巩《咏柳》、邵雍《桃李吟》

名句推荐

　　谁能知我意,相对岁寒时。

阅读与欣赏

68. 活水亭观书有感二首(其二)

(南宋)朱熹

昨夜江边春水生，
艨艟①巨舰一毛轻。
向来②枉费③推移力，
此日中流④自在行！

诗词解意

昨夜江边春潮涨，
巨舰好似羽毛轻。
从前白费牵引力，
今日江中自由行。

了解字词

① 艨艟(méng chōng)：古代战船。也作"蒙冲"。② 向来：从前。指春水未涨之时。③ 枉费：白费。④ 中流：水流的中央。

品品滋味

本诗为朱熹《观书有感二首》的第二首。这两首诗是描绘其"观书"的感受，借助生动的形象揭示深刻的哲理。这组诗歌以形象生动的语言说出了作者在读书后的心得体会。它将抽象的道理用形象的比喻表现出来，富于生活气息，因此能在后世广为流传。

庆元二年(1196年)，为避权臣韩侂胄之祸，朱熹与门人黄干、蔡沈、黄钟来到新

167

城福山(今黎川县社苹乡竹山村)双林寺侧的武夷堂讲学。在此期间,他往来于南城、南丰。又应南城县上塘蛤蟆窝村吴伦、吴常兄弟之邀,到该村讲学,并在该村写下了《观书有感》的著名诗篇。其中"问渠那得清如许,为有源头活水来"(《观书有感其一》)一直广为流传。朱熹离村后,村民便将蛤蟆窝村改为源头村,

　　此诗以泛舟水上为例,使读者体会学习中积累和悟性的重要性。从诗歌的意象来看,往日里难以推动的大船,当春水猛涨时,即使艨艟巨舰也如羽毛般轻盈,自由自在地漂行在水流中。所比喻的正是学问由广博积累、勤思苦学后达到了豁然贯通的效果。朱熹在阐述自己的为学之道时,特别看重知识的积累,同时也强调学习的悟性。水涨方能推动巨船,船才能行驶自在,形象地比喻灵感勃发对于学习的重要性。学者不但要掌握扎实的基础,更要顺应学习规律,把握突破的时机。在成功之前,应该掌握尽量多的材料,促成条件的成熟,而不是主观冒进。

相关链接

朱熹《偶题》、张栻《立春偶成》

名句推荐

向来枉费推移力,此日中流自在行!

阅读与欣赏

69. 月岩

(元)刘立雪

世事从来满则亏①,
十分何似八分时②。
青山作计③常千古,
只露岩前月半规④。

诗词解意

人世间事向来盛极必衰，
十全十美不如只占八分。
你看这青山便想得长远，
遮住明月只肯露出半轮。

了解字词

① 满则亏：指事物的发展遵循发展到顶端必然衰亡的规律。② 十分、八分：指事物发展的阶段。十分即作者所说的完满的阶段，八分即留有余地不满的阶段。③ 作计：谋划、考虑。④ 半规：半圆形。有时借指太阳或月亮。

认识作者

刘立雪，宋末元初"江湖诗派"诗人。生卒年不详。《元风雅》中载诗11首。历代对其描述很少，现仅在清代顾嗣立《元诗选·二集》中有一段关于其生平的记叙："清叟字立雪，江西人。少年才气卓荦，连蹇不第；中更世故，戚颎悲吟，鳏居隐处，年逾七十而终。"

品品滋味

这是一首吟咏山岩遮月现象的小诗，阐述了深刻的生活、哲学和美学范畴的道理。"世事从来满则亏，十分何似八分时"阐述了最为质朴也最为直观的道理，那就是"满则盈，盈则亏"。做人做事都要留有余地，保持谦虚谨慎、不骄不躁的态度，这是此诗在生活层面上为读者带来的最直观的认识；从哲学层面解读，事物发展到一定阶段就会发生变化，这是因为量的积累必定引起质的改变。量变引起质变，质变又引起新的量变，新的量变发展到一定程度又引起新的质变，如此交替，循环往复，不断转化；如果再往艺术的范畴解读，则可以于美学上的"不足而美"的现象上寻找根源。在美学上，残缺本身也是一种美的彰显。所以曾国藩才为书房命名为"求阙斋"。

169

元好问《论诗绝句》、王守仁《蔽月山房》

名句推荐

世事从来满则亏,十分何似八分时。

阅读与欣赏

70. 春蚕

(明)刘基

可笑春蚕独①苦辛,
为谁成茧却焚②身。
不如无用蜘蛛网,
网尽蜚虫③不畏人。

诗词解意

可笑默默辛苦的春蚕,
为谁织茧到头来引火烧身。
不如全无用处的蛛网,
抓尽害虫却不必担惊怕人。

了解字词

① 独：暗自。指春蚕的辛苦都是浪费功夫。② 焚身：把自己烧死。比喻春蚕难逃一死。③ 蜚（fěi）虫：害虫。

认识作者

刘基（1311—1375）字伯温，元末明初军事家、政治家、文学家，明朝开国元勋。精通天文、兵法、数理等。辅佐朱元璋平定天下，世称有诸葛亮之才。在文学创作上，刘基也是元明鼎革之际一位举足轻重的诗文大家，其诗文理论力主讽喻之说，为晚明讽刺小品的勃兴起了先导作用。他提倡经世致用的文学思想，重视文学为社会现实服务的功能。诗文古朴雄放，不乏抨击统治者腐朽、同情民间疾苦之作。

品品滋味

本诗是刘基的代表作品，也是他辅佐朱元璋之后对自我心境的描摹和一些不满情绪的外泄。所谓的"春蚕"和"蜘蛛"都是作者虚拟的意象，要以此一吐心中的块垒。汉文化于元代遭朝廷压抑鄙视，朱元璋建明之初，文人志士无不渴望汉文化之复兴。洪武称帝，励精图治，体恤贫苦，却亦大杀文臣，压迫言论，暴行恐怖，倒行逆施。民族文化未得发扬，反尽破毁。刘基伴君如伴虎，立功则恐遭嫉，求退却怕猜疑。作此诗叹，鞠躬尽瘁十数载，年至将老难保身。所以自比为春蚕，为皇帝织茧却最终引火上身。倒还不如做一只蜘蛛，吐丝不伤害自己还能抓到害虫。意为造福人民、为文化复兴奔走燃烧自己不如明哲保身，事不关己高高挂起。回顾一生，运筹帷幄转乾坤，一人之下万之上，然究其实，空虚而已。方自讽，春蚕尚不如蜘蛛。全诗看似意象简单却又意味深长，在哲理之外充满自嘲的意味，既针砭时政又超然世外看似全无关系，可谓哲理诗中经典的讽喻诗。

相关链接

虞世南《咏萤》、方孝孺《鹦鹉》、欧阳修《画眉鸟》

可笑春蚕独苦辛,为谁成茧却焚身。

阅读与欣赏

71. 渡黄河

（清）宋琬

倒泻①银河事有无,
掀天浊浪只须臾②。
人间更有风涛险,
翻说黄河是畏途③。

诗词解意

黄河仿佛银河倒泻。
惊涛骇浪变幻莫测。
人间更有险恶风波,
艰难险阻胜似黄河。

了解字词

① 倒泻:泻,水从高处往下直流。形容水势极大,像泻下来一样。② 须臾:片刻之间。③ 畏途:险恶的路途。

172

认识作者

　　宋琬(1614—1673)清初著名诗人,清代八大诗家之一。自幼聪颖好学,才华出众。曾任浙江、四川按察使。中经两次冤狱,终以忧愤而亡。其诗与施闰章齐名,有"南施北宋"之说。其诗在艺术上有很高的造诣,尤其擅长古体诗和律诗,用语奇丽,比喻清新,委婉含蓄,属对工巧,极为时人所推崇。著有《二乡词》三卷,在狱中曾写《祭皋陶》一卷,收入《安雅堂全集》中。

品品滋味

　　诗人起笔即描摹了黄河惊涛骇浪震慑人心的一幕。但这样的写景于作者只是为了突出主题而已。在经历社会人生诸多磨难的诗人来看,这一切都是微不足道的。人世间的"风涛"才是真正的"畏途"。诗人一生坎坷多难,只有经历人生大风浪的人,才能面对黄河的惊涛骇浪从容说出如此深刻哲理的话来。宋琬两次入狱都是被人诬陷告发,或是仆人,或是子侄,连亲近的人都如此,怎能不让人觉得世上最险恶的是人心呢? 这首看似随感的诗歌写景之中寄寓着理趣,实际上和作者的生平经历有密切的联系。

相关链接

　　徐玑《过九岭》、杨继盛《登泰山》

名句推荐

　　人间更有风涛险,翻说黄河是畏途。

72. 重登永庆寺塔

（清）袁枚

九级浮图①到顶寒，
十年前此倚栏干②。
过来事③怕从头想，
高处人休往下看。

诗词解意

九层佛塔高处不胜寒，
凭栏远望匆匆已十年。
过去事情最怕回头想，
人在高处不要往下看。

了解字词

① 浮图：即浮屠，这里指佛塔。它是佛陀梵文音译。古人亦称佛教徒为浮屠，佛教为浮屠道，后并称佛塔为浮屠。② 倚栏杆：指作者十年前曾游览过此塔，紧扣题目。③ 过来事：过去发生的事情。

品品滋味

这首诗是诗人十年后重新登临永庆寺塔时所发的议论。也是诗人对做人做事的反思与感慨。

起句即照应了诗歌题目"重登"，交代了作诗的缘由。十年前诗人曾登临此塔，凭栏远眺，今日重登再次回首当年的行径，显示出了这次登临的意义，那就是"过来事怕从头想,高处人休往下看",作者展示了个人的心情和体验,从中得出了"往者不可谏,来者犹可追"的感悟。过去的事情是最怕重新思考的,因为事后会发现许多当初没有考虑到的因素,这时往往会令人陷入到痛苦中去。人也不要在身处高处时往下看,因为回顾一步步拼搏的历程,也会对自己的所作所为产生不满。全诗短小精悍,又充满人生的哲理与思索,也显示出诗人豁达和高远的心境。

 **相关链接**

谭嗣同《晨登衡岳祝融峰》、吴伟业《登缥缈峰》

 **名句推荐**

过来事怕从头想,高处人休往下看。

 阅读与欣赏

73. 新雷

(清)张维屏

造物①无言却有情,
每于寒尽②觉春生。
千红万紫③安排著,
只待新雷第一声。

 **诗词解意**

造物主沉默不语却脉脉含情,

总在隆冬将尽孕育春天苏醒。
万紫千红的花儿已做好准备，
只等破春的第一声新雷轰鸣。

① 造物：指造物主。② 寒尽：指冬天的尽头。③ 千红万紫：指春天绽放的花朵，代指春天的万物复苏。

 认识作者

张维屏(1780—1859)，字子树，号南山，又号松心子，晚号珠海老渔。张维屏在嘉庆、道光年间以诗著称，与黄培芳、谭敬昭号称"粤东三子"。张维屏擅长于诗，少年时即以能诗名至北京，被称为"诗坛大敌"，《番禺县志》说他"诗名满海内"。他还善于书法，精通医术。鸦片战争爆发后，张维屏目睹英国资本主义对中国的野蛮侵略，激发了爱国热情，写出了一些格调高昂、歌颂人民群众和爱国官兵英勇抗敌的诗篇，其中著名的如歌颂三元里的《三元里》和赞扬陈连升、葛云飞、陈化成坚贞不屈、捐躯报国的《三将军歌》等。这些诗在当时流传很广，影响很大，成为鼓舞爱国主义精神的有力武器。

品品滋味

这是作者有感于晚清黑暗政治现实创作的诗歌，表现了"物极必反"的哲理，暗含着作者对未来的美好期待。诗歌将造物主描述成一位无言的"有情人"，在拟人化的写法中赋予诗歌生气和活力。虽然"寒尽春生"是不以人的意志为转移的自然规律之一，但于作者笔下，似乎赋予了诸多温情。是一种"否极泰来"的盼望，也是作者在黑暗现实中对黎明对曙光的无限渴望。而末尾两句更是赋予全诗勃勃的生气。春天各种景色，万紫千红的花朵似乎都已经站在起跑线上，等待着发令枪的召唤，而这发令枪就是那惊破春梦的"新雷"，"新雷第一声"是临界的标志，是量变与质变之间跨越的桥梁。

此诗以自然比喻人事，表现了作者对腐朽事物要求变革的强烈愿望。作者的期望是基于对客观现实的认识，他之所以认为会出现变革，乃是因为矛盾双方在一定程度上都会向对立面转化，事物存在着由量变到质变的过程。他坚信，晚清积贫

积弱的现实已经到了质变的边缘,中国的新生也一定会到来。

 相关链接

龚自珍《己亥杂诗》、谭嗣同《狱中题壁》

 名句推荐

千红万紫安排著,只待新雷第一声。

 阅读与欣赏

74.《好了歌》解注

（清）曹雪芹

陋室空堂,当年笏①满床;
衰草枯杨,曾为歌舞场②。
蛛丝儿结满雕梁③,绿纱④今又糊在蓬窗⑤上。
说什么脂正浓、粉正香,如何两鬓又成霜?
昨日黄土垅头⑥送白骨,今宵红绡⑦帐底卧鸳鸯。
金满箱,银满箱,转眼乞丐人皆谤。
正叹他人命不长,哪知自己归来丧!
训有方,保不定日后做强梁⑧;
择膏粱⑨,谁承望流落在烟花巷⑩!
因嫌纱帽小,致使锁枷扛⑪;
昨怜破袄寒,今嫌紫蟒⑫长。
乱烘烘你方唱罢我登场,反认他乡⑬是故乡。
甚荒唐,到头来都是为他人做嫁衣裳⑭。

177

当年官宦世家的昌盛门庭，如今却凋残破败。

曾经歌舞升平的繁盛之地，长满了荒草枯树。

雕梁画栋上结满了蜘蛛网，富贵人家的绿纱帐糊在了穷人的窗户上。

说什么胭脂正浓粉正香，为什么转眼间就两鬓斑白？

昨天才送旧人入土，今天就迎新人完婚。

金山银山堆满箱，眨眼间变成乞丐被唾弃。

正叹息别人短命，却不想自己也难逃黄泉命丧。

管教有方，却说不定子孙日后当了强盗；

千挑万选金龟婿，哪想到女儿流落到青楼！

只为嫌弃纱帽小，牢中却把枷锁抗；

昨日贫寒穿破袄，今日嫌弃官袍长。

乱哄哄你刚唱完我登台，错把异地当成了故乡。

多么荒唐，最后化作一场空，都白忙。

了解字词

① 笏：手板，封建时代官僚上朝拿着的狭长的板子，用象牙或木、竹片做成。可作临时记事用。这里形容做大官的人很多。② 歌舞场：指大户人家歌舞升平的景象。③ 雕梁：指有钱人家的房梁。④ 绿纱：有钱大户人家窗户上蒙的纱。⑤ 蓬窗：指穷苦人家的窗户。⑥ 黄土陇头：指坟墓。陇，通"垄"，田中高地。⑦ 红绡帐底：指古代结婚时的红罗帐。⑧ 强梁：这里指强盗。⑨ 择膏粱：指挑选富贵人家子弟做女婿。膏，脂肪。粱，精米。本义指精美的饭菜，这里用作"膏粱子弟"的省称。⑩ 烟花巷：旧时妓院聚集的地方。烟花：歌女，娼妓。⑪ 锁枷：指入狱。⑫ 紫蟒：紫色的蟒袍。紫：古代按官阶等级穿着不同颜色的公服。唐制，亲王及三品服用紫色。⑬ 反认他乡是故乡：这里把现实人生比作暂时寄居的他乡，把超脱尘世的虚幻世界当作人生本源的故乡。因而说那些为功名利禄、娇妻美妾、儿女后事奔忙而忘掉人生本源的人是错将他乡当故乡。⑭ 为他人做嫁衣裳：比喻白白替他人奔忙，死后一切皆空。

悦读时光

古典文学卷（下册）

品品滋味

　　这首诗是甄士隐在跛脚道人吟诵完《好了歌》后做的注释，其后甄士隐就随着一僧一道飘然而去了。这首诗也是全书中对人物命运重要的影射和作者集自己对人生的见解后写出的顿悟之句，全诗嬉笑怒骂，充满哲理。

　　全诗开篇即有一种佛教的意味在其中。作者说现如今凋残破败的房屋，当时也是出了许多王侯将相的地方。现如今无人问津的凋敝场所以前也是歌舞升平之地。这是作者的亲身经历，更是书中人物命运的预测。在作者看来，封建末世的繁华也不过是昙花一现，即使今日如繁花般开放，明日也难逃凋零的命运。紧接着作者用了一个很有力的反问，这是对书中人物的反问，是对自己的嘲讽，更是参透世事后的一种冷峻与犀利的人生顿悟。在作者看来，再美好的人和事都有太多的不可预知性。也许今日的红粉就是明日的老妪；今日慨叹他人命运多舛，明日就祸及自身。因为本来人生就充满了不可预知性。而其后作者的一系列排比则是对官场起伏的讽刺和对自己遭遇的调侃了。没有一个做官的人不希望平步青云，却很多人在不知不觉中忘了起初为民的承诺，走向一条贪婪"锁枷扛"的不归之路。而那些昨天还在为上路的银子忧愁，连衣服都没得穿如贾雨村之流，也许在不知不觉之间已经转运悄悄爬到了千人之上。当然，作者通篇都是在一种佛教大悲悯的视角关照下写出这一切，所以最后才有"乱哄哄你方唱罢我登场"这句的总结。在他看来，这些尘世的繁华不过是"他乡"而已，最终人们还是要回到"故乡"，即跳出三界外的本心本真所在之地。全诗有犀利的鞭策，有辛辣的嘲讽，也有无奈的吟叹。语言辛辣、似说似唱，又给人以排山倒海之感，不仅是全书极为重要的诗歌，在中国古代诗歌上也占有一席重要之地。

《好了歌》《恨无常》《聪明累》

乱哄哄你方唱罢我登场，反认他乡是故乡。

75. 天地

《庄子》(节选)

　　夫子曰①:"夫道,覆载万物者也,洋洋乎大哉②!君子不可以不刳心焉③。无为为之之谓天④,无为言之之谓德⑤,爱人利物之谓仁⑥,不同同之之谓大⑦,行不崖异之谓宽⑧,有万不同之谓富⑨。故执德之谓纪⑩,德成之谓立⑪,循于道之谓备⑫,不以物挫志之谓完。君子明于此十者,则韬乎其事心之大也⑬,沛乎其为万物逝也⑭。若然者,藏金于山,藏珠于渊⑮;不利货财⑯,不近贵富⑰;不乐寿⑱,不哀夭;不荣通⑲,不丑穷⑳;不拘一世之利以为己私分㉑,不以王天下为己处显㉒。显则明,万物一府㉓,死生同状。"

诗词解意

诗词解意

　　先生说:"道,是覆盖和托载万物的,多么广阔而盛大啊!君子不可以不敞开心胸排除一切有为的杂念。用无为的态度去做就叫作自然,用无为的态度去说就叫作顺应,对人有爱对物有利就叫作仁,让不同的事物回归同一的本性就叫作大,行为不与众不同就叫作宽容,心里包容着万种差异就叫作富有。因此持守自然赋予的禀性就叫纲纪,德行形成就叫作建立功业,遵循于道就叫作修养完备,不因外物挫折心志就叫作完美无缺。君子明白了这十个方面,就能心胸宽广包容万物,德行充盈成为万物所归。像这样,就能藏黄金于大山,沉珍珠于深渊;不贪图财物,也不追求富贵;不把长寿看作快乐,不把夭折看作悲哀;不把通达看作荣耀,不把穷困看作羞耻;不谋求举世之利占为己有,不把统治天下看作是自己居于显赫的地位。显赫就会彰明,然而万物最终却归结于同一,死与生也并不存在区别。"

了解字词

① 夫子：即庄子，庄子后学者对他的敬称。一说"夫子"指"老子。"② 洋洋：盛大的样子。③ 刳(kū)：剖开并挖空。"刳心"指掏空整个心胸，排除一切有为的杂念。④ 无为为之：用无为的态度去做，即不为而为的意思。⑤ 无为言之：用无为的态度去谈论，即不言而言的意思。⑥ 爱人：给人们带来慈爱。利物：给万物带来利益。⑦ 不同同之：使不同的万物回归到同一的本性。⑧ 崖：伟岸，兀傲。异：奇异。"崖异"连在一起，含有与众不同的意思。宽：宽容。⑨ 有万不同：指心里包容着万种差异。⑩ 执：保持，持守。德：这里指人的自然禀赋。纪：纲纪。⑪ 立：指立身社会建功济物。⑫ 循：顺。⑬ 韬：包容，蕴含。事心：建树之心。⑭ 沛：水流湍急的样子。逝：往，归向。⑮ 藏：亦作"沉"。⑯ 不利货财：不以货财为利。⑰ 近：接近、靠拢，引申为追求。⑱ 不乐寿：不把寿延看作快乐。⑲ 不荣通：不以通达为荣耀。⑳ 丑：把……视为羞耻。"不丑穷"就是不把贫穷看作羞耻。㉑ 拘(gōu)：通作"钩"，取的意思。一：全。私分(fèn)：个人分内的事。㉒ 王(wàng)：称王的意思，"王天下"即称王于天下，也就是统治天下。处显：居处显赫。㉓ 一府：归结到一处。

认识作者

庄子(约前369—前286)，汉族。名周，字子休(一说子沐)，后人称之为"南华真人"。中国著名的思想家、哲学家、文学家，老子哲学思想的继承者和发展者，先秦庄子学派的创始人。

庄子是宋国的公室后代，但他完全无心政治，只做过很短时间管理漆园的小官。楚威王曾慕名请他做相国，被他婉言拒绝。庄子才华极高，一生游历多地。当时诸侯混战，争霸天下，庄子不愿与统治者同流合污，便辞官隐居，潜心研究道学。他大大继承和发展了老聃的思想，与老子并称"道家之祖"。

他的代表作《庄子》不仅是文学史上一部重要的著作，更是哲学史上不可或缺的作品。他的作品想象奇特，文笔变化多端，并多采用寓言故事形式，富有幽默讽刺的意味，具有浓厚的浪漫主义色彩，在中国的文学史上独树一帜。他的文章体制已脱离语录体形式，标志着先秦散文已经发展到成熟的阶段。可以说，《庄子》代表了先秦散文最高成就。

庄子对后世文学和后世文人品格的形成都影响深远，如陶渊明隐逸的精神品格、苏轼旷达疏放的文风、辛弃疾汪洋辟阖的词的意境、阮籍的放浪形骸和蔑视礼法等等。庄子的浪漫主义文风还直接传给了李白，使他成为我国文学史上继屈原之后的又一伟大的浪漫主义诗人。

 品品滋味

　　"天"和"地"在庄子哲学体系中乃是元气之所生，万物之所祖，一高远在上，一浊重在下，故而以"天地"开篇。本篇的主旨仍在于阐述无为而治、道法自然的哲学等思想主张，本段节选自第二部分，主要阐明大道深奥玄妙的含义，并借此指出居于统治地位的人要得无为而治就得通晓大道。本段起笔先为读者引入"自然""顺应""仁""大""宽容""富有""纲纪"等十个概念，但作者在介绍这些抽象的概念时用了很具象的说明，使读者不感觉难以理解。紧接着用了多个排比和比喻句为读者说明君子深晓这十个方面的哲理后能达到的境界。最后又为读者提出自己的主张："万物一府，死生同状。"相传庄子妻子死去时，庄子在击鼓欢唱。读了庄子的这篇，我们就不难理解他不同于常人的作为了。在庄子看来，明白了大道的玄妙，死与生就并不存在什么区别。全段论述清晰、结构严密，却又不乏文学上的排比、比喻、类比等表现手法的润色，显示出作者深厚的文学功底和清晰的哲学头脑，堪称哲理类散文的上乘之作。

相关链接

　　庄子《逍遥游》、老子《道德经》

名句推荐

　　万物一府，死生同状。

音乐篇

76. 庭燎①

《诗经·小雅》

夜如何其②?
夜未央③,庭燎之光。
君子至止④,鸾声将将⑤。

夜如何其?
夜未艾⑥,庭燎晣晣⑦。
君子至止,鸾声哕哕⑧。

夜如何其?
夜乡晨⑨,庭燎有辉⑩。
君子至止,言⑪观其旂⑫。

诗词解意

夜色怎么样了?
刚刚半夜天未亮,庭中大烛明又旺。
诸侯赶来上朝堂,远闻车铃叮当响。

夜色怎么样了?
夜色未尽仍朦朦,庭中大烛亮堂堂。
诸侯朝见快到了,铃声渐近叮当响。

夜色怎么样了?
长夜褪尽天已明,大烛微光起青烟。
诸侯朝见已来到,静观旌旗随风扬。

① 庭燎:宫廷中照亮的火炬。② 其(jī):语尾助词。③ 央:尽。④ 君子:指上朝的诸侯大臣等人。⑤ 鸾:也作"銮",铃。古代车马所佩的铃。将(qiāng)将:铃声。⑥ 艾:尽。⑦ 晣(zhé)晣:明亮貌。⑧ 哕(huì)哕:鸾铃声。⑨乡(xiàng)晨:近晨,将亮。乡:同"向"。⑩ 有煇(xūn):火光暗淡貌。朱熹《诗集传》:"火气也。天欲明而见其烟光相杂也。"⑪ 言:乃,爱。⑫ 旂(qí):上面画有蛟龙、杆顶有铃的旗,为诸侯仪仗。

认识篇目

《诗经·小雅》是《诗经》的一部分。"雅"即正,指朝廷正乐,西周王畿的乐调。雅分为大雅和小雅。大雅31篇是西周的作品,大部分作于西周初期,小部分作于西周末期,小雅共74篇,除少数篇目可能是东周作品外,其余都是西周晚期的作品。大雅的作者,主要是上层贵族;小雅的作者,既有上层贵族,也有下层贵族和地位低微者。

《诗经·小雅》不仅描述了周代丰富多彩的社会生活、特殊的文化形态,而且揭示了周人的精神风貌和情感世界。可以说,《诗经·小雅》是中国最早的富于现实精神的诗歌,奠定了中国诗歌面向现实的传统。

品品滋味

此诗诗题"庭燎"展现的是宫廷早朝的景象,勤政的君臣形象跃然纸上。它以对话的形式表现了君王急于早朝的心情和对朝仪、诸侯的关切。

君王夜半之时醒来,急问:"夜色怎么样啦?"侍者模模糊糊地回答:"才半夜呢!庭中大烛正熊熊燃烧,远方传来了一丝车马铃声的脆响""鸾声将将",听到鸾声叮当,说明诸侯已有入朝者。

一会儿,睡不踏实的君王又问:"现在怎么样啦?"侍者小心翼翼地回答:"还早呢。庭中大烛还在燃烧,听着诸侯们的车马铃声近了一些""鸾声哕哕",銮铃之声不断,诸侯正陆续来到。

因为害怕影响早朝,他实在睡得不踏实,过一会儿又问:"这下天亮了吗?"侍者说:"已经亮了。庭中大烛也快熄灭,只剩烟气了。诸侯们正列队翘首以待呢。""君子至止,言观其旂",这一细节描写,写出了君王尽心、大臣忠心的形象。

朱熹说:"哕哕,近而闻其徐行声有节也。"(《诗集传》)此诗由远及近,层次清楚。有问有答,如见其人;有光有声,如临其境。写人写景相结合,读后深觉言有尽而意无穷。

 **相关链接**

《采薇》《何草不黄》《杕杜》

 **名句推荐**

君子至止,鸾声将将。君子至止,鸾声哕哕。

阅读与欣赏

77. 和王中丞闻琴

(南朝·齐)谢朓

凉风吹月露,圆景动清阴。
蕙风①入怀抱,闻君此夜琴。
萧瑟满林听,轻鸣响涧音。
无为澹②容与③,蹉跎江海④心。

诗词解意

凉风拂过枝头露水,圆月投下缕缕清光。
拥抱着香草的气味,聆听着你此夜的琴声。
琴声就如林中瑟瑟的秋声,又如那涧水的轻鸣。

不要再徘徊犹豫了,白白浪费了归隐江海的心愿。

了解字词

① 蕙风:即首句所谓凉风,蕙是香草。② 澹(dàn):本义是水波摇动起伏的样子,这里是指安静。③ 容与:徘徊犹豫。④ 江海:旧时指隐士的居处。宋·苏轼《临江仙》:"小舟从此逝,江海寄余生。"引申为退隐。

认识作者

谢朓(464—499),南朝齐文学家。字玄晖,陈郡阳夏(今河南太康附近)人。他与同族前辈谢灵运均擅长山水诗,并称"大小谢"。谢朓先在京城任职,经常出入竟陵王萧子良的藩邸,为"竞陵八友"之一,享有很高的文学声誉。有《谢宣城集》。

竟陵,今湖北天门市,旧称竟陵县,为萧子良封地。"《梁书·武帝本纪》:(南北朝齐永明年间)"竟陵王子良开西邸,招文学,高祖(萧衍)与沈约、谢朓、王融、萧琛、范云、任昉、陆倕并游焉,号曰'八友'。"

品品滋味

这是一首描写音乐的诗。标题"闻琴",实质描写琴音的就五六两句。琴声如秋风之萧瑟,满林传遍其飒飒秋声;又如涧水轻鸣,发出淙淙作响的清韵。由此产生林泉幽胜的美好联想。琴声把人们带到一个远离尘嚣、充满林下风致、山水清音的境界,使人神远心驰,更增隐逸之想,因此最后告诫自己不要再犹豫迟延,以免耽误了归隐江海的时间,销磨了隐逸的意兴。一二句渲染秋夜的清凉、静谧。不仅写出对秋夜凉风月露的视觉、听觉与触觉感受,而且透出心理上的清润与宁静,这正是"闻琴"的适宜环境气氛与心理状态。三四句写到秋夜中弥漫的香气,从嗅觉感受着眼,把蕙风写得极有灵性与感情,仿佛知道诗人有听琴的雅兴,而多情地投入怀抱,而且写出了诗人那种愉悦感与陶醉感。琴音古雅清澹,在诸乐中俨然有高士林泉风致。

这首闻琴诗,重点不在具体细致地描摹琴音,而是着意渲染"闻琴"的环境气氛,和诗人的主观感受。全诗境界,可用一"清"字概括。"闻琴"的客观环境气氛是清凉、清静,散发着蕙风清香的;琴声是如林风涧音,极富清韵的;所引起的又是清逸的隐居意兴。全篇便在这"清"的境界中达到和谐的统一。

 **相关链接**

《晚登三山还望京邑》

《游东田》：远树暧阡阡，生烟纷漠漠。鱼戏新荷动，鸟散余花落。

 **名句推荐**

萧瑟满林听，轻鸣响涧音。

 **阅读与欣赏**

78. 听邻家吹笙①

（唐）郎士元

凤吹声②如隔彩霞，
不知墙外是谁家。
重门③深锁无寻处，
疑有碧桃千树花④。

 **诗词解意**

吹笙的声音仿佛隔着彩霞从天而来，
不知究竟是墙外哪一家。
重重大门紧锁无处可寻，
只能心中猜想其中必有千树的桃花。

189

① 笙:笙是世界上最早使用自由簧的乐器。② 凤吹声:吹笙的声音。笙这种乐器由多根簧管组成,参差如凤翼;其声清亮,宛如凤鸣,故有"凤吹"之称。③ 重门:重重的大门。④ 千树花:千树的桃花。

认识作者

郎士元(生卒年不详,一说727—780?),唐代诗人。字君胄。中山(今河北定县)人。天宝十五载(756年)登进士第。安史之乱中,避难江南。宝应元年(762年)补渭南尉,历任拾遗、补阙、校书等职,官至郢州刺史。

郎士元与钱起齐名,世称"钱郎"。他们诗名甚盛,当时有"前有沈宋(沈佺期、宋之问),后有钱郎"(高仲武《中兴间气集》)之说。

品品滋味

音乐,有声而无形,极难描摹。而这首听笙诗,把笙这种乐器发出的美妙之音化为有形可感的物象。它用视觉形象写听觉感受,把五官感觉错综运用,而又避免对音乐本身正面形容,单就奏乐的环境作"别有天地非人间"的幻想,从而间接有力地表现出笙乐的美妙。在"通感"运用上算得是独具一格的。

首句"凤吹声如隔彩霞"就似乎由此作想,说笙曲似从天降,极言其超凡入神。"隔彩霞"三字,它不是说声如彩霞,而是说声自彩霞之上来;不是摹状乐声,而是设想奏乐的环境,间接烘托出笙乐的明丽新鲜。"不知墙外是谁家",这悬揣语气,不仅进一步渲染了笙声的奇妙撩人,还见出听者"寻声暗问"的专注情态,也间接表现出那音乐的吸引力。于是,诗人动了心,由"寻声暗问'吹'者谁",进而起身追随那声音,欲窥探个究竟。然而"重门深锁无寻处",一墙之隔竟无法逾越,不禁令人于咫尺之地产生"天上人间"的怅惘和更强烈的憧憬,由此激发了一个更为绚丽的幻想——"疑有碧桃千树花"。以花为意象描写音乐,与前"隔彩霞"呼应,这里的"碧桃"是天上碧桃,是王母桃花。灼灼其华,竟至千树之多,是十分绚丽的景象。它意味着那奇妙的、非人世间的音乐,近乎有如此奇妙的、非人世间的灵境。它同时又象征着那笙声的明媚、热烈、欢快。而一个"疑"字,写出如幻如真的感觉,使意象给人以缥缈的感受而不过于质实。

相关链接

《柏林寺南望》《郢城秋望》

名句推荐

凤吹声如隔彩霞，不知墙外是谁家。

阅读与欣赏

79. 琴歌①

（唐）李颀

主人②有酒欢今夕，
请奏鸣琴广陵客③。
月照城头乌④半飞⑤，
霜凄万木⑥风入衣。
铜炉⑦华烛⑧烛增辉，
初弹渌水后楚妃⑨。
一声已动物皆静，
四座无言星欲稀⑩。
清淮⑪奉使⑫千余里，
敢告⑬云山⑭从此始。

191

今晚主人摆酒大家欢聚，
琴师拨动琴弦助兴酒宴。
明月照向城头乌鸦纷飞，
寒霜降临寒风吹透衣衫。
炉火暖融融华烛添光辉。
艺人先弹《渌水》后奏《楚妃》。
琴声一响万物寂静，
四座无言屏气凝神倾听。
奉命去远离乡关清淮，
敬告大家我要归隐云山。

了解字词

① 琴歌：听琴有感而歌。歌是诗体名，《文体明辨》："其放情长言，杂而无方者曰歌。"② 主人：东道主。③ 广陵客：广陵在今江苏扬州，唐淮南道治所。古琴曲有《广陵散》，魏嵇康临刑奏之。"广陵客"指琴师。④ 乌：乌鸦。⑤ 半飞：分飞。⑥ 霜凄万木：夜霜使树林带有凄意。⑦ 铜炉：铜制熏香炉。⑧ 华烛：饰有文采的蜡烛。⑨ 渌水、楚妃：都是古琴曲。渌，清澈。⑩ 星欲稀：后夜近明时分。⑪ 清淮：淮水。时李颀即将赴任新乡尉，新乡临近淮水，故称清淮。⑫ 奉使：奉使命。⑬ 敢告：敬告。⑭ 云山：代指归隐。

品品滋味

音乐在古代具有独特的意义。朋友之间、重任之下、离别之际，它并不仅仅是娱乐的，而是启迪心志、激励前行的。千言万语，有时可能抵不过一曲感人至深的音乐效果。就如当年易水边，"风萧萧兮易水寒，壮士一去兮不复还"就激励着荆轲义无反顾地走向遥远的秦国。

唐诗中有不少涉及音乐的作品，其中写听琴的诗作尤多，借咏琴而言志，或借写听琴而抒情。这首诗最值得赏玩的应该是诗人动静结合、虚实相生，通过营造意境、渲染气氛、刻画心理，生动形象地表现了琴歌之美。

此诗是诗人奉命出使清淮时,在友人饯别宴会上听琴后所作。诗以酒咏琴,以琴醉人;闻琴怀乡,期望归隐。首二句以饮酒陪起弹琴。三、四句写未弹时的夜景:月明星稀,乌鹊半飞,冷风吹衣,万木肃然。五、六句写初弹情景:铜炉香绕,华烛齐辉,初弹《渌水》,后弹《楚妃》。七、八句写琴歌动人:一声拨出,万籁俱寂,星星隐去,四座无言。这一侧面烘托的手法也成就了白居易《琵琶行》中的"东船西舫悄无言,唯见江心秋月白"。后两句写听琴声之后,忽起乡思:客去清淮,离家万里,归隐云山,此夜之思。全诗写时,写景,写琴,写人,步步深入,环环入扣,章法整齐,层次分明。描摹琴声,重于反衬,使琴声越发高妙、更加动人。"一字不说琴,却字字与琴相关。"(《唐诗归》)

 **相关链接**

《古从军行》《望秦川》

 **名句推荐**

月照城头乌半飞,霜凄万木风入衣。铜炉华烛烛增辉,初弹渌水后楚妃。

 **阅读与欣赏**

80. 弹琴

(唐)刘长卿

泠泠①七弦上,
静听松风②寒。
古调③虽自爱,
今人多不弹。

七弦琴奏出清凉的曲调悠扬起伏,
细细倾听就像那滚滚的松涛声。
我虽然很喜爱这首古时的曲调,
但如今人们大多已不去弹奏了。

了解字词

① 泠(líng)泠:形容清凉、清淡,也形容声音清越。② 松风:以风入松林暗示琴声凄凉。琴曲中有《风入松》的调名。③ 古调:古时的曲调。

认识作者

刘长卿(约726—约786),唐代诗人,字文房,河间(今属河北)人,天宝(唐玄宗年号,742—756)进士,肃宗至德中官监察御史,后为长洲县尉,因事下狱,贬南巴尉。代宗大历中任转运使判官,知淮西、鄂岳转运留后,又被诬再贬睦州司马。德宗建中年间,官终随州刺史,世称刘随州。

他生于盛唐,成于中唐,在几十年颠沛流离中抒写政治失意、感伤离乱之情。他善于描绘自然景物,以五七言近体为主,尤长于五言,自称"五言长城"。有《刘随州诗集》。

品品滋味

这是一首托物言志诗,写诗人静听弹琴,表现弹琴人技艺高超,并借古调受冷遇以抒发自己怀才不遇和少有知音的遗憾。如果说前两句是描写音乐的境界,后两句则是议论抒情。这里牵涉当时音乐的变革。汉魏六朝南方清乐尚用琴瑟,而到了唐代,音乐发生变革,"燕乐"成为新声,乐器以西域传入的琵琶为主。既然"琵琶起舞换新声",大家的欣赏趣味当然也变了。新乐才能表达世俗的欢乐,还有几个人能怀着高雅的情致来欣赏古调呢?全诗从对琴声的赞美,转而对时尚的慨叹,流露出诗人孤高自赏、不同凡俗的情操。

世人都言"知音难觅",其实难觅的不是知音,而是一颗平静淡然且自得于世的心。《弹琴》由优美的琴音听出了落落寡合的情调、曲高和寡的孤独感。其实,坚守自己的本心是何其幸福的事——一个人走路,或许是你和风景最美的邂逅。

相关链接

《别严士元》《游休禅师双峰寺》

名句推荐

泠泠七弦上,静听松风寒。

阅读与欣赏

81. 听流人①水调子②

(唐)王昌龄

孤舟微月对枫林,
分付③鸣筝与客心。
岭色千重万重雨,
断弦收与泪痕深。

诗词解意

天上一弯微月,江上一叶孤舟,两岸黑黝黝的枫林。
低婉压抑的筝乐中有流人的漂泊之苦思乡之愁。
筝乐如同飘飘洒洒永不止息的秋雨,弥漫在山岭之上。
突然,筝弦断,低首望,弦断处,泪水已湿透了衣衫。

195

① 流人：流落江湖的乐人。② 水调子：即水调歌，属乐府商调曲。③ 分付：即发付，安排。

认识作者

王昌龄(698—756)，字少伯，京兆长安人，一说山西太原人。他是盛唐时享有盛誉的一位诗人。诗擅长七绝，能以精炼的语言表现丰富的情致，意味浑厚深长。《全唐诗》对昌龄诗的评价是"绪密而思清"，他的七绝诗尤为出色，甚至可与李白媲美，故被冠之以"七绝圣手"的名号。其边塞诗很著名，流畅通脱，高昂向上，深受后人推崇。有"诗家夫子王江宁"之誉。时人有评："昌龄诗绪密而思清，与高适、王之涣齐名，时谓王江宁。"有《王昌龄集》。

品品滋味

好的音乐，确实有震撼人心的力量，或激越，或振奋，或压抑，或愤懑，皆是情感的释放和宣泄。谁的人生没有迷茫过，谁的人生没有压抑过？此时，唯有音乐能抚慰我们的灵魂。

这首诗大约作于王昌龄晚年赴龙标(今湖南洪江市黔阳)贬所途中，写听筝乐而引起的感慨。

全诗通过交互对接的结构方式表达了诗人在贬谪途中凄清又幽暗的心境。孤舟、微月、枫林，此情此境，只有音乐能排遣异乡异客的愁怀了。恰好弹筝者是流落江湖的乐人，奏出的筝曲与迁客心境相印。因而引起"同是天涯沦落人"的共鸣。而"岭色"，似乎又从音乐转到景上，将"岭色"与"千重万重雨"并置一句中，不仅是视觉形象，也是听觉形象。"千重""万重"的复叠，给人以乐音繁促的暗示，对弹筝人的复杂心绪也是一种暗示。弹到激越处，筝弦突然断了。但听者情绪激动，不能自已。"泪痕深"与白居易"座中泣下谁最多，江州司马青衫湿"有异曲同工之妙。此诗从句法、音韵到通感的运用，颇具特色，景、情、乐、境，浑然一体，含蓄蕴藉。

相关链接

《出塞》《芙蓉楼送辛渐》《从军行》

名句推荐

孤舟微月对枫林,分付鸣筝与客心。

阅读与欣赏

音乐篇

82. 与史郎中①钦②听黄鹤楼上吹笛

(唐)李白

一为迁客③去长沙④,
西望长安不见家。
黄鹤楼中吹玉笛,
江城⑤五月落梅花⑥。

诗词解意

世事难料,我竟成为贬官,远谪长沙;
西望长安,云雾迷茫,何处才是我的家乡?
黄鹤楼中传来阵阵《梅花落》笛声,
如怨如诉,仿佛五月江城落满梅花,令人倍感凄凉。

197

① 郎中:官名,为朝廷各部所属的高级部员。② 钦:当是史郎中名,史钦。李白的朋友。③ 黄鹤楼:古迹在今湖北武汉,今已在其址重建。④ 迁客:被贬谪之人。作者自比,一说指史郎中。⑤ 去长沙:用汉代贾谊事。《史记·屈原贾生列传》载:贾谊因受权臣谗毁,被贬为长沙王太傅,曾写《吊屈原赋》以自伤。⑥ 江城:指江夏(今湖北武汉武昌),因在长江、汉水滨,故称江城。⑦ 落梅花:即古代笛曲名《梅花落》,此因押韵倒置,亦含有笛声因风散落之意。

品品滋味

此诗是唐肃宗乾元元年(758年)李白因永王李璘事件受到牵连,被加之以"附逆"的罪名被长流夜郎,路经江夏(今武汉武昌)时游黄鹤楼所作。而郁贤皓、王运熙、华桂金等则认为此诗是乾元二年(759年)李白流放夜郎遇赦东归,途经江夏时所作。当时老朋友史郎中在江夏特意陪他游览了当地名胜黄鹤楼。黄鹤楼头,那悠悠笛声给凭栏远眺的诗人李白平添了无限思绪,兴会之余,他写下了这首诗。

西汉的贾谊因指责时政受到权臣的谗毁,贬官长沙。而李白也因永王事件受到牵连,流放夜郎。所以诗人引贾谊为同调。"一为迁客去长沙",就是用贾谊的不幸来比喻自身的遭遇,流露了无辜受害的愤懑,也含有他的自我辩白之意。但政治上的打击,并没有使诗人忘怀国事。在流放途中,他不禁"西望长安",这里有对往事的回忆,有对国运的关切和对朝廷的眷恋。然而,长安万里迢迢,诗人登黄鹤楼,本欲望家,可是家却不见,悲哉! 此时恰闻笛音,笛音如泣如诉,笛音中,诗人仿佛看到了梅花满天飘落的景象,去国离乡之情更觉凄凉。此诗堪称借景抒情、情景相生的典范。

相关链接

《送友人》《春夜洛城闻笛》

名句推荐

黄鹤楼中吹玉笛,江城五月落梅花。

阅读与欣赏

83. 赠花卿①

（唐）杜甫

锦城②丝管③日纷纷④，
半入江风半入云。
此曲只应天上⑤有，
人间能得几回闻⑥？

音乐篇

诗词解意

美妙悠扬的乐曲，整日地飘散在锦城上空，
轻轻的荡漾在锦江波上，悠悠地升腾进白云之间。
如此美妙音乐，只应神仙享用，
世间的平民百姓，一生能听几回？

了解字词

① 花卿：成都尹崔光远的部将花敬定，曾平定段子璋之乱。卿，当时对地位、年辈较低的人一种客气的称呼。② 锦城：即锦官城，此指成都。③ 丝管：弦乐器和管乐器，这里泛指音乐。④ 纷纷：繁多而杂乱，形容乐曲的轻柔悠扬。⑤ 天上：双关语，虚指天宫，实指皇宫。⑥ 几回闻：本意是听到几回。文中的意思是说人间很少听到。

品品滋味

在中国封建社会里，礼仪制度极为严格，即使音乐，亦有异常分明的等级界限。此诗约作于唐肃宗上元二年（761年）。花敬定曾因平叛立过功，居功自傲，骄

199

恣不法,放纵士卒大掠东蜀;又目无朝廷,僭用天子音乐。杜甫赠此诗予以委婉的讽刺。

除去劝诫的意味,这是一首出色的音乐赞美诗。作者把看不见、摸不着的抽象的乐曲,从人的听觉和视觉的通感上,化无形为有形,极其准确、形象地描绘出弦管那种轻悠、柔靡,杂错而又和谐的音乐效果。那悠扬动听的乐曲,从花卿家的宴席上飞出,随风荡漾在锦江上,冉冉飘入蓝天白云间。乐曲如此之美,作者禁不住慨叹说:"此曲只应天上有,人间能得几回闻。"天上的仙乐,人间当然难得一闻,难得闻而竟闻,愈见其妙得出奇了。全诗四句虚实相生,将乐曲的美妙赞誉到了极度。

然而本诗弦外之音是意味深长的。这可以从"天上"和"人间"两词看出端倪。"天上",实际上指天子所居皇宫;"人间",指皇宫之外。这是封建社会极常用的双关语。说乐曲属于"天上",且加"只应"一词限定,既然是"只应天上有",那么,"人间"当然就不应"得闻"。不应"得闻"而竟然"得闻",不仅"几回闻",而且"日纷纷",于是,作者的讽刺之旨就从这种矛盾的对立中,既含蓄婉转又确切有力地显现出来了。

宋人张天觉曾论诗文的讽刺说:"讽刺则不可怒张,怒张则筋骨露矣。"(《诗人玉屑》卷九引)杜甫这首诗柔中有刚,绵里藏针,寓讽于谀,意在言外,忠言而不逆耳,真是恰到好处。

 相关链接

《登高》《茅屋为秋风所破歌》

 名句推荐

锦城丝管日纷纷,半入江风半入云。

84. 听筝①

（唐）柳中庸

抽弦促柱②听秦筝，
无限秦人悲怨声。
似逐春风知柳态，
如随啼鸟识花情③。
谁家独夜④愁灯影⑤？
何处空楼⑥思月明？
更⑦入几重⑧离别恨，
江南歧路洛阳城⑨。

诗词解意

巧妙的指尖弹出忽急忽徐、时高时低的秦筝声声。
使人联想到秦人的悲怨之声。
筝声像春风拂着柳条絮絮话别，
又像杜鹃鸟绕着落花，声声啼血。
那低沉幽咽的筝声，好似谁家老母独坐灯前愁游子。
又似谁家少妇独守空楼思念丈夫。
筝声苦，更何况又掺入了我的重重离别之恨，
南北远离，相隔千里，两地相思。

了解字词

201

① 筝：一种拨弦乐器，相传为秦人蒙恬所制，故又名"秦筝"。它发音凄苦，令人"感悲音而增叹，怆憔悴而怀愁"（汉侯瑾《筝赋》）。② 抽弦促柱：筝的长方形音

箱面上,张弦十三根,每弦用一柱支撑,柱可左右移动以调节音量。弹奏时,以手指或鹿骨爪拨弄筝弦;缓拨叫"抽弦",急拨叫"促柱"。③ "似逐"两句:似,好像。逐,追逐。态,状态,情态。随,追随。识,认得,辨别。④ 独夜:孤独一人的夜晚。⑤ 灯影:灯下的影子。⑥ 空楼:没有人的楼房。⑦ 更(gèng):更加,愈加。⑧ 几重(chóng):几层。⑨ "江南"句:指南北远离,两地相思。

 认识作者

柳中庸(? —约775),名淡,中庸是其字,唐代边塞诗人。河东(今山西永济市)人,为柳宗元族人。大历年间进士,曾官鸿府户曹,未就。萧颖士以女妻之。与弟中行并有文名。与卢纶、李端为诗友。所选《征人怨》是其流传最广的一首。《全唐诗》存诗仅13首。其诗以写边塞征怨为主,然意气消沉,无复盛唐气象。

品品滋味

人世间千万种难以倾诉的情感,唯有离愁最苦。更何况秦筝声声若悲叹,撩拨离别者的愁思。瑟瑟秋雨中的聚散离别已然昨日,可是,苦不过此刻的听筝人。"听,尽是断肠声。"

这首描写筝声的诗,着眼点不在表现弹奏者精湛的技艺,而是描写了听筝时的感受,借筝声传达心声,抒发感时伤别之情。诗人展开联想,以新颖、贴切的比喻,集中描写筝弦上所发出的种种哀怨之声。诗中重点写"声",却又不直接写"声",没有用一个象声词。而是着力刻画各种必然发出"悲怨声"的形象,唤起读者的联想,使人见其形似闻其声,显示了此时无声胜有声的艺术效果。比喻新颖贴切,艺术效果极佳。

相关链接

《征人怨》《江行》

名句推荐

似逐春风知柳态,如随啼鸟识花情。

85. 笛

（唐）赵嘏

谁家吹笛画楼①中？
断续声随断续风。
响遏行云横碧落②，
清和冷月到帘栊③。
兴来三弄有桓子④，
赋就一篇怀马融⑤。
曲罢不知人在否，
余音嘹亮尚⑥飘空。

 诗词解意

是谁在美丽的楼阁上吹笛子？
悦耳的笛声随着轻风断断续续传来。
笛声嘹亮如同横在碧空遏浮云，
笛声清和如同冷月入梦来。
笛声优美如同当年桓伊随兴所至为王徽之奏的三首曲子，
而曲调优雅更让人想起马融的《笛赋》。
一曲吹毕，不知道吹奏的人是否还在画楼上，
而那嘹亮的笛声却好像还飘荡在空中，久久不散。

了解字词

203

① 画楼：雕梁画栋的楼阁。② 遏：止住。③ 碧落：天空。道家称天空为碧落。④ 清：清越。形容笛声清悠高扬。⑤ 帘栊：挂着帘子的窗户。⑥ 三弄：指《梅花三弄》。⑦ 桓子：晋朝的桓伊。⑧ 马融：汉朝人。有《笛赋》一篇。⑨ 尚：还。

认识作者

赵嘏(约806—约853),字承佑,楚州山阳(今江苏省淮安市)人,唐代诗人。约生于宪宗元和元年(806年)。年轻时四处游历,大和七年预省试进士下第,留寓长安多年,出入豪门以干功名,其间似曾远去岭表当了几年幕府。后回江东,家于润州(今镇江市)。会昌四年进士及第,一年后东归。会昌末或大中初复往长安,入仕为渭南尉。约宣宗大中六、七年(852、853年)卒于任上。精于七律,笔法清圆熟练,时有警句。有《渭南集》。

品品滋味

唐诗中有不少描写音乐的作品,如韩愈的《听颖师弹琴》、白居易的《琵琶行》、李贺的《李凭箜篌引》和钱起的《省试湘灵鼓瑟》等都是广为传诵的名篇。赵嘏这首诗是专写笛声之妙的,虽不如前四首诗有名,却也有一定的特色。

这首诗专写笛声之妙。首联交代笛声的由来,颔联用响遏行云和随月入窗正面描写笛声,颈联引用古事以作侧面衬托,尾联用余音绕梁和人在否二意构画出一幅清空的艺术境界。篇幅虽然短小,但由于作者运用了多样手法,从"闻"的角度对笛声进行全方位的扫描。遂使有限的形式有了充实的内容,而且使形象描写有了层次感,给读者以真实的艺术感受。

相关链接

《江楼感旧》《寒塘》《长安晚秋》

名句推荐

响遏行云横碧落,清和冷月到帘栊。

86. 闻钟

（唐）皎然

古寺寒山上，
远钟扬好风。
声余月松动，
响尽霜天空。
永夜一禅子①，
泠然②心境中。

 **诗词解意**

一座古老的宝刹建在高山之巅，
悠远的钟声似乎扬起了一阵惬意的风。
余音缭绕月宫里的树都随之颤动，
钟声响过霜色渐浓的天宇更显得浩荡空灵。
熬到夜深只有我一个参禅之人，
沉浸在清冷孤寂的心境之中。

了解字词

① 禅子（chán zǐ）：信佛者、僧侣。唐代姚合《寄题尉迟少卿郊居》诗："隅坐唯禅子，随行只药童。"清代赵翼《苦热》诗："聊同禅子日掩关，迨同病夫昼胁席。"
② 泠然：寒凉、清凉、冷清。

　　皎然(730—799),俗姓谢,字清昼,湖州(今浙江吴兴)人,是中国山水诗创始人谢灵运的后代(谢灵运十世孙),是唐代最有名的诗僧、茶僧。(皎然是他出家为僧的法号)他留下了470首诗篇,在文学、佛学、茶学等许多方面有深厚造诣,堪称一代宗师。由他所著的《诗式》是唐代诗歌理论的重要著作,有着深刻的思想和完整的体系,对后代诗学理论的发展影响深远。

品品滋味

　　古寺、孤僧。

　　月,明净。

　　风,清扬。

　　钟,悠远。

　　心,清寂。

　　所以,何处无禅境?

　　这首诗的主旨乃在于描述禅者的追求,展示禅者的境界。诗人不是孤立地描述,也不直接抒写情感,而是首先着力去描绘景物,创造出一个与心境自然交融的物境:古寺给冬夜的寒山增添了些许生气,钟声悠悠地随着微风飘向天际。远了,远了,清月下松枝轻轻摇动着,渐渐地钟声融进霜天,汇入旷野,空荡荡地显出一个澄彻冷寂的世界来……诗人采用了古寺、寒山、月松、霜天,这样一组意象,而以风中荡漾的钟声,把它们融合为一个整体。这是一组静默却富含诗意的意象,一旦汇于钟声,静默之中便有了空灵而神妙的色彩。寥寥数句,勾勒出了一幅颇具禅意的清夜山寺图,显示着幽寂而清空的特点,禅家藉"寂"观心,悟"空"为本,"寂"与"空"正是梦寐以求的至高境界。而诗人营造的这极富禅意的外境之中,最具意蕴,最能沟通心灵的物象,就是钟声。它飘荡在冬夜霜天中,也飘荡在禅子心灵中,从这个意义上讲,它不仅融合了诗中的物象,更成为贯通物境与诗人心境的一条彩虹。

相关链接

　　《寻陆鸿渐不遇》《杂曲歌辞·苦热行》

永夜一禅子,泠然心境中。

87. 夜上受降城①闻笛

(唐)李益

回乐峰②前沙似雪,
受降城外③月如霜。
不知何处吹芦管④,
一夜征人⑤尽⑥望乡。

回乐峰前的沙地白得像雪,
受降城外的月色犹如秋霜。
不知何处吹起凄凉的芦管,
一夜间征人个个眺望故乡。

了解字词

① 受降城:唐初名将张仁愿为了防御突厥,在黄河以北筑受降城,分东、中、西三城,都在今内蒙古自治区境内。另有一种说法是,公元646年(贞观二十年),唐太宗亲临灵州接受突厥一部的投降,"受降城"之名即由此而来。② 回乐峰:唐代有回乐县,灵州治所,在今宁夏回族自治区灵武县西南。回乐峰即当地山峰。一作

207

"回乐烽",指回乐县附近的烽火台。③ 城外:一作"城上"。④ 芦管:芦笛。《全唐诗》注即作"芦笛"。⑤ 征人:戍边的将士。⑥ 尽:全。

认识作者

　　李益(约750—约830),唐代诗人,字君虞,祖籍凉州姑臧(今甘肃武威市凉州区),后迁河南郑州。大历四年(769年)进士,初任郑县尉,久不得升迁,建中四年(783年)登书判拔萃科。因仕途失意,后弃官在燕赵一带漫游。以边塞诗作名世,擅长绝句,尤其工于七绝。

　　李益诗风豪放明快,尤以边塞诗为有名。他是中唐边塞诗的代表诗人。《送辽阳使还军》《夜上受降城闻笛》2首,当时广为传唱。其边塞诗虽不乏壮词,但偏于感伤,主要抒写边地士卒久戍思归的怨望心情,不复有盛唐边塞诗的豪迈乐观情调。今存《李益集》2卷,《李君虞诗集》2卷,《二酉堂丛书》本《李尚书诗集》1卷。

品品滋味

　　《夜上受降城闻笛》是唐代诗人李益创作的一首七言绝句。这首诗最大的特点是蕴藉含蓄,将所要抒发的感情蕴含在对景物和情态的描写之中。诗的开头两句,写登城时所见的月下景色。如霜的月光和月下雪一般的沙漠,正是触发征人乡思的典型环境。环境描写之中现出人物的感受。《增订唐诗摘钞》有云:"沙飞月皎,举目凄其,于此而闻笳声,安有不思乡念切者。"在这万籁俱寂的静夜里,夜风送来了凄凉幽怨的芦笛声,更加唤起了征人望乡之情。"一夜征人尽望乡",不说思乡,不说盼归,而是以人物的情态行为展现其心理,写出了人物不尽的乡愁以及内心的痛苦。前两句写景,第三句写声,最后一句写情。前三句为末句烘托、铺垫。全诗把景色、声音,感受融为一体,意境浑成。

　　这首诗语言优美,节奏平缓,寓情于景,以景写情,写出了征人眼前之景,心中之情,感人肺腑。诗意婉曲深远,让人回味无穷。仔细体味全诗意境,的确是谱歌作画的佳品。因而被谱入弦管,天下传唱,成为中唐绝句中出色的名篇之一。和杜牧《边上闻笳》的"游人一听头堪白,苏武争禁十九年",同为写边声的绝唱。

名句推荐

回乐峰前沙似雪,受降城外月如霜。

阅读与欣赏

音乐篇

88. 听颖师弹琴①

(唐)韩愈

昵昵儿女语②,
恩怨相尔汝③。
划然变轩昂④,
勇士赴敌场。
浮云柳絮无根蒂,
天地阔远随飞扬⑤。
喧啾百鸟群,
忽见孤凤皇。
跻攀分寸不可上,
失势一落千丈强⑥。
嗟余有两耳,
未省听丝篁⑦。
自闻颖师弹,
起坐在一旁⑧。

209

推手遽止之⑨，
湿衣泪滂滂⑩。
颖乎尔诚能⑪，
无以冰炭置我肠⑫！

诗词解意

您的琴声犹如一对亲昵的小儿女轻言细语，
卿卿我我两冤家互诉衷肠。
豪放起来琴声高亢激越，
如同勇士挥戈跃马杀入敌阵。
又转成浮云依依柳絮起无根无蒂，
天高地阔随风飞扬。
忽然又百鸟齐声叽叽啾啾，
忽见一只孤傲的凤凰影影绰绰兀立在乔木上引吭长鸣。
峭壁悬崖压人凤凰举步维艰，但仍然步步攀登，
若是失足将坠入黑黢深渊崩石下千丈之下。
惭愧呀我空有耳朵一双，
对音乐太外行不懂欣赏。
听了你这琴声忽柔忽刚，
感染得我也是忽起忽坐。
仓皇中我伸手把琴遮挡，
泪潮呀早已经汹涌盈眶。
颖师傅好功夫实非寻常，
别再把冰与火填我胸膛。

了解字词

① 颖师：颖师是当时一位善于弹琴的和尚，他曾向几位诗人请求作诗表扬。李贺《听颖师弹琴歌》有"竺僧前立当吾门，梵宫真相眉棱尊"之句。② 昵(nì)昵：亲热的样子。一作"妮妮"。③ 尔汝：至友之间不讲客套，以你我相称。这里表示亲近。《世说新语·排调》："晋武帝问孙皓：闻南人好作尔汝歌，颇能为不？"《尔汝歌》是

古代江南一带民间流行的情歌,歌词每句用尔或汝相称,以示彼此亲昵。④ 划然:忽地一下。轩昂:形容音乐高亢雄壮。宋魏庆之《诗人玉屑·陵阳论晚唐诗律卑浅》:"唐末人诗,虽格致卑浅,然谓其非诗则不可。今人作诗,虽句语轩昂,但可远听,其理略不可究。"⑤ "浮云"两句:形容音乐飘逸悠扬。⑥ "喧啾"四句:形容音乐既有百鸟喧哗般的丰富热闹,又有主题乐调的鲜明嘹亮,高低抑扬,起伏变化。喧啾(jiū):喧闹嘈杂。凤皇:即"凤凰"。跻(jī)攀:犹攀登。唐杜甫《白水县崔少府十九翁高斋三十韵》:"清晨陪跻攀,傲睨俯峭壁。"⑦ 未省(xǐng):不懂得。丝篁(huáng):弹拨乐器,此指琴。⑧ 起坐:忽起忽坐,激动不已的样子。旁:一作"床"。⑨ 推手:伸手。遽(jù):急忙。⑩ 滂滂:热泪滂沱的样子。《晏子春秋·谏上十七》:"景公游于牛山,北临其国城而流涕曰:'若何滂滂去此而死乎!'"⑪ 诚能:指确实有才能的人。《荀子·王霸》:"人主胡不广焉,无恤亲疏,无偏贵贱,唯诚能之求?"⑫ 冰炭置我肠:形容自己完全被琴声所左右,一会儿满心愉悦,一会儿心情沮丧。犹如说水火,两者不能相容。《庄子·人间世》:"事若成,则必有阴阳之患。"郭象注:"人患虽去,然喜惧战于胸中,固已结冰炭于五藏矣。"此言自己被音乐所感动,情绪随着乐声而激动变化。

认识作者

　　韩愈(768—824),唐代文学家、哲学家。字退之,河南河阳(今河南孟州)人。自谓郡望昌黎,世称韩昌黎。贞元八年(792年)进士。曾任国子博士、刑部侍郎等职,因谏阻宪宗奉迎佛骨被贬为潮州刺史。后官至吏部侍郎。卒谥"文"。

　　"贤者唱古声。"一介儒生,心怀圣人之志,笔落古人之声。他倡导古文运动,其散文被列为"唐宋八大家"之首,与柳宗元并称"韩柳"。其诗力求新奇,有时流于险怪,对宋诗影响颇大。若干年后,苏轼怀着敬畏之情赞其"文起八代之衰,道济天下之溺"。有《昌黎先生集》。

品品滋味

　　历来写乐曲的诗,大都利用人类五官通感的生理机能,致力于把比较难于捕捉的声音转化为比较容易感受的视觉形象。这首诗摹写声音精细入微,形象鲜明,高雅、空灵、醇厚。在摹写声音节奏的同时,十分注意发掘含蕴其中的情志。好的琴声既可悦耳,又可赏心,可以移情动志。好的琴声,也不只可以绘声,而且可以"绘情""绘志",把琴声所表达的情境,一一描摹出来。诗歌在摹写声音的同时,或示之以儿女柔情,或拟之以英雄壮志,或充满对自然的眷恋,或寓有超凡脱俗之想和坎坷不遇之悲,如此等等,无不流露出深厚的情意。

读罢全诗,颖师高超的琴技如可闻见,怪不得清人方扶南把它与白居易的《琵琶行》、李贺的《李凭箜篌引》相提并论,推许为"摹写声音至文"了。

此诗写作者听颖师弹琴的感受。诗分两部分,前十句正面摹写声音。后八句写自己听琴的感受和反应,从侧面烘托琴声的优美动听。诗人首先运用多种手法刻画了音乐形象,然后,诗人又写了音乐效果,以自己当时的坐立不安、泪雨滂沱和冰炭塞肠的深刻感受,说明音乐的感人力量。形象刻画为效果描写提供了根据,而效果描写又反证了形象刻画的真实可信,二者各尽其妙,交互为用,相得益彰。

相关链接

《早春呈水部张十八员外》《春雪》《晚春》

名句推荐

浮云柳絮无根蒂,天地阔远随飞扬。跻攀分寸不可上,失势一落千丈强。

89. 玉楼春(其一)

(宋)欧阳修

西湖南北烟波阔①,风里丝簧声韵咽②。舞余裙带绿双垂,酒入香腮红一抹。
杯深不觉琉璃滑③,贪看六幺花十八④。明朝车马各西东,惆怅画桥风与月。

诗词解意

西湖阔，烟波浩渺波连波，东西南北望，不见岸堤坡。丝竹篁管声悲咽，随风荡湖面。绿裙罗带伴娇飞，舞罢双双垂。尊前美酒入红唇，染就香腮红云。

酒盈金杯，不知滑欲坠，因贪看歌舞人入迷。欢乐极时宜生悲，想起日后各东西。面对美景与歌舞，不禁惆怅盈腹肺。

了解字词

① 西湖：指颍州城西北的西湖。② 丝：琴瑟之类；篁：笙筝之类；丝篁：泛指乐器。③ 琉璃：本指绿色或金黄色的釉料，此指绿色的酒。琉璃滑：喻美酒甘甜爽口。④ 六幺：又名绿腰，唐宋时期的歌舞曲名。

认识作者

欧阳修（1007—1072），北宋文学家、史学家。字永叔，号醉翁、六一居士，谥号文忠。吉州吉水（今属江西）人。官至翰林学士、枢密副使、参知政事。王安石推行新法时，对青苗法有所批评。主张文章应明道、致用，对宋初以来靡丽、险怪的文风表示不满，并积极培养后进，是北宋古文运动的领袖。散文说理畅达，抒情委婉，为"唐宋八大家"之一；诗风与其散文近似，语言流畅自然。其词婉丽，承袭南唐余风。曾与宋祁合修《新唐书》，并独撰《新五代史》。又喜收集金石文字，编为《集古录》，对宋代金石学颇有影响。有《欧阳文忠集》。

品品滋味

无论是苏轼的"欲把西湖比西子，淡妆浓抹总相宜"，还是杨万里的"毕竟西湖六月中，风光不与四时同"，文人心中似乎有一个西湖情结，大文学家欧阳修也不免于此。《玉楼春·西湖南北烟波阔》写的是歌舞酒宴的传统题材，通篇体现了一种艺术美感。此首题材亦不出花间传统，但艳丽不靡，游宴中透露出对西湖依依不舍的深情。（郁玉英，欧阳修词评注）

词中关于西湖烟波、风里丝篁和歌舞场面的描写，似带有欣赏的意味，而车马东西，回首画桥风月的惆怅，则表现出无可奈何之中若有所失又若有所思的一种很复杂的情绪。在艺术上，首先，注重自然与人文结合。这首词词人对西湖烟波、风里丝簧声飘荡景象的描写，展示西湖的人文之美和气势之美。其次，注重了侧面描写方法。词人通过侧面描写方法，表现出西湖歌舞的优美与生活的繁华，由此也暗示了词人内心产生的忧患感。第三，注重意境的营造。在词中。词人采用了大笔取景，营造审美境界，并在舒缓开阔的景象中，见出西湖气势磅礴的气象。第四，用词很有特色。在词中，词人但选用独到的词语，表现出词作含蓄蕴藉和富有华美的语言特点。

 相关链接

《生查子·元夕》《醉翁亭记》《伶官传序》

 名句推荐

西湖南北烟波阔，风里丝簧声韵咽。

阅读与欣赏

90. 临江仙①

（宋）秦观

千里潇湘揳蓝浦②，兰桡昔日曾经③。月高风定露华清。微波澄不动，冷浸一天星④。
独倚危樯情悄悄⑤，遥闻妃瑟泠泠⑥。新声含尽古今情。曲终人不见，江上数峰青⑦。

诗词解意

　　千里潇湘之上，渡口水色青青，屈原的兰舟曾驶过。明月高挂中天，清风渐渐停息，玉露清莹，微波不兴，漫天星斗映寒水。

独倚高高桅杆,心中无限忧思,远远传来凄清的瑟声,低低诉说着千古幽情。一曲终罢人不见,江上青峰孤耸。

 了解字词

①《临江仙》:词牌。双调小令,唐教坊曲。上下阕各有三处平韵,五十八字。柳永演为慢词,上阕五处平韵,下阕六处平韵,共九十三字。② 挼(ruó)蓝:形容江水的清澈。挼蓝,古代按取蓝草汁以取青色,同"揉蓝"。黄庭坚《同世弼韵作寄伯氏在济南兼呈六舅祠部学士》:"山光扫黛水挼蓝,闻说樽前惬笑谈。"③ 兰桡(ráo):兰舟,船的美称。桡,桨,借代为船。庾信《奉和泛江》:"锦缆回沙碛,兰桡避荻洲。"④ 冷浸一天星:五代欧阳炯《西江月》:"月映长江秋水,分明冷浸星河。"⑤ 危樯(qiáng):高高的桅杆。危,高。杜甫《旅夜书怀》:"细草微风岸,危樯独夜舟。"⑥ 遥闻妃瑟泠泠:听到远处湘灵鼓瑟的声音。妃瑟,《楚辞·远游》:"使湘灵鼓瑟兮,令海若舞冯夷。"《后汉书·马融传》注:"湘灵,舜妃,溺于湘水,为湘夫人。"⑦ "曲终"二句:用唐代钱起《省试湘灵鼓瑟》诗成句。

 认识作者

秦观(1049—1100),江苏高邮(现高邮市三垛镇武宁秦家垛)人,字少游,一字太虚。被尊为婉约派一代词宗,别号邗沟居士,学者称其淮海居士。苏轼曾戏呼其为"山抹微云君"。他是北宋文学史上的一位重要作家,官至太学博士,国史馆编修。秦观一生坎坷,所写诗词,高古沉重,寄托身世,感人至深。秦观生前行踪所至之处,多有遗迹。如浙江杭州的秦少游祠,丽水的秦少游塑像、淮海先生祠、莺花亭;青田的秦学士祠;湖南郴州三绝碑;广西横县的海棠亭、醉乡亭、淮海堂、淮海书院;江苏高邮有秦家村、秦家大院以及省级文物保护单位——古文游台。秦观墓在无锡惠山之北粲山上,墓碑上书"秦龙图墓"几个大字。

 品品滋味

感伤,是一种心境,一种淡淡的忧伤和无奈。所谓"感时花溅泪,恨别鸟惊心",悲哀之际,触目是愁,喜乐之时,满眼皆春。自古以来,迁客骚人莫不如此。

此词乃绍圣三年(1096年)秦观贬徙郴州途中夜泊湘江时作。"千里潇湘",是词人的泊舟之处,也是昔日屈原等迁客骚人乘舟经行的地方。词人因被贬郴州而夜

泊湘江，与当年屈原、贾谊等人因怀才不遇而行吟江畔，境遇何等相似。现实的、地理的长河，与历史的、时间的长河通过"千里潇湘"交汇，词人的命运，也通过"千里潇湘"与古代迁客们的命运紧紧相连，引发了作者的深沉感慨。

起两句总叙，写词人泊舟之处，引入了楚骚的意境与色调，用的是倒装手法。接着三句写泊舟湘江夜景。月升中天，风停息下来，因为夜深，看两岸花草上露水开始凝结，在月光照射下晶莹透亮。整个潇湘水面是平静的，没有风也没有浪，满天星斗正浸泡在江水里，星星冷得似乎在发抖。这是用移情写法，把人的冷意由"一天星"表现出来。

词的下阕写情。开始两句写词人泊舟湘江浦，独自靠在高高的樯杆上，静静地倾听远方传来湘妃清冷的瑟声。"妃"，指湘妃。传说潇湘一带，是舜的两个妃子娥皇、女英哭舜南巡不返，泪洒湘竹，投湘水而死的地方。又传二妃善于鼓瑟，《楚辞·远游》有"使湘灵鼓瑟兮，令海若舞冯夷"。特定的时地，触发了词人的历史联想，从而写出了这潇湘之夜似幻似真的泠泠瑟声，曲折地透露出寂寞凄冷的心境。

接着第三句，进一步描写对瑟声的感受，湘妃的瑟声是清凉哀怨的，抒发了她们对舜帝思念的深情，这是古今有情人共同的心声，不仅是湘妃的，也包含了词人的幽怨。听完曲子，抬头寻找湘妃，她已悄然不见踪影了，只有江岸无数座青青山峰巍然耸立，更进一步写出词人的怅惘之情。结尾借用钱起《省试湘灵鼓瑟》成句，用得自然妥帖，仿佛是词人自己的创作。它写出了曲终之后更深一层的寂寥和怅惘，也透露了词人高洁的性格。

这首词和作者以感伤为基调的其他词篇有所不同，尽管偏于幽冷，却没有显得气格羸弱。全篇渗透楚骚的情韵，这在秦词中也是特例。

 相关链接

《鹊桥仙》《浣溪沙》

 名句推荐

微波澄不动，冷浸一天星。

阅读与欣赏

91. 姚江①

（南宋）释昙莹

沙尾②鳞鳞③水退潮，
柳行出没见渔樵。
客船自载钟声去，
落日残僧④立寺桥。

诗词解意

江水退潮以后，沙滩上只留下鳞鳞波痕。
渔民樵夫出没在绿柳行间，一片繁忙。
载着寺院悠扬的钟声，客人的航船渐行渐远。
落日夕照下，送客的老僧久久地站在寺旁的桥头。

了解字词

① 姚江：又名舜江，流经今浙江省余姚县南。② 沙尾：沙岸。③ 鳞鳞：波浪冲击沙岸而形成的像鱼鳞一样的波纹痕迹。④ 残僧：老僧。

认识作者

昙莹，字仲温，号萝月，嘉兴（今属浙江）人（《四库全书·珞璡子赋注提要》）。住临安退居庵，是南宋著名诗僧，以谈《易》名一时。他性好清静，晚年杜门却扫，不与世通，唯与诸方高僧及情志相投的朋友谈论宗教。著《罗湖野录》一书。

品品滋味

　　禅者，"无念为宗，无相为体，无住为本"，一般来说，他们对于事物的认识是排斥主观情感的。然而，一些禅僧的诗，除了佛理禅意而外，也常常暗含着深挚的情，这或者也是禅宗不执于一端的体现吧。正是这一点，不少禅诗便有了更为丰富的色彩，更为丰厚的意蕴。

　　从内容上看，这是一首送别诗，但诗人的笔端并不触及情，甚至也看不出诗中的主观意念色彩，只以白描为主，笔下的景物于朴实自然之中显现出殷殷生趣。一，二两句先写远景：沙岸、河水、柳行、渔樵，这是一组意象的呈示，宛如一幅图画，画面淡雅闲适，静穆而又富于生气。出句中"鳞鳞"，对句中"出没"，用得富含机巧，虽动而静，虽静而动，动静之中，生出了无穷意蕴。三四两句收回视线，转写近景，乃是小诗的主旨之所在："客船自载钟声去，落日残僧立寺桥。"钟声为动静相生的外境描写增添了听觉上的内容，诗境也因而显得亲切动人，钟声悠悠远传，像是要随着客船一同远去。诗人不仅为画面增添了内容与色彩，也融进了诗笔难以触及的声音和情感：客船渐行渐远，寺院的钟声悠悠忽忽，淡淡的落日下，只留下送客的僧人久久伫立在寺外桥边，目送着远去的客人……小诗至此，展示在人们眼前的，就不止是一幅淡淡的画面了，它是一个故事、一段情思、一种境界，或是一种深邃难言的意境或禅境？

相关链接

　　《睡起》《宿香积寺》

名句推荐

　　客船自载钟声去，落日残僧立寺桥。

92. 太常引·客中闻歌

(清)项鸿祚

杏花开了燕飞忙,正是好春光。偏是好春光,者①几日、风凄雨凉。

杨枝②飘泊,桃根③娇小,独自个思量。刚待不思量,吹一片、箫声过墙。

诗词解意

杏花开放,燕子也飞来飞去好像非常繁忙,正是一篇旖旎的春光。偏偏就在这风和日丽的时候,这几天,忽然风吹雨打,天地一片凄凉。

杨柳的枝叶四处飘散,桃树与银杏树上的花苞、叶儿尚且玲珑娇小。我独自一人面对此情此景想着自己的心事。刚刚等到我停止了心头的思绪,风将叶儿吹起一片,那箫声,也随风晃荡过墙头,飘向了远方。

了解字词

① 者:犹"这"。② 杨枝:唐诗人白居易侍妾樊素,因善歌《杨柳枝》得名。③ 桃根:晋代王献之妾桃叶之妹。

认识作者

项鸿祚(1798—1835)清代词人。原名继章,后改名廷纪,字莲生。钱塘(今浙江杭州)人。道光十二年(1832年)举人,两应进士试不第,穷愁而卒,年仅38岁。家世业盐箕,巨富,至君渐落。鸿祚一生,大似纳兰性德。他与龚自珍同时为"西湖双杰"。

项鸿祚被人称为"别有怀抱者",其词往往一波三折,"辞婉而情伤"。著有《忆云词甲乙丙丁稿》4卷,《补遗》1卷,有光绪癸巳钱塘榆园丛刻本。

219

谭献《箧中词》以项鸿祚与纳兰性德、蒋春霖并举，称为"古之伤心人也"。"鸿祚词境，萧凉哀怨，好不胜情。"（《清词菁华》）

忧愁伤感是项鸿祚词作的风格。读他的词，如赏带雨娇花，如对伤春美人，濡染浸润着或淡或浓的哀愁感伤的色彩。作者把肺腑的真情通过抒情的婉约词曲折细腻地表达出来。

此词表达的既有客居的孤独感，亦有一种思念的情愫，"剪不断，理还乱"。上阕先写杏放燕飞，春光大好，继以"偏是"转至"风凄雨凉"；下阕写柳飘桃小，独自思量，继以"刚待"折入"箫声过墙"；委婉曲折，乍断又继。末三句意与李清照《一剪梅》"此情无计可消除，才下眉头，却上心头"正同。

 相关链接

《减字木兰花·春夜闻隔墙歌吹声》《水龙吟·秋声》

名句推荐

刚待不思量，吹一片、箫声过墙。

阅读与欣赏

93. 韩娥善歌

《列子·汤问》（节选）

昔韩娥①东之齐，匮粮。过雍门，鬻歌②假食。既去，而余音绕梁枥③，三日不绝。左右以其人弗去。过逆旅④，逆旅人辱之。韩娥因曼声⑤哀哭，一里老幼悲愁，

垂涕相对,三日不食。遽而追之。娥还,复为曼声长歌,一里老幼喜跃抃⑥舞,弗能自禁,忘向之悲也。乃厚赂⑦发之。故雍门之人至今善歌哭,娥之遗声。

诗词解意

从前韩娥东行到齐国,不料缺乏钱粮。(她在)经过齐国的雍门时,以卖唱来换取食物。(她)离开后,那美妙绝伦的余音还仿佛在城门的梁柱之间缭绕,三天不绝于耳。周围的人以为她并没有离开。有一天,韩娥来到一家旅店投宿时,旅店里的人羞辱她。韩娥为此拖着长音痛哭不已,她那哭声弥漫开去,竟使整个村子的人们都泪眼相向,愁眉不展,人人都难过得几天吃不下饭。(人们)急忙追赶且挽留她。韩娥回来了,又拖长声调高歌,引得乡里的老少个个欢呼雀跃,不能自禁,将以往的悲苦都忘了。于是大家送给她丰厚的财物。所以雍门那儿的人,至今还善于唱歌表演,那是效仿韩娥留下的歌唱(技艺)啊。

了解字词

① 娥:战国时期,韩国一个善于歌唱的女子。② 鬻(yù)歌:卖唱。③ 枥(lì):房屋的中梁。④ 逆旅:旅店。⑤ 曼声:拖长声调。⑥ 抃(biàn):鼓掌。⑦ 赂:赠送礼物。

认识篇目

本篇选自《列子·汤问》第十一部分。列子,名御寇(又称"圄寇""国寇"),战国前期思想家,郑国人,是战国时早期道家代表人物之一。思想上崇尚虚无飘渺,生前被称作"有道之士"。古书中有他御风而行的记载,这是他潇洒的一面。然而现实中的列子则时常处于困顿之中。《庄子》中留下了这样的记载:列子穷,容貌有饥色。但他穷得非常有骨气。当郑国大官员派人给他送来粮食时,他坚决地辞而不受。

孔子闻韶乐,"三月不知肉味",韩娥善歌,唱余音竟能绕梁枥,"三日不绝"。本文为了表达韩娥演唱技艺的精妙,采用了侧面烘托的手法,形象生动。这个故事也告诉我们:真正的艺术家,应当扎根于人民大众之中,与大众共悲欢,在歌声中倾注自己的心血和情感,才能扣响听众的心弦,获得打动人心的无穷魅力。

相关链接

《纪昌学射》《高山流水》

名句推荐

余音绕梁，三日不绝。